Cora Lenz

AF216156

Wie Abdrücke in feuchtem Sand

Erinnerungen

Befreiung

Schatten der Erinnerung
Gebannt auf Papier.

Stürme der Vergangenheit
Schwarz auf weiß.

Im Schutz dieses Gitters
Kann ich sie freundlich betrachten.

Die Schrecken weicher
Die Freuden sanfter.

Beide für immer
Verbunden mit mir.

2. Auflage 2017

Inhaltsverzeichnis

Wie Abdrücke in feuchtem Sand

Vorwort

Als ich vor sechs Jahren begann, hoffte ich, einen roten Faden zu finden, der sich durch mein Leben zieht, den ich bislang nicht gesehen hatte, der sich mir endlich durch das Schreiben offenbaren würde. Doch er zeigte sich mir nicht. Die Ereignisse, die ich geschildert hatte, erschienen mir eher wie ein Flickenteppich ohne Muster oder ein Mosaik ohne Rahmen. Jetzt in diesem Sommer endlich erschienen mir meine Erinnerungen wie Abdrücke im Sand meiner Vergangenheit, die sich verändern oder ganz verschwinden werden je nach meiner Sichtweise oder vor dem Hintergrund neuer Geschehnisse.

Ich möchte sie festhalten, wie sie sich mir heute darstellen. Ich habe sie geschrieben besonders für meine Kinder; sie sollen mehr über mein Leben erfahren als ihnen bislang bekannt ist und das sonst verloren gehen könnte. Sie sind ein Kompromiss zwischen Ehrlichkeit und Verletzlichkeit.

Diese Sammlung enthält Geschichten aus meiner Kindheit und von meiner Familie, Beschreibungen meiner Jugendfreunde, Gedichte aus meiner „wilden Zeit" in Botswana, eine Auseinandersetzung mit dem Wesen meiner Eltern und was sie mir bedeuteten, einige Episoden aus meinem Berufsleben und Betrachtungen zum Ankommen am Ziel meiner Wünsche. Sie sind in großen zeitlichen Abschnitten zusammengestellt, ohne strenge Chronologie oder aufeinander bezogen zu sein - eine Sammlung voneinander unabhängiger Geschichten.

Sie enthalten meine Wahrheit, meine subjektiv gefärbten Erinnerungen, vielleicht geschönt oder dramatisiert, vieles vergessen oder verdrängt. Wenn ich wissentlich die Fakten verlassen habe, ist dies *kursiv* kenntlich gemacht.

Die Namen lebender Personen sind verändert.

Gewidmet ist das Buch meinem Mann. Das Schreiben hat mir bewusst gemacht, wie nahe und wie wichtig er mir ist.

Cora Lenz, Nordsee, 5.8.2016

Prägung
-
Die Kindheit

Ferienparadies mit dunklen Flecken

Der Bauernhof in Ober-Hilbersheim in Rheinhessen war das Zuhause meiner Mutter. Dort verbrachten wir beide in der Nachkriegszeit die Sommer, auch um uns richtig satt essen zu können. Hier war sie geboren und hatte bis zu ihrem 14ten Lebensjahr gelebt. Sie kannte sich aus und alles war ihr vertraut. Deshalb war der Hof irgendwie auch mein Zuhause. Doch waren wir nur zu Gast bei meiner Tante Hanna, Mutters Schwester, und blieben immer nur für ein paar Wochen. Der Hof gehörte jetzt Hanna, die als Ältere der beiden früh verwaisten Schwestern den Bauernhof geerbt und meine Mutter später ausgezahlt hatte. Ihr Mann war nicht aus dem Krieg zurückkehrt und hatte Hanna mit ihren drei Kindern und dem Hof allein gelassen.

Der Gegensatz zu unserer engen Zweizimmer-Wohnung in Bremen, in der meine Eltern und ich bei Frau Schlumbohm einquartiert waren, machte die Zeit in Ober-Hilbersheim noch schöner und wertvoller. Auf jeden Fall liebte ich die Aufenthalte dort, das Spielen mit meinem acht Jahre älteren Vetter Philip, den ich damals noch Gerhard nannte. Erst später nachdem er Gerda, die Tochter eines wohlhabenden Geschäftsmannes aus Hamburg, geheiratet hatte, legte er den alten „Bauern-Namen" Gerhard ab und verwandte seinen Zweitnamen Philip. Gerhard foppte mich gerne und immer wieder, wenn er sang: „Cora von Mora hat Bobbestrümpf an". Ich wusste nicht, was „Bobbestrümpf" sind. Das hinderte mich aber nicht daran, mich fürchterlich darüber zu ärgern, hinter ihm her zu laufen und lauthals mit ihm zu schimpfen. Er war natürlich schneller und rannte weg, das Sprüchlein ständig wiederholend. Und band mich damit umso mehr an sich. Trotz des großen Altersunterschiedes durfte ich ihn begleiten. Ich liebte ihn sehr. Meine Kusine Gisela, sechs Monate älter als ich, mochte ich weniger. Gisela war der Liebling von Tante Hanna, zart und verwöhnt. Ich hielt mich lieber an Gerhard, der mich neckte und sich mehr mit mir als mit Gisela beschäftigte. Meine älteste Kusine Marianne war mir zehn Jahre voraus und oft außer Haus. Mit ihr hatte ich nicht viel zu tun.

Auf jeden Fall war es schön in Ober-Hilbersheim: ein richtiger Bauernhof mit großem, lichten Innenhof. Die Hühner spazierten frei in der Nähe des riesigen Misthaufens herum, aber ließen genügend Platz für uns Kinder, um ungestört im kopfsteingepflasterten Eck, das von der Küche und dem Wohntrakt gebildet wurde, in der Sonne spielen zu können. Auf der anderen Seite ging es in die offene Scheune mit dem kleinen Schweinekoben daneben. Seit Tante Hannas Mann als Arbeitskraft fehlte, hatte meine Tante die Viehhaltung auf drei Schweine für den Eigenbedarf reduzieren müssen.

Bei einem Besuch hatte ich Glück. Ich konnte endlich das miterleben, was ich mir schon lange gewünscht hatte. Meine Mutter war weniger begeistert, denn sie hatte diese blutrünstigen Angelegenheiten immer gemieden. Das Schwein, das in diesem Jahr alt genug geworden war, sollte nicht wie in den andern Jahren im Oktober, sondern schon im August geschlachtet werden. Da waren wir noch da.

Alle Türen, die zum Hof führten, wurden abgesperrt, damit das Schwein keine Zuflucht finden konnte. Von dem zweiteiligen Holzgatter durften Gisela und ich vom Flur aus in den Hof schauen. Der obere Teil war zur Seite geschwenkt und gab die Sicht frei. Aber ich war noch so klein, dass ich nicht einmal auf Zehenspitzen etwas sah.

Meine Mutter holte einen Schemel aus der Küche. Jetzt reichte ich mit der Nasenspitze über den unteren Teil des Gatters. Das Schwein rannte quiekend über den Hof, von einer Ecke zur anderen, über den Misthaufen und zurück. Es spürte, dass nichts Gutes zu erwarten war. Aber da war kein Schlupfloch.

Endlich packten der Schlachter und sein Geselle zu und schleppten das Schwein mit festem Griff unter das Dach vor die Küche, wo der Eimer schon bereit stand. Ein fachmännischer Stich. Das Blut schoss in einer Fontäne hoch und floss in hohem Bogen in den Eimer. So viel Blut hatte ich noch nie gesehen. Die Frauen durften das Blut rühren. Ich auch. Ich rührte eifrig. Von der Blutwurst später mochte ich allerdings nicht essen.

Solche aufregenden Erlebnisse gab es nur hier.

Viele Stellen auf dem Hof konnte man erkunden oder sich darin verstecken, wie den verlassenen Kuhstall oder die Scheune Dort fand uns so leicht niemand. An der Rückseite der Scheune war eine solide Holzleiter mit zehn Stufen. Über sie gelangte man in den kleinen hochgelegten Gemüsegarten. Sich hier zu verkriechen war ein besonderes Abenteuer: es gab wenig Platz und man sollte das Gemüse nicht zertreten. Aber wenn der Sucher die Treppe hoch kam, knarrte sie, und ich konnte mich schnell noch kleiner machen.

Über dem Misthaufen war ein Dachboden, der ebenfalls nur über eine Leiter zu erreichen war. Er war richtig aufregend, denn hier wurde alles abgelegt, was nicht mehr gebraucht wurde, und es wurde nie aufgeräumt. Dieser Boden zog mich immer wieder an, sicher könnte ich etwas Interessantes aufspüren. Vielleicht hatten hier Räuber eine Prinzessin versteckt gehabt und sie hatte ihren Ring fallen gelassen. Den wollte ich finden. Ich verbrachte viele Stunden auf dem geheimnisvollen Dachboden, entdeckte aber nie etwas Außergewöhnliches, wie Tante Hanna mir vorhergesagt hatte. Nur wollte ich nicht zu früh aufgeben.

Der Hof in Bubenheim war der andere Teil des Ferien-Paradieses für mich. Aber da waren Einschränkungen! Eigentlich war ich gerne dort, weil die Köhlers so nett waren. Heinrich Köhler, Onkel Schorsch, mein Großonkel mütterlicherseits, hatte in Bubenheim den elterlichen Hof übernommen und als Köhlersches Familienoberhaupt nach dem Tod seiner Schwester ihre beiden Kinder, als sie 1927 zu Vollwaisen wurden, zu sich geholt: Gretel, meine Mutter und Hanna, meine Tante. Das war lange vor der Zeit dieser Erzählung, doch es ist die Erklärung, warum ich in Bubenheim mit zur Familie gehörte.

Die Köhlers waren eine große Familie: Da war zunächst einmal meine Großtante - liebevoll „Käthsche" genannt, ein Kosename für Katharina - die Frau von Schorsch, die schon meine Mutter mit aufgezogen hatte. Sie war rundlich, unglaublich gutmütig und konnte in ihrem hohen Alter schlecht laufen. Trotzdem machte sie jede von mir begehrte Menge Apfelpfannkuchen mit Weinschaumsoße - man sagt, dass es einmal sogar 15 bei einer Mahlzeit waren! - und hat sich damit bei mir unvergesslich gemacht. An Onkel Schorsch, der aus dem Krieg mit nur einer Hand auf den Bauernhof zurückkam und mit einer Lederbandage um den Stumpf gewickelt herum lief, kann ich mich nur vage erinnern. Er starb, als ich ungefähr zwei Jahre alt war. Großonkel Jean, Bruder von Schorsch und meiner Großmutter Susanna, war ledig geblieben und lebte, wie damals üblich, auch auf dem Familienhof. Ein netter, auch schon recht betagter Mann, der mir besonders wegen seines eleganten Gehstocks in Erinnerung ist. Der zweite Sohn von Schorsch und Käthsche, mein Onkel Willi, hatte „nach auswärts", nach

Elsheim geheiratet und eine „gute Partie" gemacht, so hieß es. Anfangs kam er noch oft, später nur selten. Das jüngste Kind, die Tochter Hanna, war eine Nachzüglerin. Nur zehn Jahre älter als ich, war sie für mich weder Tante - ich nannte sie auch nie so - noch passende Spielgefährtin. Sie muss da gewesen sein, aber eigentlich existierte sie für mich damals gar nicht. Erst heute habe ich Kontakt zu ihr: Wir verstehen uns gut. Sie ist meine einzige noch lebende Verwandte mütterlicherseits.

Wirklich existierten dagegen die vielen Hühner, die in dem engen Hof, der zum größten Teil überdacht und düster war, frei herum liefen. Und entsprechenden Dreck auf dem Boden machten! Nirgends konnte man unbedacht hintreten, bei jedem Schritt musste man aufpassen! Das war kein Paradies!

Doch war da mein Onkel Hans, der älteste Sohn. Eine drahtige Gestalt, biegsam und wendig. Auch sein Gesicht mochte ich, schmal mit markanten Zügen, die man beinahe scharf hätte nennen können, wenn da nicht die wachen Augen gewesen wären, die sich unvermutet mit Fältchen umkräuseln konnten, wenn er wieder einmal einen seiner klugen Scherze machte. Er war so intelligent und gut aussehend, dass ich nicht verstehen konnte, dass er ausgerechnet Margret geheiratet hatte. Die redete selten, war von Anfang an recht rund und wurde es immer mehr! Ich beachtete Margret kaum, wenn sie im Haus herumschlurfte und versuchte, zu mir freundlich zu sein. Dafür war aber Onkel Hans umso wichtiger für mich. Ich durfte ihn überall hin begleiten, beim Heu machen, zur Weinlese und bei den Arbeiten im Hof. Das war paradiesisch! Nur später, als er zum Bürgermeister von Bubenheim gewählt wurde, worüber ich wohl stolzer war als er selbst, konnte ich nicht mehr mitkommen.

Aber beim Ausmisten im Hof durfte ich helfen. Diese Arbeit war nicht meine Lieblingsbeschäftigung, doch ich tat es für Onkel Hans.

Ich beschwerte mich immer wieder über die Hühner bei Onkel Hans, auch an diesem Tag. „Geh doch mal zur Tante Käthsche und hol schnell ein paar Korken", bat er mich. Ich lief in die Küche und fragte Tante Käthsche nach Korken. Die suchte in der Schublade und drückte mir dann einige in die Hand. Ich rannte zurück und rief schon in der Haustür: „Onkel Hans hier sind die Korken!" Onkel Hans drehte sich um, sah mich mit der ausgestreckten Hand und den Korken und brach in schallendes Gelächter aus. Ich verstand erst nicht warum. Bis er sagte: „Na, dann verstopf mal die Hühner!"

So gefoppt zu werden tat meiner Liebe keinen Abbruch. Im Gegenteil, ich verehrte Onkel Hans umso mehr!

Beide Orte waren für mich gleichermaßen paradiesisch: In Ober-Hilbersheim gab es den großen schönen Hof mit Kindern zum Spielen, und ich wurde aufgepäppelt mit Fleisch vom selbstgeschlachteten Schwein und Gemüse aus dem eigenen Garten. In Bubenheim gab es die Köhlers und das Gefühl, wirklich willkommen zu sein.

Besonders schön waren die Feldwege von Ober-Hilbersheim nach Bubenheim. In der Sommerwärme flirrte die blaue Luft, auf den Feldern wogte das gelbe Korn. Ich war sehr stolz darauf, den Unterschied zwischen der Gerste mit den langen Grannen, dem Roggen mit den kürzeren und dem Grannen losen Weizen zu kennen. Den hatte meine Mutter mir sehr früh beigebracht. Es war wunderbar über die flachen Hügel dieser rheinhessischen Landschaft zu laufen und sich allmählich den Weinbergen von Bubenheim und dem kleinen Weingut der Köhlers zu nähern. Kurz nach dem Wäldchen, in dem es auch Wildschweine geben sollte - ich und Mama liefen dort immer etwas schneller - kam die schönste Stelle: der Hohlweg, der auf beiden Seiten von Brombeerranken gesäumt war. Auf der von der Sonne beschienenen Seite waren die Brombeeren besonders groß und saftig. Dies war mein Lieblingsort, denn die Brombeeren schmeckten dort so gut wie sie später nirgendwo anders schmecken sollten!

An diesem Tag, der sich in meine Erinnerung gegraben hat, wollte meine Mutter wieder einmal nach Bubenheim gehen, und ich musste in Ober-Hilbersheim auf dem Hof von Tante Hanna bleiben. Meine Kusinen und Gerhard waren irgendwo unterwegs. Tante Hanna sollte auf mich aufpassen. Denn ich durfte nicht laufen. Die fünf Kilometer, die ich sonst mühelos bewältigte, waren an diesem Tag zu viel: Ich hatte ein Furunkel in der Nähe der linken Leiste. Es war in den letzten Tagen immer größer geworden und ganz dick mit Eiter gefüllt, kurz vor dem Aufplatzen. Ich sollte mich schonen, nur liegen. Das Furunkel sollte ausreifen. Ich versuchte, Mama zu überzeugen, dass ich nicht alleine bleiben wollte, auch nicht bei Tante Hanna. Aber es ging nicht. Mama tröstete mich, sie würde sich sehr beeilen und mir ganz viele Brombeeren mitbringen. Ich war ein braves Mädchen und fügte mich endlich. Ich blieb allein zurück und dachte an die Brombeeren, während ich mich im Innenhof auf einer Liege im Sonnenschein wärmte. Die Hühner stolzierten friedlich gackernd um mich herum. Tante Hanna war irgendwo im Haus und hatte zu tun. Ich traute mich nicht aufzustehen oder mich zu rühren. Und dann geschah das, was ich doch hatte vermeiden sollen: Das Furunkel brach auf! Ich richtete mich auf: Der Eiter floss heraus. Es sah eklig aus und verschmutzte meine Hose. Ich rief nach Tante Hanna. Tante Hanna kam nicht! Ich rief wieder und wieder, wagte nicht aufzustehen. Ich wusste mir nicht zu helfen, hatte das Gefühl, Tante Hanna wäre es egal, wenn ich mich quälte, ich war ja nicht Gisela. Oder wollte sie mich zappeln lassen und dafür bestrafen, dass Mama mich ihr zum Versorgen da gelassen hatte, wo sie doch so viel zu tun hatte? Nach einer Ewigkeit, wie mir schien, kam sie dann doch. Aber da war auch schon Mama wieder zurück.

Die Brombeeren, die sie mir entgegenstreckte, beachtete ich gar nicht. Nur meine Mutter, die endlich wieder da war und mich erlöste.

Es war ein großes Furunkel gewesen. Es hinterließ eine Narbe, die bis heute sichtbar ist. Seither erinnert sie mich daran, dass jeder Zeit etwas Unvorhersehbares geschehen mag, das ich nicht verstehen oder beeinflussen kann. Für das es keinen wirklichen Trost gibt. Diese Narbe, dieses Gefühl des Verlassen Seins und der Ohnmacht, brach viele Jahre später wieder auf.

- Licht und Schatten - Beides gehört eng zusammen in meiner ersten Erinnerung. Der strahlende Sonnenschein und das Gefühl des Verlassen Seins.

Schulstraße

Schulstraße in Bremen-Aumund. Dort war unser Zuhause von 1945 - 1954, einquartiert im Einfamilienhaus von Vater und Tochter Schlumbohm, der unverheirateten, kinderlosen Volksschullehrerin. Die Kinder in der Schule reichten ihr, als Mann hatte sie ihren betagten Vater, um den sie sich kümmern musste. Sie mochte mich nicht und meine Eltern ebenso wenig. Sie hatte uns nicht eingeladen, bei ihr zu wohnen. Uns war der erste Stock - möbliert - zugewiesen worden: Wohnzimmer, Schlafzimmer und eine schmale Kammer mit Dachschräge als Küche und Waschzimmer. Bad konnte man das nicht nennen.

Mein Lieblingszimmer war das Wohnzimmer. Es schien mir groß mit zwei Fenstern, von denen man die schmale Anliegerstraße mit Kopfsteinpflaster, die hohen Bäume und die gegenüberliegenden Häuser betrachten konnte. An der linken Wand stand ein zweisitziges Sofa, altrosa Samt mit geschwungenen, schwarz lackierten Armlehnen. Sie fühlten sich kühl und glatt an und glänzten. Dazu passte der schwere, massive Büffetschrank an der gegenüberliegenden Wand: gedrechselte schwarze Säulen an den Seiten und auf der Türoberfläche kunstvoll geschnitzte Ornamente. Diesen Schrank durfte ich immer putzen, den Staub aus jeder Nische holen, die Wölbungen der Säulen polieren. Danach war ich stolz: der Schrank war wunderschön und glänzte. Es war „mein" Schrank. Mein Lieblingsplatz war die Höhle unter dem ovalen Esstisch, der ebenfalls schwarz lackiert war und ein schweres Standbein in der Mitte hatte, das sich unten in vier gedrechselte schräg stehende Füße verzweigte. Wenn man die große Häkeldecke von Frau Schlumbohm, deren Ecken bis auf den Boden reichten, etwas nach vorne zog und den Tisch weiter an das Sofa rückte - da musste meine Mutter helfen -, hing die Decke vorne mit der ganzen Seitenkante auf den Boden und der Rücken der Höhle war durch das Sofa geschützt. Dies war die Welt, in der ich mit Marina, meiner besten Freundin, und unseren Puppen herrschte.

Der zweitschönste Ort war das Doppelbett meiner Eltern am Sonntag. Morgens, wenn Mama schon in der Küche war und Papa mir Geschichten erzählte, immer wieder andere, selbst ausgedachte. Oder wenn ich ihm meine Stärke zeigen durfte: würde ich es schaffen die Finger seiner geballten Faust aufzubrechen? Ich hatte damals wohl enorme Kräfte!. Papa strahlte, wenn ich seine Hand bezwungen hatte, und ich wegen seiner Bewunderung!

Auf der ganzen Etage gab es nur eine Möglichkeit zu heizen: der gusseiserne Brikettofen im Wohnzimmer. Im Winter kniete meine Mutter jeden Morgen davor, blies hinein, um das Feuer wieder zu entfachen und legte dann Briketts nach. Die wurden aus dem Keller geholt. Es gab kein fließendes Wasser für uns, unser Wasser kam von draußen, von einer öffentlichen Pumpe 200 Meter vom Haus entfernt. Meine Mutter holte mit zwei Eimern alles Trink- und Waschwasser für uns drei von dort und trug es die Treppen hoch. Das ist wohl der Grund, warum ich Einzelkind geblieben bin: Meine Mutter hatte in der Zeit zwei Fehlgeburten, wie sie mir später einmal erzählte, als ich sie auf meinen Geschwisterwunsch ansprach.

Von der Küche erinnere ich nur wenig: ein paar Bretter auf denen zwei elektrische Kochplatten standen, die Eimer und die ovale Zinkwaschwanne. Einmal in der Woche machte meine Mutter heißes Wasser für mich und füllte die Wanne halb voll. Es roch nach Seifenwasser und

Besonderheit. Ich bewegte mich ganz vorsichtig, damit der Boden nicht nass würde. Danach begann die neue Woche.

Auf der Etage gab es noch eine Kammer, aber die hatte Frau Schlumbohm für sich als Abstellkammer behalten. Erst später, als ich in die Schule kam, musste sie auch die an uns abtreten: Sie wurde mein Kinderzimmer. Es war klein und ungemütlich mit dem großen einsamen Bett nur für mich ganz allein. Eigentlich hielt ich mich dort nur zum Schlafen auf.

Es gab auch eine Toilette. Wenn das Töpfchen nicht benutzt werden sollte für das anstehende große Geschäft, mussten wir die Treppe hinunter, zum schmalen Wohnungseingang an der Seite des Hauses hinaus und nach hinten um die Ecke. Dort war das Plumpsklo.

Bis dahin durfte ich alleine gehen. Weiter in den Garten durfte ich nur zusammen mit meiner Mutter. So war der Gang zum Komposthaufen, auf den ich Mama begleiten durfte, für mich ein Ereignis: der knirschende Kiesweg, eingesäumt von harten, grauen Kantsteinen, die mir bedeuteten, sie nicht zu übertreten, der scheue Blick auf die Pflanzen links und rechts vom Weg, wo Frau Schlumbohm etwas Gemüse und Blumen angebaut hatte. Einmal durfte ich auch hinter die andere Seite des Hauses schauen. Wir waren sicher, dass Frau Schlumbohm und ihr Vater nicht zu Hause waren. Trotzdem hielt Mama sicherheitshalber Wache in der Nähe der Toilette, wo sie den Zugang zur Straße im Blick hatte. Auf dieser vom Hauseingang abgewandten Seite wuchs ein Fliederbusch. Ein süßer Duft, summende Bienen, Wärme von der Sonne. Ein Ort voller Frieden und Leuchten. Er kam mir vor wie das verborgene Herz des Hauses, ein verwunschener Ort. Ich kann mich nur an das eine Mal erinnern, dort gewesen zu sein.

Vom Wohnzimmer aus konnte ich auf die Reihenhaussiedlung mit Etagenwohnungen gegenüber schauen. Im Eckhaus uns direkt gegenüber wohnte Martin im ersten Stock. Er war ein Jahr jünger als ich. Aber er hatte mir etwas voraus: sein Vater arbeitete in der Vulkanwerft und sie waren reguläre Mieter in einer Wohnung, die der Werft gehörte - nicht einquartiert wie wir.

Etwa hundert Meter weiter rechts die Straße hinunter kamen die besseren Häuser von der Vulkanwerft, direkt vor den großen Toreinfahrten. Es waren Doppelhaus-Hälften, die von den höheren Angestellten gemietet werden konnten. In einer davon wohnte meine Klassenkameradin Ursel, in einer anderen Annemarie. In jedem dieser Häuser lebte nur eine Familie, ein für mich unglaublicher, beneidenswerter Luxus. Die breiten Hauseingänge schauten auf eine große Grünfläche, deren Rasen mir zu gepflegt zum Spielen erschien. Wir waren eigentlich ein Trio in der Schule. Doch hatte ich immer das Gefühl, dass sie aus derselben Siedlung stammten und ich woanders her. Und ihr Weg zu uns war viel weiter als der Weg für die beiden zueinander.

Einen kurzen Weg hatte ich zu Marina. Sie wohnte direkt um die Ecke. Einquartiert wie wir, mit einer jüngeren Schwester, Mutter und Oma. Der Vater war nicht aus dem Krieg zurückgekommen. Bei ihnen war es noch enger als bei uns: Der schmale Flur war gleichzeitig Küche und Waschraum. Dann gab es noch ein Wohnzimmer, in dem die Oma und Mutter von Marina schliefen und dahinter eine kleine Kammer ohne Tageslicht als Schlaf- und Spielraum für Marina und ihre kleine Schwester. Es war immer ein bisschen unordentlich, aber gemütlich. Mama meinte, es sei auch schmuddelig. Ich fand es erleichternd, dass man bei Marina nicht alles so genau nahm. Marina war leider nicht

27

in meiner Klasse, sondern in einer darunter. Bei ihr war ich immer willkommen. Wir waren viel zusammen in ihrer Kammer. Dort tuschelten wir über unsere Geheimnisse und machten Modenschau für die Puppen. Dort waren wir geborgen.

Foto Seite 29:
Cora in der zweiten Reihe, zweite von links

29

Das Puppenkleidchen

Marina hatte viele kleine Puppen. Ich hatte drei: eine große Käthe Kruse Puppe, eine mittelgroße und eine kleine. Die kleine war genauso groß wie Marinas größte.

Damals kaufte man keine Puppenkleider. Sie wurden von den Müttern für ihre Kinder aus Stoffresten oder abgelegten Kleidern mit der Hand genäht. So jedenfalls machten das Mama und Marinas Oma.

Für meine zwei großen Puppen hatte ich viele Kleider. Aber für meine Kleine hatte ich leider nur zwei verschiedene Garnituren, etwas wenig, um wirklich Modenschau zu machen. Marina hatte für ihre größte Puppe ganz viele Kleidchen. Eines davon war besonders hübsch: zartrosa Seide mit kleinen Puff-Ärmelchen bis kurz über die Schulter. Der Ausschnitt und der Saum waren mit einer schmalen Spitze verziert, knapp ein Zentimeter breit, eigentlich weiß, aber schon ein wenig vergilbt und ganz zart und luftig wie selbst gestickt. Manchmal bekam meine kleine Puppe dieses Kleid ausgeliehen. Sie sah traumhaft darin aus, wie eine kostbare Prinzessin. Wenn ich ihr vorsichtig über das Festkleid strich und sie streichelte, stellte ich mir vor, selbst eine Prinzessin zu sein, in Prachtkleidern und strahlend schön.

Ich kam von Marina nach Hause. Mama sagte: „Warum hast du denn die Hand auf dem Rücken? Was hast du da?" Ich nahm meine Hand zögernd nach vorne und musste sie öffnen: Das Kleidchen. „Das geht aber nicht! Das musst du sofort zurückgeben!". Sie zog sich an, nahm mich an der Hand, sodass es kein Entrinnen gab, und ließ mich nicht los, bis wir bei Marina und ihrer Oma ankamen. „Cora will das Kleidchen zurückbringen!" Weder Marina, noch die Oma hatten den Verlust bislang bemerkt. Ich musste meine Hand ausstrecken und das Kleidchen dahin geben, wo es hin gehörte.

Es war nicht nur der Abschied von dem Kleidchen, der mir wehtat!

Borkum

Dass ich überlebte, verdanke ich dem Zufall. Meine Mutter irrte mit ihrer knapp zweijährigen kleinen Tochter, mir, auf den Straßen von Hude umher auf der Suche nach einem Arzt, der mich, hoch fiebernd, hustend und apathisch, behandeln würde. In der Flüchtlingsunterkunft hatte man ihr niemanden nennen können. Sie trug mich auf dem Arm, zum Laufen war ich zu schlapp. Ich war schwer.

Sie kam an einer Kaserne der britischen Besatzungsmacht vorbei. Sie fragte den Soldaten an der Wache, ob er einen Arzt wüsste. Er sah mein rotes Gesichtchen, hörte mein quälendes Husten und erkannte, dass meine Mutter nicht mehr lange durchhalten würde mit der schweren Last in den Armen. Er ließ sie durch und schickte sie ins Lazarett. Es war die erste Lungen-Entzündung, die ich hatte. Sie war lebensbedrohlich. Man behielt mich dort und pflegte mich bis ich auskuriert war und wieder zu meiner Mama in die Flüchtlingsunterkunft zurückkonnte. Danach kam die Lungenentzündung mindestens einmal im Jahr wieder, jedes Mal sehr schwer. Das änderte sich erst, als Anfang der 50er Jahre Penicillin auch in Deutschland allmählich zugänglich wurde und ich damit behandelt werden konnte.

Bis zu dem Zeitpunkt waren es jedoch nach der Erzählung meiner Mutter zehn Jahre, in denen sie und mein Vater jedes Mal um mich bangten und sich fragten, was sie zur Stabilisierung meiner Gesundheit tun könnten. Luftveränderung, meinten die Ärzte. Entweder die raue Nordseeluft zum Abhärten oder die klare Bergluft der Alpen war die Empfehlung. Die Nordsee war näher von

Bremen-Aumund aus. Es war kurz vor meinem fünften Geburtstag, als das Gesundheitsamt eine vierwöchige Kur für mich in einem Kinderheim in Borkum genehmigte. In der kalten Jahreszeit November/Dezember sollte das besonders gut sein für die Bronchien und die Lunge. Fünfzig Kinder wurden von ihren Eltern getrennt, in einem Bus in Bremen eingesammelt, ans Meer gefahren, auf einen Dampfer gesetzt und dann in das Kinderheim gebracht. Ich erinnere mich nicht an die Fahrt, nur an die vielen fremden Kinder, das Fehlen meiner Mama und das erste Abendessen in dem riesigen Speisesaal. Wir saßen eng nebeneinander auf den Holzbänken, wie Hühner nebeneinander gepfercht, sollten uns benehmen und essen. Wie ging das? Die Nonnen waren streng, laut sprechen war untersagt, keines der Kinder hatte Lust dazu. Ich wollte nach Hause. Das Essen schmeckte auch nach vielen Tagen noch nicht. Vielleicht lag es auch an der Läusehaube, die ich nach einer Woche tragen musste. Nicht nur ich, alle Kinder. Irgendjemand hatte Läuse mitgebracht. Ich wusste, dass ich vorher keine gehabt hatte. Die Haube bedeckte meinen ganzen Kopf, alle Haare wurden darunter verstaut, nachdem sie mit einer dicken weißen Paste eingeschmiert worden waren. Wir durften die Maske nicht abnehmen, sie musste Tag und Nacht auf dem Kopf bleiben, auch beim Schlafen. Nicht einmal zum Kratzen war das Abnehmen erlaubt. Es juckte fürchterlich. Ich beobachtete die anderen Kinder, wie sie heimlich im Waschraum die Haube abnahmen, sich heftig kratzten und dann schnell das dicke Ding wieder aufstülpten, wenn sie eine Nonne kommen hörten. Ich tat das nie, ich wollte brav sein und keinen Ärger machen.

Nach zwei Wochen musste die Haube wieder ab und die Paste ausgewaschen werden. Jetzt machte ich Ärger, auf jeden Fall einen Höllenlärm, es war nicht zu verhindern. Ich schrie wie am Spieß, als die Nonne versuchte die Haube zu lösen. Meine Kopfhaut war daran festgeklebt und ging mit ab. Das Bravsein hatte sich für mich nicht gelohnt. Ich weinte noch Stunden lang.

Bald wäre es vorbei, nur noch ein paar Tage, dann dürfte ich wieder nach Hause - ein schwacher Versuch mich zu trösten. Das Essen schmeckte immer weniger. Ich wurde krank und isoliert von den anderen Kindern. Jetzt war ich ganz allein in einem Zimmer und wollte gar nichts mehr essen. Aber das ging nicht. „Das Kind muss wenigstens ein paar Bissen zu sich nehmen! Jetzt iss doch etwas!" Ich tat es - und übergab mich. Ein dickes Kopfkissen im Rücken, damit ich mich etwas aufrichten konnte. Weißes Leintuch und Bettbezug. Aber vor mir direkt vor meinem Gesicht graugrüner, brockiger Brei. Er besudelte das grelle Weiß der Bettdecke. Ich konnte nichts tun. Es war so eklig und ich so hilflos.

Eine Nonne kam. Ihre weiße Haube ließ das lange knochige Gesicht noch strenger wirken. Sie hieß Elisabeth und hatte noch nie gelächelt. Doch jetzt wurde ihr Gesicht richtig finster. Ein Blick reichte. „Du hast ja noch nicht einmal das Bisschen auf deinem Teller gegessen. Und dann hast du auch noch alles ausgespuckt! Du isst das jetzt auf der Stelle auf, was da auf der Bettdecke ist. Ich will das nicht mehr sehen." Sie blieb neben mir stehen. Drohend wartete sie auf den Vollzug ihres Befehls. Ich fing an damit. Wie es weiter ging, weiß ich nicht mehr. Ob ich alles wieder aufaß, ob die Nonne doch noch Erbarmen zeigte oder ob mein Kopf vor Ermattung wegkippte und mich mit Vergessen einhüllte, ist mir entfallen. Ich weiß nur, dass ich tatsächlich meinen Löffel in die Hand nahm und zumindest einen Mund voll wieder in mich hineinzwang.

Jetzt waren es nur noch zwei Tage bis zur Heimreise. Ich überstand sie irgendwie, ohne weitere Erinnerung. Sie setzt erst wieder ein in Bremen.

Der Bus entlud die fünfzig Kinder. Da standen meine Eltern, aufgeregt, nahmen mich in den Arm und drückten mich. „Hast du dich gut erholt? Du hast doch sicher ganz viel erlebt. Mit all den Kindern muss es doch richtig schön gewesen sein! Und die gute Luft!" Ich konnte nur kuscheln und kaum etwas sagen. „Jetzt gehen wir auf den Freimarkt, den Bremer Weihnachtsmarkt, wenn wir schon einmal hier sind. So viele bunte Lichter hast du noch nie gesehen. Und ganz viele Karussells. Du kannst dir aussuchen, in welchem du fahren möchtest." Langsam fiel ihnen auf, dass ich mich nicht zu freuen schien, dass ich nicht redete. Dass ich einen roten Kopf hatte und meine Stirn ganz heiß war. „Es macht dir ja gar keinen Spaß! Was ist denn los?", fragte meine Mama. „Ich will nach Hause!", war alles, was ich sagen konnte.

Am nächsten Morgen diagnostizierte der herbeigerufene Arzt eine schwere Lungenentzündung.

Die rote Schleife

Musste das sein? Eine sechs Zentimeter breite, rote Taftschleife, die meinen etwa fünfundzwanzig Zentimeter langen Pferdeschwanz zusammen hielt? Meine Haare waren voll und locker, mittel- bis goldbraun. Und zu feierlichen Anlässen - wie dem Termin in einem Foto-Atelier - hatte meine Mutter sie mir vorher mit einigen dicken Lockenwicklern für eine halbe Stunde eingerollt, damit sie lockig fielen. Meine Haare und meinen Pferdeschwanz mochte ich - kräftig und pflegeleicht, was sie auch mein ganzes weiteres Leben blieben, durch alle verschiedenen Haarschnitte hindurch.

Nur einmal hatte meine Mutter den Versuch mit Dauerwelle gewagt - damit die dicken Lockenwickler entfallen könnten. Der Versuch war misslungen: Anstatt einer leichten, lockeren Welle hatte die zu stark dosierte Dauerwelle meine dicken Haare in eine unförmige Krause verwandelt, die wie die später beliebten Afro-Mähnen ungebändigt von meinem Kopf abstand. Afro war damals noch nicht in Mode und so wurde die Mähne mit einem dünnen Haarreif aus Horn mühsam zusammen gehalten und bei nächster Gelegenheit in eine Kurzhaarfrisur verwandelt.

Das nette Fotografenfoto von mir, etwa sieben Jahre alt, mit meiner Mutter, für das mein Vater noch lange Zeit nach ihrem Tode einen Ehrenplatz bewahrte, ist vor der Dauerwelle entstanden, als der Pferdeschwanz noch voll und natürlich war. Aber natürlich fühlte ich mich nicht. Da war nämlich die Taftschleife. Und das brave karierte Kleid mit dem weißen Bubikragen, das auf dem Porträt-

Foto deutlich zu sehen ist. Das glatte, kindliche Gesicht einer Siebenjährigen, wohl gerundet, freie Stirn. Das schmelzende, liebliche Lächeln einer behütet erzogenen Tochter. Sie weiß, was man von ihr erwartet, wie sie wohlgeraten wirkt. Sie lächelt auch für ihre Mutter, für die die Taftschleife dazugehört. Auch der Gehorsam gehörte dazu.

Es schaudert mich noch heute, wenn ich an die aufdringliche Breite der leuchtend roten glänzenden Schleife in meinem schönen schlicht glatten Haar denke.

Die Vulkan-Werft

1948 im Spätsommer in Bremen-Aumund. Ich sehnte meinen fünften Geburtstag herbei. Vielleicht würde ich dann endlich mehr erleben und mehr Freunde haben.

„Du kannst ruhig mal mitkommen auf den Vulkan-Berg, wir sind ja nicht so." Zum ersten Mal war ich mit ein paar Kindern aus der Nachbarschaft unterwegs, mit denen ich sonst noch nicht gespielt hatte, lauter Vulkan-Kinder, die gegenüber wohnten. Auf den Vulkan-Berg gehen hatte meine Mutter mir erlaubt.

Der Vulkan-Berg war ein Hügel hinter den Schrebergärten der Werksangehörigen, der auf der anderen Seite direkt an die Weser grenzte. Flach und unwirtlich, kaum bewachsen, nur ein paar spärliche Gräser. Aber dafür viele Kuhlen, Kuhlen in denen man sich verstecken konnte. Und zum Verstecken spielen waren wir hier her gekommen. Aber dann war etwas anderes daraus geworden. Die drei Jungen hatten die tiefste und größte Kuhle ausgesucht und mich und das andere Mädchen mit hineingezogen. Wir hockten ganz unten zwischen ein paar vereinzelten Steinen. Es war geheimnisvoll, keiner sollte uns sehen, und keiner konnte es von oben aus der Ferne, denn wir hatten uns ganz tief geduckt. Es kam ohnehin kaum jemand auf diesen Hügel, der mir eigenartig und zu nichts nutze schien. Und dann begann ein ganz besonderes Spiel, eines, das ich noch nicht kannte. Ein Junge öffnete seine Hose und holte etwas heraus, was ich auch noch nie richtig gesehen hatte, höchstens mal aus der Ferne. Jetzt war es ganz nah und konnte betrachtet werden. Was machen die da? Warum

38

nehmen die dieses dünne Stöckchen? Das tut doch weh, wenn man damit piekst! Anfassen durfte man nicht, nur mit dem Stöckchen berühren, ob sich etwas veränderte. „So wie es der Doktor macht", sagte einer. Ich wollte gar nicht hinsehen, das war doch irgendwie nicht richtig. Dann war das Nachbarmädchen an der Reihe. „Zieh mal dein Höschen runter, mal sehen wie du aussiehst!" Ich zuckte zusammen - sie tat es wirklich. Ich spürte förmlich wie es schmerzen würde, wenn ich dran käme. Aber die Wissbegier meiner vier Begleiter war ganz sachlich, es war egal, ob es weh tat oder nicht. Tatsächlich: Mädchen sahen ganz anders aus als Jungen. „Ich muss nach Hause" - ich war an der Reihe. Ich sprang auf und rannte davon, hörte noch, wie sie „Feigling" und „Heulsuse" hinter mir herriefen.

„Mit denen will ich nicht mehr spielen", verkündete ich meiner Mama. Sie meinte verständnisvoll, dass da ja noch viele andere Kinder seien, die meisten von den Leuten der Vulkan-Werft. Mein Papa arbeitete nicht dort. Ich konnte nie entscheiden, ob das gut oder schlecht war: Er war ja wohl ganz zufrieden, dass er jeden Morgen mit dem Bus eine dreiviertel Stunde in das mir unendlich weit entfernt scheinende Ingenieur-Büro Agatz in Bremen-Farge fahren musste, mit dem er Ende des Krieges von Berlin hierher umgezogen war. Er saß da an einem Schreibtisch mit großen Plänen vor sich, dachte viel nach und änderte dann etwas in den Plänen. Er schien stolz darauf, aber mir wäre lieber gewesen, er hätte auch in der Vulkan-Werft gearbeitet. Dann hätte ich dort dazu gehört, hätte vielleicht auch gegenüber in einer Werkswohnung gewohnt und nicht auf dieser Seite der Straße, wo Flüchtlinge oder Vertriebene wie wir einquartiert waren.

Mir blieben die Flüchtlingskinder und andere Vulkan-Kinder. Ich verlegte mich auf Streifzüge mit ihnen in den großen verwilderten Garten direkt vor dem Haupteingang der Werft. Er war mit einem hohen Zaun umgeben, aber das Eingangstor war halb heruntergerissen und wir konnten hineinschlüpfen. Hier war das Gras so hoch, das man sich auch verstecken konnte. Es war viel schöner als auf dem Berg, verwunschener mit den vielen wilden Blumen, den weißen Margeriten und den lila rankenden Wicken. Hier fühlte es sich nach Unbekanntem und Abenteuer an. Ich liebte es, mir dort den Weg durch die Pflanzen zu bahnen und Neues zu entdecken, obwohl es gefährlich sein sollte. Das hatte mir meine Mutter eingeschärft: „Geh nie dort hin. Wer weiß, was dir da passieren kann." Deshalb der Zaun und das Schild „Betreten verboten". Ich hielt mich nicht daran. Es ging immer gut und ich erzählte ihr nie etwas davon. Diese "Gefahr" war mir lieber als die auf dem Berg.

Dann waren da noch die Kinder, mit denen ich zusammen zu dem großen Ereignis ging, wenn sich die Werkstore öffneten und Zuschauer eingelassen wurden. Wir liefen über die Gleise zwischen den Werkshallen hindurch, mussten immer aufpassen, wo wir hintraten. Es lag so viel herum. Endlich standen wir dann vor dem Bug eines riesigen Schiffes. Er schien schier unendlich in die Höhe zu ragen. Nachher, wenn die Seile gekappt waren, der Dampfer ganz langsam ins Wasser geglitten war und dann auf der Weser mit dem Schlepper davongezogen wurde, wirkte er plötzlich ganz klein. Ich spürte den Stolz der Menschen: „Dieses Schiff ist hier entstanden, in unserem Ort. Dabei haben wir mitgearbeitet. Wir können uns in der Welt sehen lassen." Es waren wunderbare Ereignisse. Besonders, weil da immer ein kleines Mädchen war, jedes Mal ein anderes, das aller Augen auf sich zog. Die Tribüne, zwei bis dreimal so hoch wie die umgebende Menschenmenge, war direkt vor dem Bug des Schiffes aufgebaut. Dort standen die wichtigen Leute, vielleicht zehn an der Zahl, Bürgermeister und Ähnliches. Reden wurden gehalten. Und dann wurde das kleine Mädchen in seinem Kleidchen mit dem dicken Petticoat von seinem Papa hoch in die Luft gehoben - mein Nacken wurde ganz steif beim Zuschauen. Er nahm die an einem Seil befestigte Sektflasche dem Nebenstehenden ab, drückte sie seinem Töchterchen in die Hand und sagte „Jetzt wirf ganz kräftig mit Schwung!" Es klappte, die Sektflasche zerschellte am Bug, und das Schiff war getauft. Das hätte ich auch gerne einmal gemacht. Aber dazu hätte mein Papa Werksangehöriger sein müssen.

Taufe des Fischdampfers „Berlin" durch den stellvertretenden Oberbürgermeister Berlins Dr. Ferdinand Friedensburg im Jahre 1949 (Wikipedia)

Zu Hause wollte ich wissen „Wo fährt das Schiff jetzt

hin?" Mein Vater erklärte es mir: „Es wird von den Schleppern nach Bremerhaven geschleppt. Dort wird geprüft, ob es auch allein navigieren kann und dann wird es beladen mit Frachtgut aus Deutschland, manchmal Autos, manchmal Maschinen, vielleicht auch Wein oder andere Sachen, die es in Amerika, Afrika oder Asien nicht gibt. Die fährt es dann über das Meer, lädt sie dort im Hafen aus und lädt dafür Dinge ein, die wir hier in Deutschland haben wollen." Das klang sooo aufregend. „Da möchte ich auch gerne mal mitfahren." Mein Vater konnte das gut verstehen: „Ja, ich am liebsten auch. Im Augenblick geht das aber nicht. Da sind Fracht- und Passagierschifffahrt noch voneinander getrennt. Doch ich habe gehört, dass sie dabei sind Schiffe zu entwerfen, die Fracht befördern und gleichzeitig auch einige Passagiere mitnehmen. Vielleicht können wir das in ein paar Jahren mal machen."

Am Wochenende gingen wir am Ufer zwischen Aumund und Vegesack spazieren: ein Weg etwa einen Kilometer entlang der Weser. Auf der breiten gepflasterten Promenade wäre ich gerne gerannt. Aber das durfte ich nicht wegen der vielen Menschen, die ruhig einherschreiten wollten. So hatte ich genügend Zeit, um die Villen der Reichen zu bestaunen, die erhaben linkerhand auf der Anhöhe über der Weser thronten. Auf der rechten Seite, hinter einer niedrigen Schutzmauer gegen Hochwasser, verlockte der feine weiß gelbe Wesersand zum Spielen und Baden. Aber dafür kam Mama lieber an einem Wochentag mit mir, wenn nicht so viele Leute da waren. Manchmal gab es zur Krönung des Sonntags noch ein Stück Apfelkuchen mit Schlagsahne in dem vornehmen Aussichtscafé an der Hafeneinfahrt von Vegesack. Hier konnte ich die großen Schiffe bestaunen, die an Vegesack vorbei noch weiter zum Hafen von Bremen fuhren, ihre geheimnisvolle Fracht entluden und anschließend wieder zurück aufs freie Meer hinaus in die Welt, die große, weite unbekannte Welt. Ich konnte mich nicht satt sehen an den Dampfern, während mein Vater mir von Seefahrern und den Heldentaten von Klaus Störtebeker erzählte. Hier an der Weser und beim Stapellauf auf der Vulkan-Werft wurde mein Wunsch, fremde Länder kennen zu lernen, geboren.

Etwa fünfzehn Jahre später erfüllte sich dieser Wunsch zum ersten Mal: Meine Mutter und ich reisten auf einem sogenannten „Kombischiff" nach Lateinamerika zu meinem Vater. Er selbst konnte sich zeitlich den Luxus einer sechswöchigen Schiffsreise zum Antritt seiner Tätigkeit als Berater einer Gewerbe-Fachschule in Santiago de Chile nicht erlauben. Die Reise auf dem Frachter mit zwölf Passagierdoppelkabinen führte von Bremerhaven über Amsterdam und den Atlantik durch den Panamakanal nach Kolumbien, Ecuador, Peru und endlich nach Chile. Für mich - zu diesem Zeitpunkt zwanzig Jahre alt - war es ein Abenteuer in vielerlei Hinsicht: Die anderen Passagiere waren für mich uninteressant, ich war die einzige Jugendliche. Ich pflegte Kontakt zur Mannschaft. Die jungen Seeleute waren meinem Alter am nächsten. Ich war erstaunt, dass meine Mutter dies zuließ. Die Matrosen zeigten mir die Welt der Seefahrer, zum Beispiel das Rotlichtmilieu von Amsterdam mit den bunt ausgeleuchteten Schaufenstern und den bereiten Damen. Ich staunte und die Matrosen waren zufrieden.
Nach Amsterdam folgte eine lange ununterbrochene Seestrecke, auf der mir leider der Zugang zu dem Mannschaftsdeck untersagt wurde. Offenbar meinte der Kapitän, dass ich mich mit den Matrosen und insbesondere dem Obermaat zu gut verstehen würde. Sie könnten vielleicht ihre zu Beginn der Reise noch

vorhandenen guten Manieren nach mehreren Wochen ohne Landgang vergessen. Das Ende der Reise verlief für mich daher recht eintönig.

Chile war für mich die erste Erfahrung auf einem andern Kontinent. Ich blieb ein Jahr. Knapp zehn Jahre später ging ich mit meinem Mann zusammen für fünf Jahre nach Botswana im südlichen Afrika. Und wiederum zwanzig Jahre später verbrachte ich mit ihm und unseren beiden Kindern zwei Jahre in Indien.

1996 las ich in der Zeitung, dass die Vulkan-Werft Konkurs angemeldet hatte. Es berührte mich, dass diese weltbekannte und in meiner Kinderzeit so erfolgreiche Werft, für die auch ich immer ein wenig Stolz empfunden hatte, nicht mehr konkurrenzfähig war. Die Zeitung berichtete, dass die Werft sich auf den Bau von Kombi-Schiffen konzentriert und in ihrer Blütezeit circa zehn pro Jahr vom Stapel gelassen hatte. Auf einem solchen Schiff waren wir nach Chile gereist. Anfang der 90-er Jahre begannen Probleme wie Streiks und Veruntreuung und die Werft verpasste die Anpassung an die Weltmarkt-Entwicklung. Eine Ära war zu Ende gegangen.

Ich erinnerte mich, dass die Vulkan-Werft schon bestanden haben musste, als wir 1945 nach Bremen-Aumund kamen. Was war ihre Aufgabe im Krieg gewesen? Ich fand heraus, dass sie als Tochter-Unternehmen 1938 speziell für militärische Aufgaben gebaut worden war, besonders für den U-Boot-Bau. Jetzt wurde mir klar, wo ich fast fünfzig Jahre zuvor als Kind gespielt hatte:

Der Vulkan-Berg verdeckte unauffällig die darunter liegenden U-Boot-Hallen, gut getarnt, da sie aus der Luft wie eine verbreiterte Deichanlage gewirkt haben müssen. Die Kuhlen, die uns zum Versteckspielen gedient hatten und so eigenartig gleichmäßige und unnatürlich runde

Formen hatten, waren Bombenkrater aus den Bombardierungen der Alliierten.

Auf dem Wiesengelände vor dem Eingang zur Werft waren Blindgänger befürchtet worden, zu deren Räumung man noch keine Gelegenheit gefunden hatte. Die Befürchtung erwies sich zum Glück für uns Kinder als grundlos.

Bei einer Nostalgiefahrt mit meinem Vater 2004 nach Bremen-Aumund - ich hatte gerade meine Berufstätigkeit in der Entwicklungshilfe beendet - fanden wir die Schulstraße und die Reihe der roten Backsteinhäuser sofort wieder, selbst das Kopfsteinpflaster war noch das alte. Ich meinte überrascht zu meinem Vater: „Hier hat sich ja gar nichts verändert. Alles ist wie früher. Aber damals kam es mir mit der Vulkan-Werft zusammen beeindruckend und großartig vor, wie ein Tor zur großen weiten Welt. Jetzt nach den vielen Reisen, die ich gemacht habe und ohne die Werft, erscheint mir alles hier klein, unbedeutend und vergangen."

Suche

-

Jugend und Freunde

Tanz des Lebens - Lebensbaum

Ein Augenblick im Herbst:

Lebensbaum
Im Blätterkleid
Vor grauem Himmel
Herbstluft leise weht.

Buntes Laub
In Taumel tanzend
Vielfältig
Zur Erde strebt.

Kleine Zirkel
Abwärts um das Lot.
Der Weg im Leben
Ebenso?

Ein andres Blatt
Hüpft auf und nieder,
Seitwärts
Neugier getrieben.

Unsteter Kurs
Und fröhlich Flattern
Doch Sog zum Boden
Wirkt auch hier.

Das Nächste
Rhythmisch wiegend
Im Einklang
Mit dem sanften Fall.

Das Vierte strebt
Wie angezogen
Gradlinig fort
Vom Anfangspunkt.

Das Fünfte jetzt
Mit Riesensprüngen
Hinauf, hinab
Auf ungewissem Pfad.

Das Sechste dann
Zieht schräg nach oben
Voll Stolz
Der Erde Kraft entrückt?

Das Siebte
In des Lebens Sänfte
Wiegt sich vom Anfang
an den andern Ort.

Alle vereint
In Zögern, Toben
Und Ringen um
Des Lebens Glück.

Doch jedes
Seinen eigenen Weg:
Nur dieser hier
Der beste zu dem Ziel!

Ein Augenblinzeln später:

Die Luft steht still,
das Leben schweigt,
holt Atem für
den nächsten Tanz.

Starklofstraße

Endlich war es so weit. Wir konnten umziehen.

Meine Eltern hatten lange überlegt, wie sie das Darlehen nutzen könnten, das ihnen von der Regierung für den Neubau von Wohnraum zustand. „Ich bin jetzt seit drei Monaten an der Staatsbauschule und fühle mich wohl. Die Kollegen sind angenehm und mögen mich, die Studenten nennen mich „Bubi", weil ich der jüngste im Kollegium bin, und sie meinen es nett. Ich werde dort lange bleiben und wir sollten alle nach Oldenburg umsiedeln", überlegte mein Vater. „Mit dem Flüchtlingsdarlehen könnten wir selber bauen - das machen einige Kollegen. Oder wir beantragen eine Wohnung bei der GSG, der Gemeinnützigen Siedlungsgesellschaft. Dafür müssten wir unser Flüchtlings-Darlehen an sie abtreten - das Geld benutzen sie zum Neubau von Wohnungen - und wir bekämen eine zugeteilt mit lebenslangem Wohnrecht. Man könnte uns also nie kündigen", erklärte er. Meine Mutter konnte sich nicht vorstellen selber zu bauen: „Ich bin ja viel zu weit weg, um mich um ein Grundstück zu kümmern. Und du kannst nicht einfach deinen Unterricht ausfallen lassen. Außerdem haben wir nicht genug Geld dafür. Wir müssen alles neu kaufen, Möbel, Hausrat und Gardinen. Hier bei den Schlumbohms gehört alles ihnen. Wir durften doch nichts gegen eigene Sachen austauschen. Wir müssten zusätzliche Kredite aufnehmen." „Das machen viele heute. Die meisten meiner Kollegen kaufen „auf Pump". Jetzt geht es ja wieder aufwärts in Deutschland und da dürfte es keine Schwierigkeiten geben mit der Rückzahlung. Ich habe eine feste Anstellung und werde bald Beamter sein", war die Antwort meines Vaters. Aber meine Mutter wollte nicht: „Das gefällt mir nicht. Man weiß nie, was kommt, es kann so schnell gehen. Denk an die Währungsreform ´48. Dadurch habe ich mein ganzes Erbe verloren. Lieber zuerst sparen, um alles bar bezahlen zu können. Wir sollten mit dem Hausbau noch warten." Sie beschlossen, den Wunsch nach einem Eigenheim mit dem Abschluss eines Bausparvertrags zu beginnen und noch etwas zurückzulegen für ein Auto. „Es wäre toll, Urlaub mit dem eigenen Wagen machen zu können. Ich habe jetzt immer lange Ferien!", schwärmte mein Vater voller Vorfreude.

Das klang sehr verheißungsvoll für mich. Ich war neun Jahre alt. „Soll ich schon mal anfangen zu packen?", fragte ich. „Damit hast du noch Zeit", lachte mein Vater. „In Oldenburg gibt es jetzt keine freien Wohnungen. Viele Flüchtlinge wie wir suchen ein neues Zuhause. Da sind ´zig Millionen aus dem Osten gekommen während und nach dem Krieg. Die Wohnungen von der GSG müssen erst noch gebaut werden. Und dazu muss erst einmal das Neubaugebiet am Rande der Stadt erschlossen werden. Das dauert."

Es dauerte zwei Jahre. 1954 zogen wir in ein Mehrfamilienhaus mit drei Eingängen und drei Hausnummern. Das neu erbaute Gebäude war eines von vier großen Komplexen mit je 18 Wohnungen. Es waren schlichte Häuser, wie langgezogene dreigeschossige Kästen in Cremeweiß getüncht und nur durch drei Eingangstüren aufgeteilt, deren Anstriche in unterschiedlichen Farben Leben in die Fassade bringen sollten. Eine Rasenfläche vor den Gebäuden gab Weite, blieb aber lange Zeit schmucklos, bis die GSG den Bewohnern gestattete, die Grünflächen zu bepflanzen. Mein Vater war einer der wenigen, der nach gut zwanzig Jahren zu beiden

Seiten unseres Eingangs einen Busch setzte, linkerhand eine dunkelrot blühende Rose, vielleicht zum Andenken an meine Mutter, die Rosen geliebt hatte.

Zwei Stufen führten zur Haustür, dahinter begann der Pepita gemusterte Terrazzoboden, linkerhand die sechs Briefkästen. Ich fand es immer spannend, wenn ich die Post holen durfte: würde es eine Überraschung geben? Wie viele Briefe hatten die anderen bekommen? Man konnte es durch einen schmalen Glasschlitz im unteren Teil des Türchens erspähen! Drei Stufen waren es dann zu den beiden Wohnungstüren des Erdgeschosses. Rechts führte die Treppe nach unten zu den Kellerräumen, die jeden Winter mindestens einmal unter Wasser standen - das Grundwasser drückte hoch. Geradeaus wurde der Flur etwas düster, bis man zur Treppe kam mit dem Holzgeländer, dessen Handlauf braun gestrichen war und mit dem cremefarbenen Ton der gedrechselten Streben harmonieren sollte. Unsere Wohnung lag in der Mitte im ersten Stock. Ein eigenartiger Name war das, „Starklof", dachte ich. Wahrscheinlich irgendein berühmter Mensch so wie in den Nachbarstraßen, von Finck und von Berger. Das waren wohl Adlige gewesen. Mit Elsässer- und Lothringerstraße konnte ich auch noch etwas anfangen, das hatte mit dem Krieg zu tun, so wie auch Sedan und Mars-la-Tour Straße. Die Namen „Melkbrink" und „Nedderend", direkt um die Ecke, gefielen mir. Sie klangen so schön plattdeutsch, was in Oldenburg von den Alt-Eingesessenen gesprochen wurde, wenn sie unter sich waren. Hier gab es vorwiegend Einfamilien-Reihenhäuser, alle schon etwas älter und nach dem ersten Weltkrieg erbaut. Besonders gefiel mir der Name „Friedrich-August-Platz". Das klang nach Tradition und Stolz auf Geschichte. Bald lernte ich, dass Friedrich August ein besonders berühmter Großherzog in Oldenburg gewesen war, dass überhaupt vieles in Oldenburg sich auf die Zeit des Großherzogtums bezog und auch heute noch die meisten Bürger zufriedene Verwaltungsleute waren. Von hier in Richtung Innenstadt gab es die prächtigeren Häuser, die noch älter waren, und manche aus der Gründerzeit.

Ich eroberte die neue Wohnung. Ich mochte den Geruch des Linoleums, braunrot in allen Räumen, von meiner Mutter täglich feucht aufgewischt und einmal in der Woche frisch gebohnert. Drei Zimmer waren es auf 65 Quadratmetern mit einem Sonnenbalkon auf der Rückseite zu dem schmalen Garten, der die drei hinteren Eingänge miteinander verband. Dort war später mein Schaukelgerüst der Anziehungspunkt für die Kinder aus der Nachbarschaft.

Die Schlafzimmermöbel meiner Eltern waren dunkel und wuchtig aus Mahagoni, so eng gestellt, dass man sich gerade noch darin bewegen konnte. Der auf Hochglanz polierte Schleiflack brachte die ebenmäßige Maserung des Holzes zur Geltung. Die Türen - ganz schlicht – entfalteten ihre Wirkung nur durch den Glanz. Anstelle der sonst üblichen Frisierkommode hatte meine Mutter einen Spiegel-Schiebetürenschrank gewählt, der den Raum ein wenig vergrößerte und in dem ich mich gerne spiegelte. Manchmal, wenn ich mich von meiner Mutter unbeobachtet wusste, übte ich Tänze davor. Eigentlich fand ich die Schlafzimmereinrichtung etwas zu düster und imposant. Sie schien mir zu sagen: „Ich habe sehr viel gekostet. So viel Geld haben deine Eltern gespart! All dies gehört euch. Deine Eltern sind stolz auf mich und du musst es auch sein. Ihr habt jetzt ein gutes Leben. Mach etwas daraus!" Dies schien der Auftrag meiner Eltern für meine Zukunft. Dann tanzte ich wieder.

Am liebsten war ich im Wohnzimmer. Es war recht voll, aber behaglich: Essen, Arbeiten, Ruhen und besonders Gemütlichkeit, alles auf achtzehn Quadratmetern.

Für meinen Vater wurde ein Klapptisch mit weißer Resopalplatte in der ganzen Breite vor dem großen Fenster an der Stirnseite des Wohnzimmers angefertigt. Dort saß er jeden Tag und machte statische Berechnungen bis tief in die Nacht. Eigentlich sah ich nur seinen Rücken und gelegentlich eine Rauchwolke, wenn er ein Zigarillo schmauchte. „Pass auf, dass du keine Löcher in die Gardinen brennst!", sorgte sich meine Mutter. Doch Vaters Bemühen war nicht immer von Erfolg gekrönt. Ich durfte seine Arbeit unterbrechen, wenn ich Fragen zu meinen Hausaufgaben hatte oder meine „technische Begabung" beweisen wollte. Die erwähnte mein Vater immer voller Stolz - er hatte bei meiner Geburt auf einen Knaben gehofft. Wenn mir einer der seltenen Versuche mit dem Physikbaukasten, den er mir zu Weihnachten geschenkt hatte, zu misslingen drohte, kam er mir zu Hilfe und das dadurch gelingende Resultat wurde von ihm wieder als Bestätigung seiner These angesehen.

Von vorne sah ich ihn nur am Esstisch. Ein Tisch mit abgerundeten Ecken auf der linken Seite des Raumes, in der Regel von einem frisch gebügelten Tischtuch bedeckt um die schöne Birkenholzplatte vor Kratzern zu schützen. Hier hatte mein Vater Zeit, unterhielt sich ausgiebig mit mir über Politik oder das Tagesgeschehen und vertilgte dabei die Essensreste von allen drei Tellern, einschließlich der Fettränder, die meine Mutter von den Koteletts abgeschnitten hatte. „Man darf kein Essen umkommen lassen", war seine Devise aus der Nachkriegszeit. Meine Mutter hielt sich bei der Unterhaltung zurück. Ich dachte, sie sei nicht interessiert oder könnte nicht mitreden, denn sie hatte ja nur „Volksschule". Auf jeden Fall fühlte ich mich durch die Aufmerksamkeit meines Vaters geehrt und sah insgeheim ein wenig auf meine Mutter herab.

In der Ecke links vom Esstisch bewahrte der maßgefertigte Eckschrank das gute Geschirr mit dem taubenblauen Goldrand von Rosenthal, die geschliffenen Likörgläser, silberne Kerzenleuchter und andere Kostbarkeiten für die eventuellen Besuche von Kollegen der Staatsbauschule auf.

Der kleine Tisch vor dem gemütlichen Kachelofen mit den großen hellgelb glasierten Kacheln, der mit Kohle befeuert zur Heizung vom Wohnzimmer und meinem Zimmer diente, sollte zum Esstisch passen. „Ich möchte auch etwas wirklich Modernes in unserer Wohnung haben. Nierentische sind jetzt der letzte Schrei. Es gibt sie in allen Größen und auch richtig bunt. Das würde etwas Leben in unser Wohnzimmer bringen", war der Wunsch meines Vaters. Der konische Verlauf der Beine harmonierte mit den Beinen des Esstisches, das andere weniger: Schräg gestellte, sperrige Beine, die Platte mit einer geriffelten türkisfarbenen Plastikfolie überzogen und mit einer überraschend hübschen Reihe von Messing farbigen großen Nieten befestigt. Dieser Tisch wurde das Zentrum unserer Gemütlichkeit. Hier brachte mein Vater mir und meiner Mutter Skat fürs Wochenende bei, oder er spielte Schach mit mir. Er war ein guter Verlierer, zumindest tat er so, wenn er mich gewinnen ließ. Meine Mutter war ehrgeiziger und konnte sich zu meiner Freude richtig ärgern, wenn sie verlor.

An diesem Nierentisch verbrachte ich nach erledigten Hausaufgaben an den Nachmittagen lange Stunden in eines meiner Bücher vertieft, genoss die Anwesenheit des Rückens meines Vaters und verzehrte dabei einen Apfel nach dem anderen, die meine Mutter - in gesunder Ernährung geschult - bereitwillig nachlieferte. Ich hatte eine besondere Methode entwickelt: Mit beiden Schneidezähnen setzte ich vorsichtig ganz oben am Apfel an und schälte ihn in einer kreisförmigen Spirale bis zum Stielende. Wenn ein Schalenstreifen abriss, setzte ich wieder an in der Hoffnung, der neue Streifen würde länger. Die Streifen hob ich auf dem kleinen Teller auf und aß sie zum Nachtisch. Erst wenn der Apfel ganz nackt war, begann ich mit seinem Verzehr und schwelgte dabei in den Erlebnissen meiner Helden Odysseus, Prinz Eisenherz oder später Karin und anderer Mädchen.

Als ich so alt war, dass auch die Geschichten von Karin und Anderen zu lesen uninteressant wurde und ich lieber selber erleben wollte, was Mädchen an Jungen so interessant fanden, räumte ich den Platz am Nierentisch. Gerade rechtzeitig für meine Mutter, die zu diesem Zeitpunkt eine Ausbildung zur Hilfslehrerin begonnen hatte. Viele Lehrer waren aus dem Krieg nicht zurückgekommen und durch den Babyboom der Nachkriegsjahre herrschte ein akuter Mangel an Volksschullehrern. Es wurden Freiwillige gesucht, die bereit waren, eine kurze Behelfsausbildung zu absolvieren, um anschließend in den Eingangsklassen zu unterrichten. Hier saß sie nun an meinem ehemaligen Platz jeden Tag von Lehrbüchern umgeben und setzte sich mit pädagogischen Theorien auseinander, lernte auswendig und war wild entschlossen, die Prüfung zu bestehen. Sie bestand nicht nur, sondern wurde ausgezeichnet und sollte sofort mit dem Unterrichten beginnen. Sie entschied sich jedoch dagegen: Die Herzprobleme hatten angefangen und so ernsthaft, wie sie die Prüfung genommen hatte, so ernst würde sie sich auch auf den Unterricht vorbereiten. Es war ihr zu viel. Eines hatte sie jedoch erreicht: sie hatte sich bewiesen, dass sie mit ihren knapp fünfzig Jahren noch eine beinah akademische Prüfung meistern konnte. Ich musste ihren Willen und ihr Durchhaltevermögen insgeheim anerkennen. In ihr steckte offenbar mehr als „nur" meine Mutter zu sein. All dies stellte ich jedoch nur am Rande fest, denn ich war jetzt sehr mit mir, den Gleichaltrigen und was außerhalb der Familie vor sich ging, beschäftigt.

Die Einrichtung des Wohnzimmers wurde ergänzt durch eine „Chaiselongue" links von der Tür, um meinem Vater oder mir ein Nickerchen nach der Schule zu ermöglichen. Ein safrangelber Samtbezug und ebenfalls schräg gestellte Beine machten das Möbel einladend. Wenn ich von der Schule erschöpft nach Hause kam, warf ich mich darauf und wollte schlafen. Regelmäßig öffnete sich leise die Wohnzimmertür, meine Mutter kam herein, zog mir vorsichtig die gelbe, mit schwarzrot karierten Streifen durchzogene Mohairdecke unter den Füßen hervor und versuchte mich damit zuzudecken. Jedes Mal lehnte ich ab, ich wollte einfach meine Ruhe, war aber schon zu schlaftrunken, um mich gegen meine Mutter durchzusetzen. Wenn ich aufwachte, war mir wohlig warm.

Meine Mutter erfüllte sich den Wunsch, Möbel genau an die Bedürfnisse der Familie anzupassen: Ein Schrank für die Garderobe wurde von einem Schreiner angefertigt und in die Nische eingepasst. Die beiden Büroschränke im Wohnzimmer rechts und links von Vaters Schreibtisch wurden mit Intarsienstreifen und einer Rosette in der Mitte jeder Tür versehen, um freundlich und wohnlich auszusehen.

Die Küche war das Reich meiner Mutter und ihr Stolz. Aus mattweißem Schleiflack und mit Teakholzverkleidung für die Spüle wurde sie bei „Poggenpohl" - „die beste Küchenfirma überhaupt", meinte meine Mutter - zusammengestellt und war noch nach 50 Jahren ansehnlich und bestens funktionstüchtig. Jeden Tag gab es Kartoffeln in irgendeiner Form: Pellkartoffeln, Salzkartoffeln, Kartoffelbrei oder Bratkartoffeln. Nudeln und Reis kannte meine Mutter zwar, hielt sie aber für weniger gesund. Und das Gemüse nur gedünstet ohne Mehlschwitze, dafür ein wenig zerlassene Butter. Der grüne Salat wurde ausschließlich mit Zitrone und Zucker angemacht. Es schmeckte allen. Meinem Vater gefiel das Rot der Arbeitsplatten in der Küche und er half gerne nach dem Essen beim Abtrocknen, während meine Mutter spülte. Das waren auch die Momente, wo beide Wichtiges besprachen und meine Anwesenheit nicht immer erwünscht war. Die Küche war der eheliche Tagungsort. Ich als Gymnasiastin sollte mich um meine Schule kümmern und war weitgehend von der Hausarbeit freigestellt. Einmal in der Woche putzte ich das kleine Badezimmer und polierte die Schlafzimmermöbel. Meine Mutter hatte Aufgaben für mich gewählt, bei der sich der Erfolg durch Blitzen und Blinken zeigte und mir Freude machte.

Für mein Zimmer durfte ich die Möbel unter Anleitung meiner Mutter mit aussuchen. Sie achtete auf Qualität und Zeitlosigkeit, am liebsten bei „Deutsche Werkstätten" oder „Musterring": helle Esche aus einer Serie, damit die Möbel mich noch viele Jahre in meinem weiteren Leben begleiten könnten. Ich musste mitten im Schuljahr aus der fünften Volksschulklasse, in der ich in Bremen-Aumund gewesen war, nach Oldenburg ins Gymnasium wechseln, das dort zwei Jahre früher begann als im Land Bremen. Dieses Zimmer machte mir den Sprung einfach. Ich liebte die Einrichtung. Sie war leicht und mädchenhaft und trotzdem elegant. Ich fühlte mich wie eine Prinzessin in einem Palast. Aus diesem Reich heraus würde ich alle Schwierigkeiten meistern. Und meine Mutter war die gute Fee, die morgens das Butterbrot und den Tee ans Bett brachte, damit mir das Aufstehen leichter fiele. Wenn ich mein Zimmer betrat, fiel mein Blick zuerst auf das Fenster mit dem zierlichen Schreibtisch davor (er steht heute im Arbeitszimmer meiner Tochter), rechts davon zwei Hänge-Schränke, die mit einem mattschwarz lackierten Gestänge mit den Oberschränken verbunden waren. Der zweitürige Kleiderschrank war rechts von der Tür platziert. Links vom Fenster stand mein Bett in der Ecke, meiner Kuschelecke, in der ich träumte, die Nächte durchlas oder ab dem Tanzstundenalter später grübelte. In diesen Nächten versuchte ich zu verstehen, warum alles so schwierig geworden war, warum andere Mädchen einen Freund hatten und ich nicht. Und als ich einen hatte, warum es nicht so war wie in den Büchern beschrieben. Und was ich eigentlich erwartete vom Leben, wie alles werden würde. Auch nach einer solchen Nacht versuchte mich meine Mutter liebevoll zu wecken, kam dreimal im Abstand von fünf Minuten und dann ernsthaft mit Tee und Butterbrot!

Von diesem Zimmer aus probte ich später die ersten Revolten. Als ich 16 Jahre alt war, rauchten alle meine Freundinnen. Rauchen war schick und erwachsen, ich hatte es auch probiert und brauchte es nun regelmäßig, wie ich meinte. Selbstverständlich war mir Rauchen nicht erlaubt. Es gab schon genügend Löcher im Wohnzimmer-Vorhang. Aber wenn meine Eltern zu Bett gegangen waren und bei mir das Grübeln wieder anfing, stand ich auf, öffnete das Fenster und rauchte ins Freie hinaus. Nach ein paar Tagen präsentierte mir meine Mutter eine Sammlung von Zigarettenkippen vom Gartenstück unterhalb meines Fensters.

Danach verlegte ich mich auf abendliche Spaziergänge, wie mein Vater, der - wie er sagte - abends noch einmal abschalten und frische Luft schnappen wollte. Zwei Jahre später wurden die Verbote bedeutender: Meinen Freund durfte ich erst treffen, wenn ich meine Hausaufgaben erledigt hatte. Da mich weder die Hausaufgaben noch die Verbote sonderlich interessierten, erfand ich als Notlüge, dass ich die Hausaufgaben mit meiner Schulfreundin Hedda bei ihr zu Hause machen würde. Einmal wurde ich ertappt. Bei einem Kontrollanruf meiner Mutter bei Hedda war ich nicht auffindbar. So kam es zu der einzigen

Ohrfeige von meiner Mutter, an die ich mich erinnere. Sie hatte gewartet, bis mein Vater abends zu Hause war und kam mit ihm in mein Zimmer. Er blieb in der Tür stehen. Sie fragte: „Wo warst du heute Nachmittag?" „Bei Hedda wegen der Hausaufgaben." „Ich weiß Bescheid! Du warst mit Dieter zusammen! Belüge mich nie wieder!" Nichts war in Ordnung: weder die Ohrfeige für mich als 18-Jährige, noch, dass meine Mutter sie mir gegeben hatte - es passte nicht zu ihr - auch nicht, dass mein Vater nicht eingriff, sondern sich wortlos in der Tür umdrehte, mich nicht in Schutz nahm, sondern einfach wegging. Vor allem wurde nie geklärt, worum es wirklich gegangen war und bei mir blieb der Eindruck von Verwirrung und Wehrlosigkeit. Das Bewusstsein, nicht gegen meine Mutter antreten zu können, weil es da etwas gab, das ich nicht wusste. War so das Erwachsen werden?

Die Mieter in dem Wohnhaus waren junge Familien in vergleichbarer Situation wie wir, nur Familien mit Einzelkindern. Über uns wohnte ein Geiger vom Staatsorchester. Leider übte er selten zu Hause. Ich hätte gerne Klavier spielen gelernt, doch dafür war das Haus zu hellhörig, wie meine Mutter meinte. So kam es zu dem Akkordeon mit den 96 Bässen - ausgelegt für die Zukunft, wenn ich besser spielen könnte - und von mir gehasst, besonders, wenn ich den Riesenkoffer auf den Gepäckträger meines Fahrrads wuchten musste und dann schwankend und unsicher - oft schob ich das Fahrrad lieber - zum Unterricht fuhr.

In der Tat hörte man viel im Haus: Ich sang gerne und als ich einmal voller Inbrunst und lange gesungen hatte und danach den Nachbarn von oben im Treppenhaus traf, meinte er zu mir. „Du singst sehr schön. Du solltest zu uns in den Chor kommen." Von da an sang ich nur noch leise und nur, wenn über uns niemand zu Hause war. Ich wollte für mich singen. Nicht für andere.

Die Kinder in unserm Haus waren nicht in meinem Alter und so hatte ich wenig mit ihnen zu tun. Im Nachbarhaus war eine Familie mit drei Kindern, mit denen war ich öfter zusammen. Besonders der zwei Jahre Jüngere spielte hervorragend Schach. Es ärgerte mich jedes Mal wieder, wenn ich verlor und selbst mein Altersvorsprung mir nicht helfen konnte. Meine wirklichen Freunde waren die Mädchen aus meiner Schule. Sie wohnten ein oder zwei Straßenzüge weiter in Richtung Innenstadt, noch vor dem Friedrich-August-Platz in den älteren Häusern, die schon vor dem Kriege bestanden hatten. Ich spürte einen Unterschied zwischen den Alt-Eingesessenen und den Neuzugezogenen in ihren Neubaumietwohnungen. Ich hätte lieber in den älteren Häusern gewohnt und zu den dortigen Bewohnern gehört. Meine Eltern orientierten sich an Vaters Kollegen, meist aus Oldenburger Familien. Sie wurden zu Besuch geladen und der Wohnzimmereckschrank präsentierte seine Schätze. Zu den Familien im Haus war man freundlich, aber Freundschaften entwickelten sich nicht.

Fast fünfzig Jahre später bei einer nostalgischen Stadtführung wurde mir deutlich, was ich damals als Elfjährige bei unserem Einzug ansatzweise gefühlt hatte: Es gab eine Grenze zwischen alt und neu. Vor dem Krieg und nach dem Krieg. Ich und meine Eltern gehörten zur Seite „Nach dem Krieg". Oldenburg war im Krieg fast unzerstört geblieben. Die Infrastruktur war intakt, die Bebauungsflächen ließen sich leicht erweitern in dem flachen Wiesenland. Auf der Suche nach Wohnraum für die Vertriebenen und Flüchtlinge zeigte sich Oldenburg als idealer Standort. Die Bevölkerung Oldenburgs wuchs in den Nachkriegsjahren um 50 Prozent. In den neu erschlossenen Gebieten wurden die Flüchtlinge nach ihrer Herkunft aus Schlesien, Pommern oder Ostpreußen zugeteilt, ein hilfloser Versuch, Heimat vorzutäuschen und Gemeinschaftsgefühl keimen zu lassen. Die Straßennamen allerdings machten keine Zugeständnisse an die alte Heimat.

Ich wollte wissen, wer dieser Starklof eigentlich gewesen war:

Carl Christian Ludwig Starklof war in Oldenburg aufs Gymnasium gegangen, hatte Jura studiert und war 1811 in den Staatsdienst des Herzogtums Oldenburg eingetreten. Er war Gründer und erster Leiter des Großherzoglichen Theaters in Oldenburg gewesen. Ein gesellschaftskritischer Roman von ihm löste eine diplomatische Affäre aus und er musste seinen Dienst als Staatsbeamter für den Großherzog Friedrich August aufgeben. Danach bemühte er sich um ein Mandat im Parlament der Paulskirche. Es blieb vergeblich. Er war also ein sozialkritischer Geist seiner Zeit zwischen Großherzogtum und neuer Verfassung stehend gewesen, ein Wegbereiter für eine neue Zukunft. Ob dies als Omen für die Bewohner meiner Straße bei der Namensvergabe gemeint gewesen war, konnte ich nicht herausfinden.

In der Starklofstraße lebte ich neun Jahre, behielt aber die Adresse bis zum Umzug meines Vaters in ein Pflegeheim im Jahre 2005 als zweiten Wohnsitz bei. Es war der Ort, wo ich vom Kind zum jungen Mädchen wurde, an dem meine Eltern uns einen bescheidenen Wohlstand ermöglichten, wo ich meine erste Liebe erlebte und mein Abitur machte. Er blieb vierzig Jahre lang meine Zuflucht, das Zuhause meiner Familie, dann meiner Eltern, später nur noch meines Vaters. Ich wusste, ich wäre willkommen, wenn ich etwas brauchte. Ich nutzte sie nur selten. Aber das Wissen, sie zu haben, war wichtig und trug mich Jahrzehnte lang.

Kerstin

Kerstin ist meine älteste Freundin. Ich kenne sie seit ich als Elfjährige auf das Mädchengymnasium in Oldenburg, die Cäcilienschule, kam. Der Anfang war etwas anstrengend für mich, denn ich musste mitten in der fünften Klasse von einer Volksschulklasse in eine Gymnasialklasse wechseln. Doch es war schön, bald eine Freundin in der neuen Klasse zu haben.

Kerstin wohnte zwei Straßenzüge weiter. Das Einfamilienhaus wurde nur von ihrer fünfköpfigen Familie bewohnt und erschien mir mit dem Garten, den großzügigen Räumen und dem gemütlichen Erker zur Straße hin fast wie eine Villa. Ich war gerne dort.

Wir waren fünfeinhalb Jahre zusammen in einer Klasse bis die Entscheidung für die Oberstufe kam, Kerstin in den neusprachlichen Zweig ging und ich in den naturwissenschaftlichen. Die fünfeinhalb Jahre waren die Zeit der Tanzstunde, der Mädchenfreundschaften, der Cliquenbildung mit Eifersüchteleien und der Beginn der Beschäftigung mit dem anderen Geschlecht. Für mich gedanklich, für Kerstin in natura. Ihren ersten Freund, ein Jahr älter und im altsprachlichen Gymnasium, der Eliteschule, fand ich zwar nicht sehr sympathisch, aber er stellte etwas dar. Ich war neidisch, dass Kerstin einen Freund hatte, ich aber nicht. Ihre Freundschaft währte nicht lange, dann verliebte sich Kerstin in Manfred, ein Jahr jünger als sie. Ich musste zugeben, dass er richtig nett war, aber er ging auf die Aufbauschule, die GAG, in der Hierarchie der oldenburgschen Gymnasien der Rang drei. Außerdem war er eine Klasse unter unserer. Davon abgesehen, dass ich ihre Wahl nicht richtig gut heißen mochte, hatte sie nun auch weniger Zeit für mich.

Außerdem war da noch Christel aus unserer Klasse, die Kerstin genau gegenüber in einem der Reihenhäuser wohnte, und mit der sie sich praktisch durch Zuruf verständigen konnte. Mit Christel machten wir manchmal zusammen Hausaufgaben, aber sie war mir nicht wirklich wichtig. So befürchtete ich, dass Christel Kerstin nicht nur örtlich näher sein könnte als ich, sondern auch auf der Freundschaftsebene. Zwar gab mir Kerstin nie Anlass zu solchen Gedanken, doch die Sorge war da.

Mit der Entscheidung für unterschiedliche Schulzweige in der zehnten Klasse wurden die Treffen zwischen Kerstin und mir seltener. Es gab keine gemeinsamen Hausaufgaben mehr und wir hatten verschiedene Klassen-Kameradinnen. Doch wir blieben weiter Freundinnen, die sich regelmäßig trafen. Sie verließ die Schule nach der zwölften Klasse um ihre Begabung an einer Kunst-fachhochschule zu vertiefen, in Hamburg, wo auch Manfred studieren wollte. Sie heirateten, sobald er mit seinem Psychologiestudium fertig war und eine Anstellung bei einem großen Verlag erhalten hatte. Zu meiner großen Freude bat Kerstin mich, ihre Trauzeugin zu werden, endlich die Bestätigung, dass Christel ihr nicht wichtiger war. Ronald, den ich zu dem Zeitpunkt gerade kennen gelernt hatte, war mit dabei, als der Polterabend nach gutem alten Oldenburger Brauch gefeiert wurde: Viel zerdeppertes Porzellan, viel Bier und viel Spaß. Wir verstanden uns zu viert auf Anhieb.

In der Diskussion der Psychologen, Biologen und Soziologen jener Zeit um die Frage, ob die Entwicklung eines Kindes mehr durch seine Umwelt oder eher durch Abstammung bestimmt werde, herrschte gerade die Ansicht vor, dass die soziale Umgebung des Kindes den entscheidenden Faktor darstellen würde. Kerstin und Manfred adoptierten zwei Geschwisterkinder von einer alkoholkranken Mutter jeweils kurz nach ihrer Geburt, bevor einige Jahre später ihre leibliche Tochter zur Welt kam. Kerstin gab ihre Arbeit auf und sorgte für gleichermaßen liebevolle und fürsorgliche Bedingungen für alle drei Kinder. Die Schulzeit und die Ausbildung der beiden adoptierten Kinder bereiteten den Eltern große Mühe, während die leibliche Tochter ihren Weg problemlos bis zum Hochschulabschluss machte.

Ich kann mich an keine Zwistigkeit mit Kerstin in unserer langen Freundschaft erinnern. Nur einmal hätte es beinahe dazu kommen können. Ich setzte mich zu der Zeit im Rahmen meines Aufbaustudiums mit der Frage auseinander, ob Eltern die Zuneigung zu ihren Kindern unterschiedlich stark empfinden könnten. Ich fragte Kerstin, wie das bei ihren drei Kindern sei. Sie wurde richtig wütend: „Was für eine idiotische Frage! Natürlich nicht!" Ich fragte nicht weiter.

Als Teenager war Kerstin sehr schlank und modeneutral gekleidet. Manchmal befürchtete ich, sie sei magersüchtig. Ich als Papakind eines Vaters, der nur männliche Eigenschaften an mir lobte, wie logisches Denken und Interesse für wissenschaftliche Zusammenhänge oder Handwerkliches, war nie auf die Idee gekommen, mich als Mädchen attraktiv anziehen zu müssen, um eine weibliche Wirkung zu erzielen. Das war nicht das, was mein Vater wollte und so schien es mir nicht wichtig. Kerstin war auch schlicht angezogen und somit eher auf meiner Linie als viele andere Mädchen in unserer Klasse. In jenem Jahr, als die Parkas aus US Armeebeständen auf den Markt kamen, waren Kerstin und ich sofort dabei und zeigten uns bei jeder passenden Gelegenheit damit auf der Straße.

Das war unsere Art gegen das Althergebrachte zu demonstrieren.

Heute kleidet sie sich in dem dezenten Stil, den Damen in Norddeutschland zeigen, wenn sie nicht mit der Mode gehen und dennoch schick aussehen wollen. Manchmal sind es Unikate, in einer Handweberei entstanden, die man nicht noch einmal sehen wird. Die Stücke sind aus bester Qualität, springen farblich nicht ins Auge und wirken insgesamt sehr harmonisch. Oft habe ich mich in ähnlichen Kleidungsstücken versucht. Doch an mir wirken sie leicht plump und ungestalt. Ich bin nicht so schlank wie Kerstin. An ihr sehen sie richtig aus: echt und solide. Wie Kerstin eben.

Einige Jahre lang machten wir mit den Männern gemeinsame Radurlaube mit anderen Freundespaaren. Vor sechs Jahren unternahmen wir eine gemeinsame Reise nach Japan, Tahiti und Neuseeland. Es waren sehr schöne Reisen.

Heute, etwa zweimal im Jahr, ruft sie an, oder ich. „Na, wie geht´s denn so?" Wir tauschen die letzten Neuigkeiten über unsere Kinder, unsere Zipperlein und unsere Reisen aus. Sofort ist die alte Vertrautheit da, als ob die Zeit stehen geblieben wäre. Dann genieße ich wieder ihre kühle, etwas sachliche Stimme, ihre klare Art, Urteile zu fällen, die ich kaum zu denken wage, und das kurze Lachen, in dem ich die vertraute Wärme wieder erkenne. Ich könnte noch lange so weiter reden. Dann sagt sie: „So, das war´s für heute. Ich muss jetzt mal Mittagessen machen. Bis zum nächsten Mal!"

Wangerooge

Freiheit! Keine Eltern, die einem drein redeten, sagten, man müsse zu einer bestimmten Zeit zu Hause sein.

Wir waren vier Mädchen aus einer Klasse in den Sommerferien auf dem Zeltplatz in Wangerooge, Kerstin, Ina, Ines und ich, 15 Jahre alt. Es war herrlich: Der Zeltplatz lag direkt hinter den Dünen, zum Strand war es ein Katzensprung. Abends das Lagerfeuer bis in die Nacht hinein, Nordseelieder singen, in der Dunkelheit im Meer baden. Bei Regen liefen wir jauchzend im Badeanzug den langen Weg auf der Strandpromenade bis zum Café Pudding. Wir fühlten uns völlig unbeschwert von allen Zwängen.

Aber dann kam da doch ein Zwang. Meinte ich jedenfalls. Inas Freund war mit einer anderen Jungengruppe nachgekommen. Sie trafen sich am Strand. Und wir konnten alle zuschauen, wie gut sie sich kannten. So gut, dass Ina ihm stundenlang die Pickel auf seinem Rücken ausdrückte. Er ließ es bereitwillig geschehen. Ein Beweis für Liebe, für Zusammengehörigkeit? Oder eher Besitzdemonstration vor uns andern Mädchen? Eigentlich fand ich das Ganze ziemlich eklig. Und auch unpassend in der Öffentlichkeit.

Ob es die Anwesenheit von Inas Freund war oder einfach unser Alter, kann ich nicht sagen. Auf jeden Fall äugten Kerstin und Ines öfter zu dem Dreierzelt nicht weit von uns entfernt. Eine Gruppe von Jungen in unserem Alter. Nach zwei Tagen hatte sich Kerstin mit dem einen, Ines mit dem zweiten zusammen getan. Mir blieb der Dritte, ob ich wollte oder nicht. Ich wollte eher nicht, fand ihn ziemlich hässlich, dürr mit einer

Hakennase und langweiligen Reden. Aber abends alleine am Strand sitzen, wenn die anderen vorgaben Zärtlichkeiten auszuprobieren, wollte ich auch nicht. Also wurde ich Teil des vierten Pärchens.

Ab da war die schöne Zeit für mich vorbei. Die Mädchen waren mit ihren Jungen beschäftigt, und mir blieb nichts anderes übrig, als dasselbe zu tun.

Zum Ende des Urlaubs wurden die Adressen ausgetauscht und gelobt, sich fleißig zu schreiben. Mein Junge hielt sich auch daran, ich etwas weniger. Nach drei Monaten war die Korrespondenz von meiner Seite so spärlich geworden, dass er das Schreiben aufgab.

Lena oder die Chemiearbeit

Wir sitzen zu zweit in der ersten Reihe, nebeneinander. Frau Neuhof hat uns dahin platziert, sonst sitzen wir ganz hinten, da kann man besser tuscheln. Frau Neuhof hat das absichtlich gemacht, sie hat uns auf dem Kieker. Sie meint, so das Abschreiben besser verhindern zu können, wenn sie uns direkt im Auge hat. Für uns steht einiges auf dem Spiel: die letzte Chemiearbeit in der zwölften Klasse kurz vor den Sommerferien. Wir sind beide Fünfer Kandidaten.

Bei mir kommt noch die schlechte Note in Französisch dazu. Mit zwei Fünfen im Zeugnis würde ich sitzen bleiben.

Ich habe mich einigermaßen gut vorbereitet, habe allerdings Zweifel, ob es reichen wird. Lenas Antwortblatt ist leer. Auf meinem steht etwas. Frau Neuhof ist gerade hinten und überwacht mit flinken, wachsamen Augen, dass nichts Unrechtes geschieht. Ich fühle Lenas Fuß auf meinem, eine Berührung am Ellbogen. Frau Neuhof steht mit dem Rücken zu uns. Ich gebe die Sicht auf mein Blatt frei und drehe es ein wenig zu Lena. Lena ist auch flink mit ihren Augen und nimmt alles auf. Eine Bewegung in meinem Rücken, ich schiebe das Blatt wieder in die richtige Position. Frau Neuhof nähert sich, geht an uns vorbei. Es ist gut gegangen, sie hat nichts gemerkt. Lena wird plötzlich ganz eifrig und schreibt ganz viel auf ihr Blatt.

Die Stunde geht zu Ende, wir geben ab. Danach gehen wir feiern, dass es vorüber ist und dazu noch gut gegangen. Jetzt müssen wir nur noch die Ergebnisse abwarten. Drei Wochen später ist es so weit. Mit regloser

71

Miene verteilt Frau Neuhaus die Arbeiten. Die Spannung steigt, ich bekomme Bauchkribbeln, als ich auf die letzte Seite schaue. Da steht:

„Abgeschrieben. Falsches Ergebnis wie bei Lena. Note daher für beide: „Sechs““. Bei Lena brauche ich nicht mehr nachzusehen. Die Sache ist klar - und hoffnungslos. Bleibt nur noch die Frage, wie meine Eltern reagieren werden.

Diese bleiben erstaunlich ruhig. In einer Woche beginnen die großen Ferien und es war ohnehin geplant, dass ich zusammen mit zwei anderen Mädchen aus meiner Klasse nach Lausanne zu einem Französisch Sprachkurs fahren werde. Vielleicht eine Möglichkeit meine Französischnote zu retten. Es ist also Zeit zum Nachdenken und ich bin erst einmal getrennt von Lena.

In Lausanne fühlte ich mich in unserer Dreiergruppe aus Deutschland etwas ausgeschlossen, denn Doris und Janine aus meiner Klasse waren beste Freundinnen. Ich vermisste Lena. Wir waren in diesen anderthalb Jahren in der neuen Zusammensetzung der Schülerinnen für den naturwissenschaftlichen Zweig fast unzertrennlich geworden. Wir machten alle Hausaufgaben zusammen und teilten auch sonst unsere Freizeit. Lena war oft bei uns und ich auch manchmal bei ihr Zuhause, bei ihrer Mutter und den beiden älteren Brüdern. Sie waren nach dem Krieg aus Estland gekommen, geflohen vor den Russen, die dort die Macht übernommen hatten. Der Vater war im Krieg gefallen. Sie waren Vertriebene wie wir und doch in einer anderen Situation. Ich schätzte an Lena, dass sie viele Dinge anders sah als die übrigen Klassenkameradinnen, neugierig war, durch die älteren Brüder reifer wirkte und mehr Erfahrung hatte als ich. Von ihr konnte ich andere Sachen lernen als die, die im Lehrplan standen.

Und genau das bereitete meinen Eltern Kopfweh. Dass Lena bisher zu mir nach Hause kommen durfte, diente nur zur Vermeidung häufigerer Besuche in Lenas Zuhause. Meine Mutter mochte Lena nicht, es war offensichtlich.

Die drei Wochen in Lausanne gingen vorbei und ich konnte wieder nach Hause. Jetzt würde man darüber reden, wie es mit der Schule weitergehen sollte. Ich wusste, dass ich fleißiger werden müsste, denn eine Ehrenrunde kurz vor dem Abitur in dieser langweiligen Schulsituation war wirklich nicht erstrebenswert. Dass ich das nicht wollte, war mir sonnenklar. Aber was ich eigentlich wollte, schon weniger. Und wie ich meine Noten retten könnte, war mir auch rätselhaft.

Meine Eltern kommen mir zuvor: „Du wirst jetzt sicher etwas überrascht sein, aber es ist das Beste für dich. Wir haben dich von der Cäcilienschule abgemeldet und zum Unterrichtsbeginn nach den Ferien machst du auf der Graf-Anton-Günter-Schule, dem Aufbau-Gymnasium, in der zwölften Klasse weiter. Wir haben schon alles geregelt." Ich bin sprachlos. Ich bin zwar noch nicht ganz 18 Jahre alt, aber würde sehr gerne selbst entscheiden und vor allem auf der Cäcilienschule bleiben. Aber selbst die Vollendung des achtzehnten Lebensjahres würde in diesem Falle nichts nutzen, da damals die Volljährigkeit erst mit 21 Jahren begann. Meine Eltern sind also berechtigt zu diesem Handeln und ich kann nichts dagegen unternehmen. Aber es kommt noch schlimmer: „Außerdem hast du Umgangsverbot mit Lena. Sie übt einen schlechten Einfluss auf dich aus und hält dich vom Lernen ab." Ich meine, die Welt bricht zusammen.

Das Verbot wurde genauestens überwacht, und ich konnte Lena nur noch gelegentlich nach Schulschluss in der Cafébar sehen.

Die Rechnung meiner Eltern ging auf. Die neue Schulsituation brachte so viel Neues für mich, andere Lehrer, andere Klassenkameraden, andere Art der Stoffverteilung und die ersten Freundschaften mit Jungen, sodass der Kontakt zu Lena in den Hintergrund trat und schließlich einschlief.

Außerdem brachte sie mir die Versetzung in die dreizehnte Klasse und mit viel Mühe und intensivem Nachhilfeunterricht das Abitur in der Regelschulzeit ohne Klassenwiederholung.

Ironischerweise kehrten sich meine Noten um: dort, wo ich auf der Mädchenschule gut gewesen war, wie in Mathe und Physik, war ich auf der gemischten Schule unter den Schlusslichtern. In den Sprachen Französisch und Englisch konnte ich im Abitur hingegen die einzigen guten Noten vorweisen.

Manchmal frage ich mich heute, wie mein Berufsweg verlaufen wäre, wenn ich mein Abitur an der Mädchenschule hätte machen können.

Gegensätze

Die Graf-Anton-Günther Schule, die GAG, war für mich eine soziale Degradierung. Ich war nicht freiwillig auf dieser Schule, sondern wegen der Erziehungs-Bemühungen meiner Eltern. Die Klassenkameradinnen auf meiner alten Mädchenschule waren durchweg aus alteingesessenen Oldenburger Familien gewesen, für die der Besuch des Gymnasiums für ihre Töchter selbst-verständlich war. Zu ihnen wollte ich gehören. Die GAG dagegen war in Oldenburg das Gymnasium, das erst mit der siebten Klasse für Schüler vom Lande ab zwölf Jahren begann, denen man die lange Anfahrt in jüngerem Alter nicht zumuten wollte. Für die meisten meiner neuen Klassenkameraden war der Besuch der „Höheren Schule" daher etwas Besonderes.

Die GAG war ein gemischtes Gymnasium. Dies hätte von Vorteil sein können, da ich nun endlich täglich auch mit Jungen zu tun hatte. Doch schien mir die Zusammen-setzung der neunzehn Jungen in meiner neuen Klasse im naturwissenschaftlichen Zweig eher wie eine Negativ-auswahl an männlichen Exemplaren: entweder zu kindlich, zu dick oder zu bäuerlich. Kein Vergleich mit den Jungen der alt- und neusprachlichen Gymnasien in Oldenburg, die das bevorzugte Reservoir für die Tanzstunden meiner Mädchenschule gewesen waren und mit denen sich die häufigsten Freundschaften gebildet hatten. Dass die Jungen an der GAG ausnahmslos hervorragende Leistungen in Mathematik und Physik zeigten, bestärkte nur meine Abneigung, denn meine ehemals guten Leistungen in diesen Fächern hielten hier dem Vergleich nicht mehr stand.

Hans-Jürgen verkörperte alles, was ich an der neuen Schule ablehnte. Er lief mir hinterher, suchte das Gespräch, wollte Kontakt, hatte sich offenbar sofort in mich verliebt. Für mich war er der Junge in der Klasse, den ich am weitesten von mir weg haben wollte. Nach seiner Kinderlähmung hatte er jetzt ein zehn Zentimeter kürzeres rechtes Bein, was er durch einen hohen Sockelschuh ausgleichen musste, der ihn hinken ließ. Er war behindert - und genau so sah ich ihn! Außerdem war er Fahrschüler, jeden Morgen erst mit dem Bus, dann noch mit der Bahn nach Oldenburg. Er kam aus Augustfehn, einem kleinen Dorf im Hinterland - für mich ein Kaff aus dem tiefsten Moor. Ein Dörfler, der unbedingt aufs Gymnasium wollte! Er war nicht der Einzige in dieser Klasse mit einem solch beschwerlichen Weg.

Ich sah insgeheim auf Hans-Jürgen herab. Dazu kam, dass er ein hageres, unattraktives Gesicht hatte und sehr hastig redete, als ob er Angst habe, mich sonst nicht einzufangen. Seine Verehrung war mir peinlich. Dennoch tat er mir leid wegen des Hinkebeins und so bemühte ich mich um ein Mindestmaß an Freundlichkeit, ohne ihm jedoch Hoffnung damit zu machen. Hannelore meinte, wie sie mir viel später einmal erzählte, ich sei arrogant. Ich hielt mich nur für schüchtern und zurückhaltend und dachte, wenn ich mich jemandem zuwandte, müsste er mir ebenbürtig sein.

Hannelore hingegen verteilte ihre Gunst eher gleichmäßig. Sie stellte dar, was ich für erstrebenswert hielt: Sie war die Wortführerin der drei Mädchen in der Klasse, hübsch, lebhaft und von den Jungen umworben. Außerdem war sie ausgesprochen intelligent. Mit einem Wort: Sie hatte mir einiges voraus und ich weiß heute noch nicht, ob ich nicht neidisch auf sie war. Weshalb sie auf dieser Schule gelandet war, konnte ich mir nicht vorstellen.

Bei ihr Zuhause herrschte ein trubeliges Gewirr. Ihre beiden Schwestern und sie redeten ständig durcheinander, während nebenbei noch der Fernseher lief. Wenn Vater und Mutter manchmal zu Mittag aus ihrem Pelzgeschäft in der Innenstadt nach Hause kamen, wurde das Stimmen-Durcheinander noch intensiver. Meistens verlegte ich mich aufs Zuhören und Staunen. Richtig wohl fühlte ich mich nicht, mir ging das alles zu rasch. Aber genau das war es, was ich an Hannelore bewunderte. Die Schnellig-keit, mit der sie es schaffte, den Unterrichtsstoff zu ver-stehen, alle Jungen um sich zu scharen und zu Verehrern zu machen und zu entscheiden, was sie wollte und dann auch durchzusetzen.

Für mich war sie das „männermordende Weib", denn ich dachte, sie könnte haben, wen sie wollte. Da für mich bis zum Übergang auf diese Schule das Thema „Jungen" ein recht unerforschtes war, unternahm ich den ersten Versuch mit „Freundschaft", als Hinrich aus der Dreizehnten mich umwarb. Ich war mir sicher, dies würde mein Ansehen insbesondere bei Hannelore stärken, und sie würde mich eher akzeptieren, wenn ich schon in Mathe und Physik nicht mithalten konnte. Tatsächlich meine ich, mich zu erinnern, dass die Einladungen zu ihr nach Hause danach etwas häufiger kamen. Sie wollte angemessen informiert bleiben. Eigentlich interessierte mich Hinrich nicht.

Thomas in meiner eigenen Klasse wäre mir sehr viel lieber gewesen. Er war ruhig und richtig attraktiv mit seinen dunklen Haaren und dem gut geschnittenen Gesicht. Aber ich traute mich nicht an ihn heran. Wie das so ist, wenn man im Jugendalter das Terrain sondieren will, schickt man eine Andere vor. Ich bat Hannelore zu erforschen, wie Thomas mich fände. Sie brauchte nicht lange. Die Antwort kam am nächsten Tag: „Er meint, Du hättest zu viele Pickel." Sprach's, entschwand mitleidlos und konzentrierte sich auf das Umgarnen von Thomas. Eine Woche später wussten alle in der Klasse, dass die beiden ein Paar waren. Sie blieben es über das Abitur bis zum Studium, heirateten, als Hannelore schwanger wurde, und ließen sich direkt nach der Geburt scheiden.

Nach dem Abitur hielt ich mit Hannelore weiter losen Kontakt, während ich Hans-Jürgen sofort und Thomas etwas später aus den Augen verlor.

Vor einigen Jahren bei einem der seltenen Treffen mit Hannelore in Oldenburg, wo ich meinen Vater besuchte, wagte ich endlich es ihr zu erzählen. Es war damals in der Zeit kurz nach dem Abitur gewesen, als sie noch mit Thomas zusammen war. Er hatte mich nach einem Abend zu dritt mit ihr nach Hause begleitet und mich dann in unserer Wohnung beinahe vergewaltigt. Ich sagte „beinahe" zu ihr, um die Dramatik, die der Vorfall damals für mich hatte, zu entschärfen. Sie lachte nur kurz auf: „Was du auch? Er hat es bei allen meinen Freundinnen versucht."

Hans-Jürgen sah ich erst beim Klassentreffen zum 40sten Jahrestag des Abiturs wieder. Ich war geschockt über seine Veränderung. Es schien mir, als hätte ich einen anderen Menschen vor mir: Groß gewachsen, aufrecht, selbst bewusst, nicht mehr der linkisch hastige Junge, der hinkte. Ein freundliches, lebendiges Gesicht, das mich herzlich begrüßte. Ich fragte, was mit seinem Bein passiert sei. Kurz nach Ende der Schulzeit hatte er es richten lassen und trug eine Dauerprothese, die ihm natürlich erscheinendes Laufen ermöglichte und von außen nicht sichtbar war. Die Verwaltungslaufbahn gefiel ihm und er war zwischenzeitlich zum Oberregierungsrat aufgestiegen. Seine erste Beziehung war auseinandergegangen. Aber jetzt lebte er seit acht Jahren mit seiner großen Liebe zusammen. Sie hätten ein nettes Haus und er sei sehr glücklich. Er strahlte. „Weißt du eigentlich, dass ich damals in dich verliebt war? Und dass das ganz schön lange gedauert hat?" Er sprach so frei und unbefangen, dass ich es zugeben konnte. Wir saßen lange zusammen. Jetzt mochte ich ihn. Weder er noch ich griffen die Frage auf, warum ich damals nicht auf sein Werben eingegangen war.

Im Jahr 2013 hatten wir 50-jähriges Abiturtreffen. Von den damaligen Schülern waren fast alle gekommen. Nur einer hatte sich entschuldigt. Drei der „Jungen" waren bereits verstorben. Bei den „Mädchen" war ich die einzige, deren Mann noch lebte. Hans-Jürgen war auch wieder dabei. Und wieder unterhielten wir uns lange. Diesmal strahlte er nicht. Seine Frau war vor zwei Jahren verstorben. Sie fehlte ihm sehr. Ich spürte, wie einsam er war und wie sehr er sich bemühte, tapfer zu sein. Er erzählte von seinem Ausscheiden aus dem Amt und dem Fahrdienst für Rentner per Kleinbus, den er für mehrere Dörfer ehrenamtlich organisiert hatte und selbst betrieb. Es schien ihm Freude zu machen und er war stolz, als ich mich für diese nützliche Idee begeisterte. Unser Gespräch tat ihm gut. Sein Gesicht wurde lebendiger, die Trauer trat ein wenig zurück.

In Anbetracht unseres Alters und der bereits fehlenden Kameraden beschlossen wir künftig jährliche Klassentreffen. Beim Abschied von Hans-Jürgen freute ich mich bereits auf unser nächstes Wiedersehen. 2014 klappte es nicht. Als Hannelore im Jahr darauf anrief und mir mitteilte, dass Hans-Jürgen gestorben sei, war ich tief betroffen.

Es ist zu spät. Nun werde ich Hans-Jürgen nicht mehr wiedersehen. Ich kann ihm nicht mehr sagen, wie sehr ich ihn für seine Verwandlung bewundere. Wie gern ich ihm die beiden letzten Male gegenüber saß und wie viel Wärme ich dabei für ihn empfand. Und wie sehr ich mich heute schäme für die Arroganz seiner achtzehnjährigen Klassenkameradin, für die er seine erste Liebe empfand.

Die Antwort

Anfangs hatte ich ihn nicht bemerkt in der neuen Klasse. Das änderte sich nach etwa einem halben Jahr.

Er sah gut aus, war schlank mit kräftigen Beinen und zupackenden Händen. Das Besondere in seinem Gesicht war die tiefe Kerbe quer über der Nasenwurzel und sein spitzbübisches Lächeln, wenn es denn einmal erschien. Das hatte es mir angetan. Das suchte ich immer wieder aufs Neue hervorzulocken. Das war es wohl auch, was Sunna, das dritte Mädchen in meiner neuen Klasse, an ihm so anziehend fand. Sunna bemühte sich schon lange um ihn und ihr gefiel es gar nicht, dass ich, „die Neue", bessere Chancen hatte. Schon bald spielte sie keine Rolle mehr für ihn und für mich sollte Sunna in den anderthalb Jahren bis zum Abitur die einzige Klassenkameradin bleiben, zu der ich keinen Kontakt aufbauen konnte.

Die Beziehung zu meinem Verehrer aus der 13. Klasse beendete ich schnell, denn da war der mit seinem Lächeln in meiner Klasse. Wir sahen uns bald auch an den Nachmittagen nach der Schule. Wenn meine Mutter ein Treffen verbot, weil die Hausaufgaben noch nicht erledigt waren, erfand ich eine Ausrede und sah ihn trotzdem. Er erzählte mir vom Verlust seines Vaters, einem angesehenen Arzt, mit dem er sich als Kind sehr gut verstanden hatte. Und von dem Schock nach dem Tod des Vaters, als die Mutter ihm lieblos erklärte, er sei nur adoptiert und nicht ihr leibliches Kind. Ich fühlte seine Verunsicherung über seine Herkunft und sein Bedürfnis, die Klasse davon nichts wissen zu lassen. Er wollte alles versuchen, um zu klären, wer seine leiblichen Eltern waren. Kurz darauf erzählte mir ein Klassenkamerad,

81

mein Freund sei nur ein adoptiertes Kind und die ganze Klasse wüsste es. Dieses Wissen behielt ich für mich und fühlte nun umso intensiver mit ihm.

Er war schwierig. Das Geheimnis machte ihm zu schaffen. Seine schulischen Leistungen waren noch schlechter als meine. Bei der schriftlichen Abitur-Arbeit in Mathematik saß er neben mir. Und warf mir nachher vor, dass ich ihn nicht hätte abschreiben lassen. „Ich denke, wir sind zusammen, dann musst du mir doch helfen", sagte er. Ich wollte nicht, da ich mir meiner Ergebnisse nicht sicher war und ein aufgedeckter Betrugsversuch zum Ausschluss vom Abitur geführt hätte. Die Erinnerung an die Chemiearbeit mit Lena an der letzten Schule war noch frisch. Trotzdem bestanden wir beide und sahen uns weiter. Wir waren uns jetzt sehr nahe, eine weit offene Zukunft vor Augen.

Dann kam die Zeit nach dem Abitur. Wir waren getrennt, er bei der Bundeswehr, ich absolvierte meine Sprachkurse in Basel und Barcelona. Als ich ihn endlich zu einem Besuch an seinem Stationierungsort wiedersehen konnte, hüpfte mein Herz in Vorfreude. Endlich würden wir wieder zusammen sein - wenn auch nur kurz. Wir hatten ja schon so lange gewartet. Er war eifersüchtig auf meinen Jugendfreund Möckel, den ich davor bei einer anderen Einheit besucht hatte. Er verstand nicht, dass das etwas ganz anderes war für mich. Ich war bereit für ihn und Möckel nur ein Freund.

Er hatte ein kleines Pensionszimmer für mich besorgt mit einem schmalen Einzelbett. Es war Nachmittag - abends hatte er keinen Ausgang und er wäre auch vom Pensionswirt nicht in mein Zimmer gelassen worden. Es dauerte nicht lange und wir knüpften an das Kosen vom Deich wieder an. Das Singen meines Herzens wurde lauter. Jetzt durfte es geschehen. Doch plötzlich schreckte er zurück - offenbar verstört. Zu verwirrt, um etwas zu erklären.

Am nächsten Tag, als wir uns zum Abschied trafen, überschüttete er sich mit Selbstvorwürfen. „Dass ich so unvorsichtig sein konnte. Ich hätte viel mehr Rücksicht nehmen müssen. Dass das passieren konnte!" Es dauerte etwas, bis ich verstand, was er meinte. Er hatte am Tag zuvor ein Tröpfchen Blut in meinem Höschen bemerkt. Ich selbst hatte die Ankündigung meiner Periode übersehen, zu sehr mit ihm beschäftigt. Aber diese Erklärung konnte er nicht annehmen. Er hätte alles falsch gemacht, meinte er. Es sei alles seine Schuld. So gingen wir auseinander.

Einige Wochen später sehen wir uns das erste Mal wieder nach dem unglücklich verlaufenen Besuch bei seiner Einheit. Wir sitzen in einem uns fremden, einfachen Restaurant an einem kahlen Holztisch und sind die einzigen Gäste. Die alte Vertrautheit will sich nicht einstellen, wir bemühen uns beide, uns wieder nahe zu kommen. Ich spüre seine und meine Verkrampfung. Und dann stellt er diese Frage, die Frage auf die viele Mädchen sehnsüchtig warten. Und er stellt sie so, wie ich immer dachte, dass es sein müsste, einfach und direkt: „Willst du mich heiraten?". Es trifft mich unerwartet und unvorbereitet. Ich verkrampfe mich noch mehr, mein Kopf blockiert. Ich kann keine Antwort geben, jetzt nicht, vielleicht später, vielleicht in ein paar Tagen. Nicht einmal das kann ich ihm sagen.

Wir haben gerade Abitur gemacht, er hat keine Ausbildung und ich ebenfalls nicht. Ich weiß nicht einmal, was für eine Ausbildung ich machen soll, nur dass ich eine brauche. Wie soll das gehen? Was will er damit? Warum jetzt nach dem enttäuschenden, unerfüllten Besuch bei seiner Einheit? Geht es um mich? Geht es um ihn? Vielleicht werde ich nie eine Antwort geben können.

Als ich mich eine Woche lang nicht bei ihm melde, macht er Schluss. Ich akzeptiere es, weil ich meine, ihn zu verstehen und bin zugleich tief traurig.

In den vielen Jahren danach habe ich mich immer wieder gefragt, warum ich keine Antwort gegeben habe, warum ich meinte, es nicht zu können. Wusste ich die Antwort nicht? War etwas an ihm, das mich warnte? War es zu früh für mich? Was wäre aus uns geworden, hätte ich ja gesagt?

Nach vierzig Jahren bei einem Klassentreffen sah ich ihn wieder und erkannte ihn auch, so wie ich ihn in Erinnerung hatte. Ich hätte mich auch fast wieder in ihn verlieben können. Die Geschichten, die er mir von seinem Leben erzählte, hätten ein Buch füllen können.

Nach weiteren zehn Jahren sah ich ihn nochmals zu einem Klassentreffen. Diesmal hatte er sich verändert. Ich musste lange suchen, um einige Mosaiksteine meiner ersten Liebe wieder zu entdecken. Die Ereignisse, von denen er über die vergangenen letzten zehn Jahren berichtete, erschienen mir abenteuerlich und verstörend. Auf jeden Fall hätten sie einen zweiten Roman gefüllt, den von einem Menschen, der sich nicht beugen wollte, und den das Leben dennoch gebeugt hatte, einen Roman, den es noch zu schreiben gilt.

Bei diesem letzten Treffen wollte ich über meine ausgebliebene Antwort vor fünfzig Jahren mit ihm sprechen. Meine Reaktion musste ihn damals sehr gekränkt haben, ich konnte sie ja selbst nicht verstehen. Ich wollte Entlastung, Verzeihen von ihm. Ich suchte nach einer Gelegenheit. Wir hatten viel Zeit während der Autofahrt, er erzählte und erzählte von einem Menschen, der mir fremder und fremder wurde, als wolle er immer mehr Distanz zwischen uns schaffen und mich nicht zu Wort kommen lassen.

Ich fand keinen Einstieg. Bei einer Kaffeepause in einer Raststätte sah ich eine letzte Möglichkeit. Die Situation passte nicht, ich spürte es genau: Es gab keine Verbindung zwischen ihm und mir. Aber ich musste es ansprechen. „Weißt du noch, wie du mir damals einen Heiratsantrag gemacht hast?" Er sagte: „Daran kann ich mich nicht erinnern. Und wenn, dann war ich wohl betrunken!"

Er hatte eine Antwort für mich. Sie hinterließ bei mir eine neue Frage; die Frage danach, welchen Anteil ich daran hatte, dass meine erste Liebe zu dem Menschen wurde, der er jetzt ist.

Rodrigo

Ich hätte nie gedacht, dass meine Mutter mit einem fremden Mann anbandeln würde. Noch dazu vor meinen Augen. Es wirkte recht harmlos auf den ersten Blick. Doch für mich war die Sache eindeutig.

Wir waren am Strand von San Feliu de Llobregat, in der Nähe von Barcelona, wo meine Mutter mit mir meine letzten Sommerferien vor dem Abitur verbringen wollte, um schon einmal etwas Spanisch aufzuschnappen. Mein Vater würde bald nach Chile ausreisen, um dort seine erste Auslandsstelle anzutreten. Wir sollten so schnell wie möglich nachkommen, möglichst mit Kenntnis des Spanischen.

Der Herr hatte an einem Nachmittag sein Handtuch in unserer Nähe ausgebreitet, es sich mit seiner Badehose bequem gemacht, ein kleines Nickerchen gehalten und war mit einem freundlichen „Buenas Noches!" in unsere Richtung wieder gegangen. Meine Mutter hatte auf Spanisch zurück gegrüßt. Soviel konnte sie schon.

Am nächsten Tag war er wieder aufgetaucht, das Handtuch etwas näher an unserem. Wieder hielt er ein Nickerchen. Danach blickte er in unsere Richtung und versuchte ein Gespräch zu beginnen. Ich hatte kein Interesse. Der Mann war mindestens fünfunddreißig, hatte zwar ein freundliches Gesicht, aber keines, das mich ansprach. Außerdem hatte er den Ansatz von einem Bäuchlein, war sehr dunkelhaarig und kaum größer als ich. Das alles hatte ich in Sekundenschnelle aufgenommen und war dann froh, dass sein Unterhaltungswunsch offensichtlich meiner Mutter galt. Diese erklärte in allen ihr verfügbaren Sprachen - Deutsch, ein wenig Englisch und noch weniger Spanisch - dass wir aus Deutschland seien und hier Spanisch lernen wollten. Er gab sich Mühe. Rodrigo hieß er.

Am folgenden Tag legte er sein Handtuch gleich neben unseres. Ich konzentrierte mich aufs Sonnenbaden und ließ meine Mutter radebrechen.

So ging es noch einige Tage bis zu unserer Abreise. Rodrigo war Rechtsanwalt in Barcelona und kam regelmäßig nach seiner Kanzlei abends zum Entspannen hierher. Er liebte Deutschland und wollte schon lange einmal dorthin fahren. Das Radebrechen meiner Mutter war ein klein wenig flüssiger geworden. Sie meinte, Rodrigo könne uns doch besuchen. Dann hätte auch mein Vater Gelegenheit sein Spanisch, das er sich über zwei Jahre mühsam in Abendkursen angeeignet hatte, mit einem Muttersprachler zu verfestigen, bevor er seine neue Arbeit anfing. Ich staunte. Was war mit meiner Mutter los? Was hatte sie vor? Dieser Mann war doch mindestens zehn Jahre jünger als sie! Und überhaupt! Beim Abschiednehmen vereinbarten sie den Termin für seinen Besuch.

Zwei Monate später war es soweit. Rodrigo brachte Berge von kulinarischen Spezialitäten aus seiner Heimat mit: Serrano Schinken, Manchego Käse und die scharf gewürzten Chorizos. Für mich gab es auch eine Kleinigkeit: einen hübschen Silberring mit eingelegter grüner Emaillearbeit. Er gefiel mir, jedenfalls der, den ich mir aussuchte. Rodrigo hatte nämlich drei verschiedene zur Auswahl mitgebracht. Die nicht ausgewählten könnte er dem Juwelier zurückgeben, sagte er. Das hätte er mit ihm ausgemacht. Meine Mutter beobachtete wohlwollend meine Wahl.

Mein Vater freute sich über die Gelegenheit, spanisch sprechen zu können. Man zeigte Rodrigo unsere Stadt und die Umgebung. Ich hatte nicht viel mit ihm zu tun, denn ich musste mich auf die Abiturvorbereitungen konzentrieren. Zum Spanischlernen war ich noch nicht gekommen, das Abitur war wichtiger. Aber nach dem Abitur könnte ich doch einen Spanischkurs in Barcelona machen. Es gäbe einige gute Sprachschulen dort, meinte Rodrigo. „Wie ist das denn mit der Unterkunft? Ein junges Mädchen sollte doch nicht ganz allein in einer fremden Stadt sein", war die Sorge meiner Mutter. Rodrigo dachte an eine befreundete Familie, er ebenfalls Rechtsanwalt, mit drei kleinen Kindern, die mitten in der Stadt wohnten. Die könnte er fragen. Ich war gedanklich mit anderen Dingen beschäftigt, aber mit Spanischlernen für Chile war ich einverstanden.

Erst allerdings war die Au-pair-Zeit in Basel zum Französischlernen zu absolvieren. Diese sechs Monate waren schon lange vorher ausgemacht gewesen, meine Mutter hielt es für wichtig, dass ich, abgesehen von Französisch, etwas mehr vom Haushalt, insbesondere das Kochen lernen sollte. Die ungarisch-libanesische Familie hatte viele Kontakte mit internationalen Besuchern und sollte mich mit den Umgangsformen in diesen Kreisen vertraut machen. Einmal erhielt ich Besuch von meinen Eltern, zusammen mit Rodrigo. Ich hielt seine Anwesenheit in Basel für einen Wegekompromiss zwischen Barcelona und Oldenburg für ein Wiedersehen mit meiner Mutter und meiner Familie.

Drei Wochen nach Beendigung der Au-pair-Zeit landete ich in Barcelona. Rodrigo holte mich ab und brachte mich zu der Freundesfamilie. Es waren liebenswerte Leute, die Kinder nett und wohlerzogen. Es gab ein Riesenfest zu meinem Empfang. Ich hatte so etwas noch nie erlebt: Die Spanier konnten sich doch tatsächlich von mittags um zwei bis abends um sechs mit Essen beschäftigen! Es wurde zwar nicht ununterbrochen vom Teller gelöffelt, aber es gab viele verschiedene kleine Gänge, mit Pausen dazwischen und viel Wein. Wie das wohl am Abend wäre? Ich fühlte mich wie im Paradies und dachte, hier könnte ich es aushalten.

Der Sprachkurs war gut. Natürlich verbrachte ich die meisten freien Nachmittage mit anderen deutschen Schülern, um Barcelona zu erkunden. Manchmal kam Rodrigo abends zum Essen zu seinen Freunden und brachte weitere Freunde in seinem Alter mit. Gelegentlich führte er mich zu Tapas auf die Ramblas aus, meine Schwäche für genussvolles Essen war nicht verborgen geblieben. Dabei erzählte er mir eines Abends, wenn er eine Familie hätte, würde er gerne sechs Kinder haben. Ich sagte nichts dazu, sechs Kinder waren mir einfach unvorstellbar.

In der letzten Woche vor meinem Abflug ging er Tanzen mit mir. Eine nette Geste, denn ich war jetzt lange nicht mehr tanzen gewesen. Er gab sich Mühe, es mir recht zu machen bei den schnellen Tänzen. Ein guter Tänzer war er nicht. Dann kam ein langsamer Tanz. Das war eher etwas für ihn. Sein Griff wurde sicherer. Er drängte sich an mich. Von meinen Fortgeschrittenen Tanzkursen her kannte ich viele Schrittfolgen. Doch mir war bewusst, dass das, was dann kam, kein vorschriftsmäßiger Tanzschritt mehr war: Sein Bein schob sich zwischen meine, sein Körper presste sich gegen den meinen und sein Griff wurde so fest, dass ich seinen Beinen folgen musste. Es währte nur einige Sekunden, dann war es vorbei. Kurz darauf brachte er mich zurück zu seinen Freunden. Auch er schien verwirrt.

Das Abschiedsfest für mich war noch aufwendiger als das bei der Ankunft. Mit fünf Freundespaaren und meiner Gastfamilie wurde am Samstagabend ein Ausflug in die Berge gemacht. Tatsächlich stellte dieses Mahl das Essen vom Anfang in den Schatten und machte mir den

Abschied richtig schwer. Ich wusste, so gut würde ich nie wieder essen. Das Beste war der Aioli zu den Gambas. Er enthielt so viel Knoblauch, dass meine Mutter, als sie mich fünf Tage später zum Empfang auf dem Flughafen umarmen wollte, zurückzuckte und sagte: „Was hast du denn gemacht?" Ich erzählte ihr vom Aioli, der reizenden Gastfamilie, dem Sprachkurs und Rodrigos netten Freunden. Aber ich erzählte ihr nicht von den liebevoll wohlwollenden Spottliedern, die diese Freunde an meinem Abschiedsabend für Rodrigo gesungen hatten. Jeder hatte eines selbst gedichtet und berichtete von Rodrigos Kennenlernen meiner Mutter und mir am Strand, seinem Besuch in Deutschland und meiner Zeit in Barcelona. Intelligent, witzig und gekonnt waren sie und ebenso vorgetragen. Ich war kleiner und kleiner geworden. Sie hatten alle denselben Refrain: „Er wollt´ sie ja so gerne, sie wollt´ ihn leider nicht." Alle hatten es gemerkt, nur ich nicht.

Meine Mutter hielt noch einige Zeit losen Kontakt mit Rodrigo. Ich verzichtete darauf.

Das erste Mal

Vielgerühmt. Sehnlich erwartet. Und wunderschön.

So soll es sein. So sollte es sein. Üblicherweise in der Teenagerzeit. So jedenfalls hatte ich das verstanden.

Dann kam es. Genauer: dann kamen sie, die drei wichtigsten Dinge im Leben eines jungen Mädchens. Der erste Tanz. Der erste Kuss. Der erste Sex.

Alles im Abstand von ein bis zwei Jahren. Ich interessierte mich nur dafür, weil ich dachte: „Das ist so üblich", nicht etwa, weil ich zu diesem Zeitpunkt eines männlichen Wesens bedurft hätte.

Den ersten Partner habe ich vergessen, oder anders gesagt: er existierte nicht. Es war in einem Tanzsaal der führenden Tanzschule der Stadt. Die ersten Erläuterungen des Lehrerpaares und einige von ihnen vorgeführte Tanzschritte waren vorbei. Zwei Stuhlreihen waren einander gegenüber aufgestellt auf zehn Meter Distanz. Auf der einen saßen zwanzig Jungen, auf der anderen einundzwanzig Mädchen, zusammengeführt in der ersten Tanzstunde. Die Mädchen aus der neunten Klasse, die Jungen aus der zehnten, wie es Tradition an den höheren Schulen war. Dann kam das Signal zum Auffordern. Ich überlegte, wer mich wohl zum Tanz bitten würde. Ich kannte keinen der Jungen, einige hatte ich ein paar Mal flüchtig gesehen. Ich wollte endlich mit dem Tanzen anfangen, denn dafür war ich schließlich gekommen. Die Jungen stürzten hastig - das würden ihnen die Tanzlehrer noch abgewöhnen - zu dem Mädchen ihrer Wahl. Sie versuchten eine Verbeugung. Und dann zum nächsten

Mädchen, wenn bei der Wunschkandidatin ein anderer schneller gewesen war. Es gab einige Augenblicke des Durcheinanders. Dann kehrte Ruhe ein. Die Paare hatten sich gefunden und sich auf die Tanzfläche in der Mitte begeben. Ich saß weiter auf meinem Stuhl. Ein äußerst einprägsamer Augenblick, der mir sagte, dass es offenbar nicht nur ums Tanzen ging, wie ich angenommen hatte. Ich lernte das Tanzen trotzdem.

Keiner der Jungen hat einen Eindruck bei mir hinterlassen. Erst mein Partner für den „Abtanz" - dem feierlichen Abschlussball des Tanzkurses mit Eltern - schaffte dies: Er hatte ein nettes Gesicht und war wohlerzogen, was aber nicht ausgleichen konnte, dass er ungefähr einen Kopf kleiner war als ich und mich auch erst bat, nachdem er von einer anderen einen Korb erhalten hatte. Ich war noch frei und auch darüber nicht begeistert. Warum ich das peinliche Foto von der Damenwahl - mit gewaltig aufgebauschtem Petticoat unter dem weißen, dezent dekolletierten Kleid einen linkischen Knicks vor dem zierlichen Partner versuchend - immer noch aufhebe, weiß ich nicht! „Das macht man halt", dachte ich damals vielleicht, dass man von einem solch das Leben verändernden Ereignis Erinnerungsfotos aufhebt, vergleichbar mit den bildhaften Belegen meiner Konfirmation. Diese allerdings in Schwarz. Und wenn es nur den Eltern zuliebe geschah, die den Tanzkurs und das Ballkleid finanziert hatten, ebenso wie davor das ernsthaft erwachsene Taftkleid zur Konfirmation.

Obwohl ich mit den Jungen ebenso wenig anfangen konnte wie jene mit mir, machte mir das Tanzen Spaß. Dazu brauchte ich einen Partner. Möckel vom alten Gymnasium eine Klasse über mir war fürs Tanzen wunderbar geeignet.

Die anderen Mädchen in meiner Klasse hatten allerdings richtige Freunde. „Das scheint so üblich zu sein in meinem Alter", fühlte ich. Nur ich hatte keinen. Aber dann ein Jahr nach der Tanzstunde tauchte ein Interessent auf. Es tat gut, dass ich jetzt auch etwas zu berichten hatte. Ich interessierte mich nicht wirklich für ihn. Ich wollte nur wie die anderen sein, auch etwas vorweisen können. Wir gingen ein paar Mal spazieren - es war quälend und langweilig. Nichts wovon er redete, sprach mich an. Oder war es eher der junge Mann selbst, dem ich nichts abzugewinnen vermochte? Ich hoffte, dass wir wenigstens gesehen würden. Das klappte. Ich war mit im Rennen - im Wetteifer mit meinen Freundinnen. Dann machte er einen Fehler: Beim Abschied an der Haustür versuchte er, mich zu küssen. Ich fragte mich: „Ist das so üblich - oder gilt der Kuss wirklich mir?" Von Gefühlen hatte ich bei ihm nichts bemerkt, auch nichts bemerken können. Ich war zu sehr damit beschäftigt gewesen, zu verbergen, dass bei mir keine vorhanden war. Der Kussversuch war das Ende. Ich wies ihn ab. Er meldete sich nicht mehr. Sehr zum Leidwesen meiner Mutter, die mir den jungen Mann als „groß, blond, blauäugig und aus gutem Hause" hatte schmackhaft machen wollen. Ich fand, er hätte einen viel zu großen Eierkopf und ungewöhnlich abstehende Ohren, die mich an Fledermäuse erinnerten. Und dazu noch Küssen - das war trotz aller Neugier und mithalten wollen mit den anderen zu viel!

Drei Jahre später, auf der neuen Schule, war ein Kandidat, der sich richtig in mich verliebt hatte. Es stärkte mein Ansehen bei den neuen Schulkameraden, die sich alle schon seit Jahren kannten und prüften, ob sie mich, „die Neue", akzeptieren sollten, dass er eine Klasse weiter war und mich vor aller Augen mit Aufmerksamkeiten überschüttete: Blumen, Gedichte, kleine Geschenke auf dem Schulhof. In der großen Pause übereichte er mir ein kleines Sträußchen, deklamierte einen selbstverfassten Vierzeiler und bat mich um ein Rendezvous am Nachmittag. Er machte mir formvollendet und in aller Öffentlichkeit den Hof! Das ging ein paar Monate in aller Schicklichkeit und ich sonnte mich in seiner Werbung. So hatte ich mir immer einen „Kavalier alter Schule" vorgestellt. Wir besuchten zusammen einen Tanzkurs für Fortgeschrittene. Er war ein hervorragender Tänzer, besonders beim Tango, meinem Lieblingstanz.

Danach fand er es an der Zeit, die Beziehung ein wenig zu intensivieren. Er war das einzige Kind eines gutsituierten Feinkostgroßhändlers mit langer Tradition in Oldenburg. Meine Mutter war ihm also wohl gesonnen! Seine Eltern behandelten mich sehr freundlich, ich war willkommen. Von allen Seiten Zustimmung. Meiner eigenen war ich nicht so sicher. Aber ich war neugierig. Er lud mich zu sich nach Hause ein. Er hatte bereits ein richtiges Studentenzimmer gefüllt mit technischen Apparaten, mit denen er Versuche für sein geplantes Elektrotechnik-Studium, das er in sechs Monaten beginnen würde, probte. Er zeigte mir die Geräte. Die technische Welt und mein Verehrer waren spannend und gleichzeitig fremd. Ich wusste, was kommen würde. „Wenn man sich schon so lange kennt, ist es einfach an der Zeit", dachte ich. Es war das erste Mal, dass er mir näher kam. Ja, er küsste mich. Eigenartig. War es nicht richtig unästhetisch dieses Wühlen einer fremden Zunge in meinem Mund? Oder waren es eher seine Pickel, die mir jetzt noch deutlicher auffielen? Hoffentlich würde jetzt keiner aufplatzen! Ich machte trotzdem mit. Es war auch gar nicht soooo schlimm, denn er war wie beim Tanzen wenigstens nicht unbeholfen.

Kurz darauf fing meine Mutter an, zu drängen, endlich seine Eltern kennen lernen zu dürfen. „Bei Familien unseres Standes gehört sich das so, wenn die Kinder sich näher kommen", sagte sie. Ich fühlte, wie eine bürgerliche Fessel mich einzuengen begann, die mich einschnüren würde zu einem fertigen, unabänderlichen Zukunftspaket. Bei dem nächsten Spaziergang mit ihm erklärte ich unsere Beziehung ohne weitere Erläuterung für beendet. Er kommentierte nicht, brachte mich nach Hause, rief nie wieder an und mied mich fortan auf dem Schulhof. Ein junger Mann von Charakter! Trotzdem fallen mir, wenn jemand vom ersten Kuss spricht, im Wesentlichen seine Pickel ein.

Jetzt war ich neunzehn und in der Abiturklasse traf ich auf meine erste Liebe. Alles sehr vorsichtig und scheu - auch er war noch Jungfrau und vielleicht noch weniger erfahren als ich. Wir probierten vieles aus, eigentlich fast alles. Und wie immer, wenn mir etwas wichtig war, erinnere ich mich nicht an Einzelheiten. Ich weiß nicht mehr, wie er küsste, oder koste. Nur das große Ganze zählte. Die vorsichtige Annäherung, die behutsamen Versuche der Zärtlichkeit, die Verbundenheit, die Sommernächte auf der Wiese am Deich. Wir waren beide sehr verliebt und beide sehr unwissend.

Ich fand ihn schön, noch zu unerfahren, um vergleichen zu können, aber er schien mir der Richtige für das erste Mal. Wir hatten schon vieles von unsern Körpern erforscht, aber den letzten Schritt bisher nicht getan. Als ich ihn bei seiner Bundeswehreinheit besuchte, wagten wir ihn. Doch der Versuch scheiterte. Er war zu unerfahren und meine Erklärungen erreichten ihn nicht. Die Enttäuschung begleitete mich auf der langen Bahnfahrt nach Hause und blieb. Einige Monate später trennten wir uns.

Mit ihm war es kein erster Tanz, kein erster Kuss und auch kein erster Sex. Aber ich war das erste Mal verliebt gewesen, hatte die Sehnsucht nach dem Anderen erlebt, dem männlichen Gegenstück zu meinem weiblichen Sein - die erste erotische Beziehung. Das erste Mal Gefühle - nicht greifbar - aber deutlich spürbar.

Das Ergebnis allerdings: Ich war weiter Jungfrau.

Das änderte sich erst zwei Jahre später, als ich beschloss, dass es nun wirklich an der Zeit sei. Ich war einundzwanzig Jahre alt und volljährig! „Mit einundzwanzig sollte man nicht mehr so unerfahren sein", dachte ich. Der junge Mann, der zu diesem Zweck in Frage kam, war der Student, mit dem ich seit drei Monaten befreundet war, um Anschluss zu finden in der mir fremden Umgebung an der neuen Universität. Er war bereits im fünften Semester und kannte sich nicht nur an der Uni, sondern auch in anderen Dingen aus. Er sei - wie er sagte - hinreichend erfahren, um nicht mehr als Jungfrau zu gelten. Er wüsste über alles Bescheid. Auch über den Umgang mit den Kondomen. Und so gab ich grünes Licht. Es war eine Entjungferung - so nüchtern und distanziert wie schon das Wort es sagt. Danach schlief er ein. Ich lag da und dachte nach. Es war vollbracht. Jetzt musste ich nicht mehr meinen, etwas versäumt zu haben. Die Gefühle, von denen man mir immer erzählt hatte, blieben aus. Vielleicht hatte ich da etwas falsch verstanden!

Der junge Mann hatte sich in seinen Kenntnissen über Verhütung getäuscht. Nach zwei Monaten stellte ich fest, dass ich schwanger war. Die Himmel hoch jauchzenden Wonnegefühle beim ersten Tanz, beim ersten Kuss und beim ersten Sex, von denen die Literatur und Freunde sprachen, hatten sich bei mir nicht eingestellt. Auf die zukunftsweisenden Worte meiner Mutter war sicher eher Verlass. „Der erste Mann im Leben einer Frau bleibt immer der wichtigste!" hatte sie einmal gesagt. Ich überlegte: „Der erste Mann wird wohl der Richtige sein, wenn er der Wichtigste ist. Deshalb ist es wohl auch üblich zu heiraten, wenn man ungeplant schwanger wird." Ja, ich hätte ihn geheiratet und auch das Kind bekommen. Doch es gab Schwierigkeiten: er hatte kein Geld und gerade die Studienrichtung gewechselt, stand also ganz am Anfang. Was sollte ich tun? Ich fragte mich, wie ich, unbeeinflusst durch das, was andere meinten, in dieser Situation wohl handeln würde. Allmählich begann ich zu verstehen, dass *das Übliche* nicht immer *das Beste für mich* sein musste. Es fiel mir sehr schwer, aber ich entschied mich zum ersten Mal in meinem Leben gegen das, was ich von anderen kannte.

„Das erste Mal - wie kann das eigentlich schön sein?" denke ich heute. Ist nicht aller Anfang schwer? Der erste Schritt des kleinen Kindes eher ein Stolpern, der erste geschriebene Buchstabe krakelig, die erste selbstgekochte Mahlzeit misslungen? Aber ich habe alles noch gelernt. Zu meiner Zeit, als ich so weit war. Heute kann ich laufen und schreiben. Auch das Kochen gelingt mir - wenn ich mit dem Herzen dabei bin.

Möckel

Möckel hat zur Feier seines 70sten Geburtstags 2012 geladen. Ein kleiner Kreis: nur die engsten Freunde, Vetter und Kusine.

Es ist Sonntagnachmittag. Das Wetter meint es gut mit ihm an diesem Junitag, die Sonne scheint und er und seine zehn Gäste können wie geplant in dem hübschen Vorhof seines Bauernhofes grillen, mitten zwischen den von Beate liebevoll angelegten Blumenrabatten. Die Holzkohle hat angefangen zu glühen, aber ist noch nicht so weit, hat Möckel entschieden. Das Grillen wird von Möckel zelebriert, er ist Grillmeister und hat ganz bestimmte Vorstellungen. Die Kohle darf nicht zu stark brennen, damit die Steaks nicht schwarz werden. Und ohne Aluschale geht es auch nicht, hat er angewiesen.

Ich warte und denke nach. Über ihn, meinen Jugendfreund. Wie er damals war, was er für mich bedeutete. Wie ich ihn heute empfinde und was dazwischen liegt. Szenen, Bilder und Gefühle stürzen auf mich ein, Früher und Später durcheinander und miteinander. Äußeres und Inneres vermischt und verwoben ergibt sich ein Bild wie ein Flickenteppich eines Menschen. Er ist anders als früher, doch je länger ich ihn betrachte, auch wieder vertraut.

Nein - nicht Mockturtel oder Meckern! Möckel ist einer meiner ältesten Freunde aus der Schulzeit. Woher er den Namen hat, weiß er nicht: so wurde er von den Verwandten und allen Schulfreunden genannt. Nur die

Altvertrauten von damals dürfen ihn heute noch Möckel nennen.

Der Name passt zu ihm. Schon in der Tanzstundenzeit hatte er diese leicht vorn übergeneigte Haltung und den etwas unbeholfenen, holprigen Gang. Mittelgroß, schlank, ohne besonders auffallende Figur. Ein helles, fein geschnittenes Gesicht mit einer zierlich anmutenden kleinen Nase. Die Augen sind blaugrau - schwierig festzustellen durch das anhaltende Silberblinzeln. Sein Blick lässt sich kaum festhalten, er wandert ständig umher. Möckel träumt von der Ferne, insbesondere vom Gestern und scheint doch verwurzelt mit seiner Scholle, die ihn in der Gegenwart hält. Ich kann ihn nicht fassen. Weder in der Jugend, als er Zukunft wollte, noch heute, wo er in der Vergangenheit denkt.

Ich kenne Möckel seit genau 55 Jahren! Er war mein Freund, aber nicht mein „fester Freund". Während der Tanzstundenzeit und danach wollte auch ich ausgehen, brauchte einen Partner für die Partys, den rauchigen, angesagten Jazzkeller, und den Bauernschwof am Wochenende, den man nur mit dem Fahrrad erreichte. Dafür war Möckel wunderbar: er machte alles mit, war unternehmungslustig, treu, zuverlässig. Und er war zufrieden mit der „Freundschaft". Er sorgte dafür, dass mich seine Clique, lauter interessante und kluge Jungen, mit aufnahm. Hier begannen die für mich faszinierenden philosophischen Diskussionen beispielsweise über die literarischen Aussagen der Autoren Camus und Anouilh oder der griechischen Philosophen, geprägt durch den humanistischen Bildungshintergrund der Freunde. Möckel nahm mich auch zu den Gelagen der verbotenen Schüler-Burschenschaft mit, immer in derselben Kneipe, unserer Stammkneipe, im Zentrum der Stadt. Hier durfte ich beim Stiefeltrinken mitmachen: der berühmte 5 Liter Bierstiefel, bei dem man am Ende die Spitze vorsichtig zur Seite drehen musste, um ein Überschwappen zu verhindern, und zitterte, nicht den vorletzten Schluck zu nehmen und den nächsten Stiefel zahlen zu müssen. Beim „Ex" von Bier mit Korn konnte ich vollends meine Grenzen testen.

In vieler Hinsicht war Möckel damals mein Vorbild: die beste Schule, das komfortable Heimathaus, die Herkunft aus einer Ärztefamilie, und nicht zuletzt die Kenntnisse, die seiner allseitigen Wissbegier geschuldet waren. Dazu gehörte auch das Schachspiel. Er spielte oft mit mir und ich trainierte dabei mein logisches Denken. In der Regel war er es, der gewann. Er brachte mir das Maschineschreiben nach dem 10-Finger-System bei, saß neben mir und führte meine Hände. Auch Stenografie beherrschte er, doch daran hatte ich kein Interesse.

Er lebte mit Tante, Onkel, Vetter und Kusine zusammen auf einem schönen Grundstück in der Nähe des kleinen Flusses am Rande der Stadt mit weitläufigem Garten und einem Wohnhaus, das den gehobenen Ansprüchen einer fünfköpfigen Familie entsprach.

Schon damals hatte ich den Eindruck, dass Möckel manchmal meinte, nicht wirklich einer von ihnen, eher ein geduldeter Gast zu sein. Die Ursache dafür erzählte er mir Jahrzehnte später: Seine Mutter war bei seiner Geburt verstorben. Sein Vater, bei der Wehrmacht beschäftigt und anscheinend leichtlebiger Art, war nicht in der Lage, seinen Sohn zu versorgen. Seine Tante, Schwester seiner Mutter, wurde zu seinem Vormund bestimmt und nahm ihn zu sich. Als die Erbschaft seiner wohlhabenden Großeltern anfiel, erklärte die Tante Möckels Anteil zum notwendigen Unterhaltsgeld für ihn, kaufte damit das Anwesen und ermöglichte damit ihrer Familie und Möckel das Leben in dem großzügigen Haus. Für Möckel entfielen damit jedoch sämtliche Erbansprüche.

Vielleicht war dies ein verbindendes Element gewesen zwischen ihm und mir: der Wunsch dazu zu gehören und das unterschwellige Wissen darüber, dass es Trennungs-Linien gab. Jedenfalls war Möckel mein ständiger Begleiter während der letzten Schuljahre.

Nach dem Abitur blieb er weiter mein Ankerpunkt, als meine Klassenkameraden sich zum Studium, Heirat oder Wehrdienst in Deutschland verstreuten. Er besuchte mich in Basel während meiner freudlosen Au-pair-Zeit bei der strengen libanesisch-ungarischen Familie. Wir schafften es auch hier, einen Bauernschwof ausfindig zu machen. Diesmal mit Schwyzerdeutscher Umgebung, aber wieder atemlos. Wieder war es der Boogie, der uns besonderen Spaß machte, Möckel lief zu Hochform auf und wirbelte mich so wild herum, dass mein linkes Kniegelenk auskugelte und ich zu Boden ging - mit bleibender Wirkung für das Knie.

Während meines Praktikumsjahrs in Chile bei meinen Eltern war er mein Hauptkontakt nach Deutschland. Als ich zum Studium zurückkehren sollte, fing ich in dem langweiligen Saarbrücken an, wo er sich eingeschrieben hatte. Fünf Semester später wechselte ich ins idyllische Tübingen, wohin er gehen wollte, und wir suchten gemeinsam nach Zimmern. Während des Studiums organisierte er für uns beide den ersten Ferienjob für sechs Wochen als Akkordarbeiter bei Mercedes-Benz in Sindelfingen. Zurück in Tübingen wurden die nächte-langen philosophischen Diskussionen mit der alten Clique und Unterstützung von reichlich Trollinger unter den morschen Dächern der Altstadt wieder aufgegriffen, intensiviert und mit akademischen Gesichtspunkten angereichert. Außer Möckel und mir gehörten dazu Möckels Vetter Karl, und seine besten Schulfreunde Detlef und Egon. Andere Ablenkungen waren die jeweiligen Partner, die wir eifrig suchten, fleißig wechsel-ten oder tauschten und zum Ende des Studiums nach einigen Verstimmungen auch alle gefunden hatten: Möckel mit Hanne, Detlef mit Florence, Karl mit Edith und ich mit Ronald. Nur Egon war noch nicht fündig geworden. Dann begann der Ernst des Lebens.

Berufstätigkeit, Heirat, Familiengründung, das waren die Themen, die uns jeweils die nächsten 15 Jahre beschäftigten und den Kontakt vernachlässigen ließen. Als ich mit meinem Mann 1996 aus Indien zurückkam und in Deutschland wieder heimisch werden wollte, nahm ich alte Fäden wieder auf. Ich meldete mich bei Möckel, wollte wissen, wo, wie und mit wem er jetzt wohnte, ob ich ihn wieder erkennen würde.

Äußerlich hatte er sich kaum verändert, ein wenig weiter vornüber gebeugt vielleicht - der Arbeit mit den Obstbäumen und dem zunehmenden Alter gezollt -, sein Blick noch etwas unsteter als früher. Wir nächtigten im Ziegenstall, dem ehemaligen. Möckel stellte ihn meinem Mann und mir großmütig zur Übernachtung mit Luftmatratze zur Verfügung, weil er keine andere Möglichkeit bei sich sah: für uns war es ein Erlebnis der besonderen Art, jede Nacht auf dem Lehmfußboden den verbliebenen zarten Duft von Ziegendung zum besseren Träumen erschnuppern zu dürfen. Bei dem Besuch im nächsten Jahr überlegten wir, Möckel zwei einfache Klappliegen zu spendieren für unsere Bequemlichkeit, befürchteten jedoch, dass dies seine Ehre empfindlich kränken könnte, verwarfen den Gedanken und schickten uns wieder in Luftmatratzen und Ziegendunggeruch.

Am nächsten Morgen, als Möckel uns durch sein Reich führte, kam ein Nachbar, um eine Hacke zurück zu bringen. Möckel stellte uns freundlich lächelnd vor: „Dies ist Cora, meine ganz alte Freundin aus der Schulzeit, bei der ich damals nicht landen konnte!" Ich staunte und erläuterte meinem fragenden Mann, dass dies eben

Möckels Art sei, wenn er versuche sich charmant zu geben. Es hätte nichts zu bedeuten. Wir folgten weiter Möckels Führung und seinen Erzählungen.

Nach der Scheidung von Hanne wegen der vielen Stunden mit ihrem Tennislehrer überließ er ihr die beiden Kinder und das Einfamilienhaus, kündigte seine Stelle im Naturkunde-Museum in Heilbronn und fand eine Anstellung in der Regionalentwicklung in der Nähe von Dresden. Damals entdeckte er immer wieder sanierungsbedürftige Gehöfte oder Schlösser, die er seinen Freunden als Schnäppchen anpries. Er meinte, die Bevölkerung im Westen würde doch immer älter und würde sich über ein preisgünstiges Seniorendomizil im Osten freuen. Von den Freunden zeigte keiner Interesse. Noch heute werfen wir bei jedem Besuch einen Blick auf den weiteren Verfall des ehemals großzügig angelegten „Schlossgebäudes" - jetzt eher Ruine - an der Durchgangsstraße, eines der von Möckel besonders empfohlenen Objekte. Es hat noch immer keinen Käufer gefunden.

Als die Regionalplanungsstelle geschlossen und Möckel in die Frühverrentung entlassen wurde, überwältigte ihn der Mut. Er kaufte mit allen verfügbaren Ersparnissen einen vom Zerfall bedrohten Dreiseitenhof mit einem schönen Obstwiesengelände hinter der Dorfkirche. Seine zweite Frau Uta stammte aus einem Nachbarort und hatte geholfen, den unter Denkmalschutz stehenden Hof auszusuchen. Möckel erwähnte immer wieder und voller Stolz, dass auf seinem Gelände ein Goldschatz vergraben sei. Das wüsste er aus den Kirchenbüchern. Er würde auch die genaue Stelle kennen. Meine freundlichen Angebote, ihm beim Graben behilflich zu sein, lehnte er allerdings beharrlich ab.

Zum Zeitpunkt des Kaufes war der Hof kaum bewohnbar gewesen. Möckel hatte verschiedene begrenzende Faktoren bei der Sanierung zu berück-sichtigen: seinen akuten Geldmangel, die Auflagen der Denkmalschutzbehörde und vielleicht noch die Vor-stellungen seiner Frau Uta. Sie war Lehrerin in Rheinland-Pfalz und konnte während der Woche nicht mitreden. An den Wochenenden stellte sich bald heraus, dass sie sich dem Landleben etwas entwachsen fühlte. So schilderte es jedenfalls Möckel. Uta konnte oder wollte sich nicht an der Gestaltung beteiligen. Vielleicht durfte sie auch nicht. Als die Umbauarbeiten beendet waren, blieb sie in Rheinland-Pfalz an ihrer Schule und Möckel zog alleine ein. Nach gut zwei Jahren Ehe ließen sich die beiden scheiden.

Möckel hatte sich also ohne störende Einlassungen seiner Frau auf die beiden erstgenannten Beschränkungen konzentrieren können. Als Erstes baute er eine wunder-schöne, großzügige Halbrundsauna, eine Konzession an seine Leidenschaft für Skandinavien. Diese Sauna füllt fünf Sechstel des heute als Badezimmer dienenden Raumes, wird aber außer zum Wäschetrocknen nicht mehr benutzt. Die offene Toilette für das „große Geschäft" wird über die Außentür zum Hof belüftet und lässt sich abgesehen von einem elektrischen Heizlüfter, der vorwiegend als Handtuchhalter dient, nicht heizen. Der Winter mit meterhohem Schnee vor der Haustür, den wir einmal zur Silvesterfeier bei Möckel erleben durften, blieb daher ein Ereignis, das wir nicht wiederholen wollen.

Das Kernstück des Hauses ist der gemütliche Wohn-raum mit dem großen, schweren Holzesstisch und einem massiven Holzpfosten in der Mitte des Raumes. Hier veränderte Möckel wenig. Die dem Denkmalschutz gezollten Sprossenfenster spenden dem Raum Licht und Freundlichkeit. Der alte originell wirkende Eisenofen - die einzige Heizung - wird mit Holz aus dem Garten befeuert und hält Möckel jung. Das Feuer muss morgens neu entfacht und tagsüber ständig nachgelegt werden. Eine andere Heizung will Möckel nicht - es widerspräche dem Charakter des Hauses. Er lehnt allen „neumodischen Kram" wie Internet oder schnurlose Telefone oder gar Handys ab. Zu erreichen ist er trotz digitalem Zeitalter nur telefonisch, wenn er abends in der Küche beschäftigt ist und das Klingeln von seinem grünen Schnurtelefon mit Wählscheibe nebenan in der Abstellkammer hören kann.

Auch die Küche ist sehr ursprünglich, für Gäste jedoch tabu. Nur wer länger als drei Tage bleibt, sollte mitarbeiten - sagt Möckel. Ein winziger, grauer Original Granitspülstein ohne Ablagemöglichkeit macht das Abwaschen zum Balanceakt und ist für eine Person allein kaum möglich. Ich mag Möckels Verbot gern befolgen.

Sehr hübsch ist der kleine Erkerausbau der Küche mit Tisch und Sitzbank rundherum und Blick ins Tal - früher wohl der Platz für den alten Spülstein mit Wasserauslauf durch die Wand. Dort kann man zu zweit sitzen, der ideale Ort für vertrauliche Gespräche. Das aber nur für Möckel und Beate oder für mich mit Beate, wenn Möckel für eine Erledigung weggefahren ist, sonst würde er mich dort nicht dulden.

Seit über zwanzig Jahren ist dieser Hof Möckels Zuhause. Hier ist er angekommen. Er braucht keine weiteren Pläne für die Zukunft. Jeden sorgenvollen Gedanken, was werden könnte, wenn er kein Holz mehr hacken oder die vielen Stolperfallen im Haus nicht mehr bewältigen kann, weist er weit von sich. Der Hof ist sein Heim - endgültig.

Beate gehört mit dazu. Ohne sie kann ich mir Möckel heute nicht mehr vorstellen. Beate weiß ihn zu nehmen: Sie lässt ihn, sagt in aller Offenheit und bei jeder Gelegenheit, was sie für spleenig hält - da gibt es eine lange Liste - und macht unbeirrt von seinen Vorschlägen das, was sie für richtig hält. Sie ist eine attraktive, modebewusste Grundschullehrerin aus Berlin, liebt Schmuck und kauft alte Stücke antiquarisch. Seit ihrer Pensionierung vor fünf Jahren ist sie fast immer bei ihm auf dem Land. Sie liebt den Hof und das Leben in der kleinen Gemeinde. Und sie sorgt für die Blumen! Sie akzeptiert die Küche, das Bad, den Bullerofen, die niedrigen Decken, die Kälte und die Mühe - so wie sie Möckel akzeptiert. Und er akzeptiert sie: Sie hat kein Interesse am Spazierengehen, aber er macht gern Wanderungen oder möchte Fahrradfahren. Ihre Standardantwort ist, dass das leider nicht ginge mit ihren Stöckelschuhen. Sie würde lieber einen Mittagsschlaf machen. Den macht sie dann und empfängt Möckel bei seiner Rückkehr in bester Laune.

Beate ist wie Möckel geschieden und hat zwei erwachsene Söhne. Ihr war die Vorstellung, keinen Kontakt zu den leiblichen Kindern zu haben - so hatte es Möckel bis zu ihrem Kennenlernen mit seinen Kindern aus erster Ehe gehalten - sehr befremdlich. Allerdings brauchte sie fast zehn Jahre, um Möckel zum aktiven Großvater zu machen. Dann hatte sie Erfolg: auf Sylt kam es zu einem Treffen mit Möckels Tochter und seiner kleinen Enkeltochter. Heute dürfen Möckels Gäste die neuesten Fotos von seinem Enkelkind bestaunen.

Beate ist Möckels Gegenpol - ganz anders und gleichzeitig Ergänzung. Der mir früher schier unendlich scheinende Flickenteppich hat einen Rahmen bekommen. Er ist kleiner geworden: Manche Flicken sind verschwunden und andere dafür deutlicher. Das Bild ist neu für mich - es ist nicht der Möckel von früher. Es gefällt mir dennoch, als sei etwas vollendet worden.

Möckel hat zwei große geografische Leidenschaften. Er war wie ich mit 15 Jahren zum Schüleraustausch in Finnland gewesen. Dies begründete seine erste Leidenschaft. Er schwärmte ausgiebig von den Weiten der Wälder und Seen in Lappland, die mein Mann und ich vor zwei Jahren eintönig und öde gefunden hatten. Auch erzählte er voller Begeisterung von seinem damaligen Kampf gegen die andauernden und überwältigenden Mückenschwärme. Mit einem Schulfreund zusammen hatte er sich als Welteroberer, Forscher oder Abenteurer gefühlt und sei es bei der Verteidigung gegen die Mücken. Auch Norwegen hatte es ihm besonders angetan: während seines Geografiestudiums erreichte er, dass er für seine Doktorarbeit den Hafen von Hennigsvag auf den Lofoten vermessen konnte, um die Natur Skandinaviens genießen zu können. Diese Zeit hat ihn nachhaltig geprägt, er hat alle Unterlagen aufgehoben, nichts darf verloren gehen. Die Landkarten von damals waren in hervorragendem Zustand: mit Klarsichtfolie laminiert und die Falze mit Tesafilm verstärkt. Endlich dienten sie einem nützlichen Zweck: mein Mann und ich planten eine Norwegenreise mit Wohnmobil, Möckel zeigte uns die besten Routen und Schleichwege und sparte nicht mit Insidertipps von vor 45 Jahren, damit wir uns gut zu recht finden würden.

Seine zweite Leidenschaft sind die früheren deutschen Kolonialgebiete, insbesondere das heutige Namibia. Möckel bevorzugt die „Originalbezeichnung": Deutsch Südwest Afrika. Diese Leidenschaft entstand während der Studienzeit bei seiner Sahara Durchquerung im Landrover mit anderen Entdeckern zusammen, die auch dem damaligen Trend der 60er Jahre folgten. Heute sucht er jeden Flohmarkt nach antiquarischen Werken aus der Kolonialzeit ab. Diese brauchen viel Platz - überall in seinem Haus.

Bei unserm dritten Besuch hatte die Ziegenstall Unterkunft diesen Leidenschaften sowie dem Drängen Beates, die etwas mehr Ordnung im Haus wünschte, weichen müssen: Der Ziegenstall war zu einer Bibliothek umgestaltet und vollständig mit Möckels antiquarischen Werken gefüllt. Seine Sammlung ist beträchtlich und genauestens geordnet. Einmal machte ich einen Test: Ich fragte nach einem Titel, den Möckel vorher am Bullerofen erwähnt hatte: Er überlegte kurz, klemmte sich in die dritte der sieben Reihen seiner Bibliothek, hangelte nach einer Trittleiter und tat den korrekten Griff. Ich war beeindruckt.

Möckel hatte die Vision, hier Veranstaltungen durchzuführen, für die er seine antiquarischen Werke benötigen würde. Der Höhepunkt der Geburtstagsfeier sollte die Vernissage einer Freiluftausstellung mit Fotos seiner Sahara Durchquerung im Jahre 1968 sein. Gedacht war die Ausstellung für die Geburtstagsgäste und das interessierte Publikum aus dem Dorf. Für Möckel war dies der Probelauf für die Ausstellung im Völkerkundemuseum in Dresden, die, wie er sagte, im Herbst geplant sei. Beate war dabei gewesen, als Möckel im Museum fragte, ob Interesse bestünde. Bezüglich der Antwort, nach der die Geburtstagsgäste wissbegierig forschten, meinte sie diplomatisch, dass sie sich daran nicht erinnern könne.

Der Probelauf gestaltete sich schwierig: Als mein Mann und ich am Tag vor der Geburtstagsfeier bei beginnendem Sturm auf seiner Obstwiese ankamen, hatten wir nicht damit gerechnet, Möckel bei solchem Wetter im Freien zu sehen. Aber da war er - wie ein Gespenst. Mit dem Rücken zu uns, ein kurzer Blick über die Schulter - Schwerstarbeit im Sturm - wedelte er mit riesigen Kunststoffplanen und Eisenstangen. Statt einer Begrüßung schrie er nach uns, um Hilfe. Am Zaun flatterten auf fünfzehn Meter Länge Packpapierposter mit leicht vergilbten Original Schwarzweißfotos von Jung-Möckel im Landrover in der Wüste. Ordentlich maschinebeschriftet mit Möckels alter Olympia - einen Computer braucht er nicht - auf unregelmäßig ausgeschnittenen Papierzetteln und lose aufgeklebt. Wir hatten keine Zeit genauer zu schauen, denn Möckel wies uns von Papier und Stangen wütend umtost an, die Poster mit Planen abzudecken, die Eisenstangen dagegen zu lehnen und die Planen damit zu befestigen. Bei den heftigen Böen und dem einsetzenden Regen war das Unterfangen nicht sonderlich erfolgreich. Mein Mann tat das, was ich in Loyalität zu Möckel nicht wagte: er nahm die Poster wortlos ab und brachte sie in den Ziegenstall, neuerdings Bibliothek. Damit rettete er wenigstens einen Teil der wertvollen Unikate für die Nachwelt. Möckels Versuch, seine Vergangenheit mit einer Zukunft zu verbinden, war gescheitert. Die Gegenwart hatte gesiegt.

War er früher auch so? Ich erinnere mich an den neugierigen, erkundungsfreudigen Reisepartner meiner Jugend, der sehen wollte, was um ihn herum geschah und immer gerne bei allem mitmachte, was geboten wurde. Jede Eröffnungsveranstaltung, bei der es Freibier gab, wurde ausgeschöpft, er animierte mich mit ihm zu trampen, griff alles auf, was es an Neuem gab. Heute lehnt er sogar einen Anrufbeantworter ab und besteht auf einer Postkarte mit Briefmarke, wenn man ihn nicht am Schnurtelefon zu seiner Abendbrotzeit erreicht.

Was war geschehen? War es ihm gelungen, seinen Wunsch nach der Welt zu stillen? Er hatte sie erkunden wollen. Die Entscheidung zum Geografiestudium war für ihn folgerichtig gewesen. Mir waren Menschen immer wichtiger gewesen als Landkarten.

Worum war es ihm gegangen? Hatte er feststellen wollen, ob das Bild, das er sich durch Atlanten von einer Landschaft machte, der Realität entsprach? Oder wollte er die Welt erobern, Abenteuer erleben? Für die Reise mit Beate zusammen nach Madagaskar vor ein paar Jahren hatte er sich so gut vorbereitet, dass der Fremdenführer kaum zu Wort kam und begeistert von ihm lernte, wie Beate bestätigte. Hatte Möckel dem Fremdenführer beigebracht, wie Madagaskar in der Vergangenheit gewesen war und wie die Touristen es sich heute vorstellen wollten? War bei Möckel noch Raum geblieben, um diese Vorstellungen durch die Gegenwart zu relativieren? Interessierte es ihn überhaupt?

Sein großer Wunschtraum heute ist noch eine Reise nach Spitzbergen. Dafür muss er jedoch noch etwas sparen, sagt er.

Während ich weiter auf den Grill warte, durchzuckt mich die Erinnerung an den Brief, den ich vor einigen Jahren im Nachlass meiner Mutter fand.

Ich berichtete ihr über meine Zeit mit Möckel bei Mercedes-Benz: „Möckel drängt mich, endlich eine Entscheidung zu treffen. Er meint, so könne es nicht weiter gehen." Es war mir wie Schuppen von den Augen gefallen. Ich sah den Kumpel vor mir, den Kameraden für gute und für schlechte Zeiten. Er hatte um mich geworben? Hatte ich es vorher wirklich nie gemerkt? Hatte er es so verhalten getan, dass es für mich unbemerkt geblieben war? Hatte es so wenig in meine Vorstellungen gepasst, dass ich auch Möckels Drängen von damals gleich wieder vergaß?

Und noch etwas fällt mir ein: Bei der Gute Nacht Umarmung gestern fragte Möckel: „Weißt du eigentlich noch, dass ich dich eine Zeitlang „Daphne" nannte?" Plötzlich erinnere ich mich an den Namen. Ich hatte ihn in der Schulzeit nicht gemocht: eine der wirren Geschichten der griechischen Gottheiten, die nichts mit der Realität zu tun hatten. Er hatte damit etwas ausdrücken wollen, das ich nicht verstehen mochte. Ich hatte den Namen nicht angenommen und irgendwann hatte er diese Bezeichnung aufgegeben und ich sie vergessen. Ich schaue auf meinem Handy im Internet nach:

„Eros hatte sich wegen einer Kränkung am Liebesgott Apollon gerächt und einen Liebespfeil mit einer goldenen Spitze auf ihn und einen mit bleierner Spitze auf Daphne abgeschossen. Darauf verliebte sich Apollon unsterblich in Daphne, während diese durch den Pfeil mit der bleiernen Spitze getroffen für diese Liebe unempfänglich wurde."

Gleichzeitig mit der Beschämung durchdringt mich Wärme und Stolz. Stolz auf einen wichtigen und besonderen Teil meiner Vergangenheit, den ich damals als selbstverständlich nahm und nicht ausreichend würdigte. Der mir heute noch mit offenen Armen begegnet, mich immer noch mit Freundschaft bedenkt und meine Achtlosigkeit verziehen hat.

Jetzt kommt Möckels Signal, endlich darf ich mein Steak auflegen. Nein, nicht auf den Grill direkt, sondern in die Aluschale wegen der Krebsgefahr, obwohl die Holzkohle bereits zu Asche zerfallen ist und kaum noch Hitze erzeugt. Meine Hoffnung auf ein krosses Steak mit brauner Kruste erlischt endgültig.

Es gelingt mir, Möckels wandernde Augen festzuhalten: sein Blick wird stetig, er schaut mich richtig an. Sein Lächeln wird weich und ich erkenne ihn wieder. Jetzt werde ich das farblos graue, wässrige Kotelett mit Hilfe einer seiner zwanzig Grillsaucen fast gerne essen!

Sehnsucht

-

Liebesgedichte aus Botswana

Botswana

Drei Jahre lang hatten wir nun schon gearbeitet, waren beinahe etabliert in unserer netten Zwei-Zimmer-Wohnung in Heidelberg, hatten sogar geheiratet. Was käme denn jetzt noch? Von Familie sprachen wir beide nicht, lieber von Abenteuer und fremden Ländern.

Bei einem Sommerurlaub in Marokko erkannten wir, dass wir bei Urlaubsreisen immer nur Touristen sein würden mit sehr oberflächlichen Eindrücken von Land und Leuten. Wenn wir ein Land wirklich besser verstehen lernen wollten, müssten wir länger dort bleiben, am besten dort leben und arbeiten. Wir bewarben uns bei verschiedenen Organisationen, wollten zwei Stellen an demselben Ort. Es stellte sich heraus, dass dies für uns Berufsanfänger gar nicht so einfach war. Dann kamen zwei gleichlautende Angebote des Deutschen Entwicklungsdienstes für Stellen in zwei verschiedenen Ministerien in Botswana. Die Suche im Atlas ergab, dass dies ein Land in Afrika war, an einer langen Grenze zu Südafrika.

Fünf Jahre blieben wir dort, davon drei wieder als Alleinstehende. Ich fand die Abenteuer, die ich gesucht hatte: eine Arbeit, an die ich glaubte, die mich mit Einheimischen und anderen Nationalitäten zusammen brachte. Die Nähe zu Südafrika und der Apartheid, die von dort herüberzuschwappen drohte, stellte viele meiner früheren Selbstverständlichkeiten in Frage.

Am meisten überwältigte mich die Natur: die unendliche Weite des Himmels, das intensiv kühle beruhigende Blau seines Daches und die grenzenlose

Einsamkeit der gelb flirrenden Steppenlandschaft in der Mittagshitze. Private Safaris zum Gamewatching mit Übernachtungen unter freiem Himmel waren die wichtigsten Freizeitbeschäftigungen.

Es war eine andere Welt: eine Welt, wo alte Regeln nicht galten, neue Erfahrungen gemacht werden durften, alles in Frage gestellt werden konnte: Beziehungen, Lebensentwürfe, Politik, Luxus und Wohlstand, Schwarz und Weiß.

Ich durchlebte diese Zeit in vollen Zügen, mit herausragenden Höhen und deutlich spürbaren Tiefen. Eine ungewollte Schwangerschaft brachte mich zum Nachdenken darüber, wie es weiter gehen sollte, ob ich Familie wollte, mit wem und wann. In dieser Zeit entstanden die folgenden Gedichte.

Allein - Sein

An einem Tag von vielen
Verliebte ich mich.
Ich erkannte es nicht,
Weil ich nicht wollte.
Bis die Trennung kam
Und ich weinte.

Das nächste Mal
Wehrte ich mich
Erinnernd die Qual
Und schickte ihn fort.
Er ging und ließ mich
Am Allein-Sein-Ort.

Wahrheit

Mein Herz ein Vogel
In hohler Hand.
Meine Stimme Gesang
An gläserner Wand.

Mein Fuß setzt Ende,
Dem Grün, das ich liebe.
Ideale? - Nur
Wunschtraum der Diebe.

Die Wahrheit, an die
Ich zu glauben meine,
Seifenblase, wenn ich
Berührung erlaube.

Frage nicht

Frage nicht, was ich denke.
Ich bin nicht bei dir.
Goldschwere Vergangenheit
Und silberne Schleier
Der Zukunft
Bannen mich.

Der Wanderer

Du streckst den Arm,
reichst mir die Hand.
Dein Blick ist offen:
du bist für mich frei.

Du bietest dem Wanderer
bei dir zu rasten.
Doch für den Wanderer
bedeutet rasten Ewigkeit.

Hoffnung

Ich möchte über grüne Wiesen streifen,
möchte auf einem Apfelschimmel reiten,
möchte in weißen Wolken versinken,
die Sonne am Meer wieder trinken.

Ich möchte fliegen in luftigen Höhen
über blauen Wassern zusammen mit Möwen,
möchte die klare Luft der See wieder atmen,
durch den kühlen Schlamm des Wattes waten.

Ich möchte singen mit stolzer Stimme
begleitet vom Tosen stürmischer Winde
möchte segeln mit weiten Schwingen
auf Lüften, die mir Hoffnung bringen.

Jenny

Jenny,
wenn dein Lächeln
mich wieder streift,
erscheint das flüchtige Bild
dessen, was du einmal warst.
Was blieb, ist Hülle.

Treibsand

Salziger Fluss des Vergessens.
Deiner Hände Treibsand
streift meinen Körper,
kost ohne Haftung,
zeitlos mich
meiner selbst erinnernd.

Dunkel der Nacht

Im Dunkel der Nacht
Setzt deine Stimme Lichter.
Deine Haut wärmt die meine:
Nach Tages Kälte
Erwacht mein Körper,
Um zu trinken von dir.

Schnee

Frühling verwehte
Mit weißen Blüten
Ihre Wunden
Bis sie vergaß.

Bindung
-
Die eigene Familie

Erster Eindruck

Das erste Mal nahm ich ihn wahr im überfüllten Hörsaal. Tübingen, Volkswirtschaftliche Fakultät. Es war das letzte Semester vor meiner Diplomarbeit. Und mein Schein in Wirtschaftspolitik der letzte, der noch fehlte. Eine der Pflichtveranstaltungen mit mehr als hundert Studenten. Ich war spät dran und suchte nach einem der wenigen freien Plätze in einer hinteren Reihe. Ich konnte mich gerade noch durchdrängen, bevor der Vortrag begann. Beim Hinsetzen spürte ich einen Blick. Ein weiter vorne sitzender Student hatte sich nach mir umgedreht und sah mich direkt an. Der Riesenwollkopf von langen, krausen Haaren - man schrieb das Jahr 1968 - wirkte auf mich ungezähmt und wild. „Was will der von mir?", dachte ich. „Der Typ wird doch nicht etwa meinen, er könnte bei mir landen!" Ich vergaß ihn auf der Stelle und konzentrierte mich auf die Vorlesung.

Einige Monate später. Semesterferien. Es war viel geschehen: Meine Mutter war gestorben, ich hatte meine Diplomarbeit bei meinem Verlobten in Saarbrücken angefangen. Der hatte wenig Verständnis für meinen Arbeitseifer aufgebracht, denn er selbst war von Physik zu Wirtschaftswissenschaften gewechselt und konnte es am Anfang noch locker nehmen. Das Locker Nehmen war mir von meinen Anfangssemestern sehr vertraut. Aber jetzt konnte ich es nicht. Ich schuldete meiner verstorbenen Mutter, die sich immer gesorgt hatte, endlich fertig zu werden. Und so hatte ich meinen Aufenthalt in Saarbrücken abgekürzt, um mich in Tübingen ohne Ablenkung auf den Endspurt zu konzentrieren.

Tübingen wirkte in den Sommersemesterferien fast ausgestorben. Ebenso das Gartencafé gegenüber der Mensa, wo ich eine Pause machte. Eingerahmt von nackten Betongebäuden wurde der Innenhof von ein paar schmächtigen Bäumen nur spärlich aufgelockert. Von etwa zwanzig Tischen war nur ganz hinten einer besetzt. Sonst war ich von leeren Tischen umgeben. Ein Student tauchte auf, sah sich um, bemerkte mich und näherte sich langsam meinem Tisch. Der Wollkopf fiel mir wieder ein. Er war es. Ich befürchtete, dass er mich ansprechen würde. Und tatsächlich, als er vor dem Tisch stand, fragte er: „Entschuldigung. Ist hier noch ein Platz frei?" Hatte er die vielen freien Tische nicht gesehen? Gerne hätte ich ihn darauf hingewiesen. Doch da stand er, höflich fragend, etwas schüchtern. Ich brachte es nicht fertig, ihn abzuweisen.

Worüber wir miteinander sprachen, habe ich vergessen. Nur, dass er im gleichen Semester war, ebenfalls an der Diplomarbeit in derselben Fakultät saß, und zum gleichen Zeitpunkt wie ich ins Examen gehen wollte. Nach einer halben Stunde musste er weiter, schlug aber eine Verabredung zu einer Wanderung am kommenden Sonntag zum Gartenlokal nach Schwärzloch vor. Ich sagte „Ja".

Der Sonntag spielte mit, das Wetter war schön. Wir wanderten von Tübingen durch die Streuobstwiesen und Felder nach Schwärzloch zum Sommertreff der Tübinger Studenten. Das Gartenlokal war gut besucht. Birnenmost und Rauchfleisch Vesper waren von bester schwäbischer Qualität. Wir schlenderten über die Wiesen. Der Wollkopf war zwar kein typischer ´68er und auch nicht im Studentenbund, aber er hatte seine eigenen Ideen: Wehrdienstverweigerer, zu seinen Eltern fuhr er nur selten und überhaupt könnte man vieles anders machen als bisher. Es war erfrischend ihm zuzuhören. Die Sonne schien,

Insekten summten. Die Kühe weideten zufrieden auf den mit gelb leuchtendem Löwenzahn betupften Wiesen. Wir blieben an einem Zaun stehen, um eine besonders friedfertig aussehende Kuh zu bewundern, die mit eifrigem Wiederkäuen beschäftigt war: sie mahlte und kaute, stockte, schaute uns Beide an und setzte dann das Mahlen und Kauen in die andere Richtung fort. Ein unendlich gutmütiger, geduldiger Blick - ein wenig hirnlos allerdings! Sie machte immer weiter! Wir schauten zu: die Kuh musste doch endlich einmal aufhören oder sich langweilen. Nein: die Kiefer verschoben sich wieder und wieder. Sie hielten dem Blick ihrer Betrachter stand. Es schien endlos so weiter zu gehen. Wir mussten lachen. Das störte die Kuh nicht, sie setzte ihren Verdauungs-Prozess unbeirrt fort. Jetzt war es, als ob eine große leuchtend warme, glückliche Glocke sich über die Landschaft stülpte und mich, den Wollkopf und die Kuh miteinander verband: die Kiefer kauten weiter, wir krümmten uns vor Lachen, konnten uns kaum halten, brauchten den Zaun als Stütze, Tränen liefen uns über das Gesicht. Und als wir uns in diesem Augenblick ansahen, geschah es: seitdem sind wir ein Paar.

Die krausen Haare sind heute kürzer und auch schon ein wenig schütter. Aber ungezähmt und wild sind sie noch immer! Die Kuh und diesen Augenblick haben wir beide nie vergessen.

Wenn wir in diesen Jahren nach Schwärzloch kommen, gehen wir wieder zu der Wiese, um unsere Kuh zu suchen. Auch wenn jetzt alles anders aussieht, beginnt die Kuh dann wieder für uns zu mahlen.

Die erste gemeinsame Wohnung

Wir kannten uns lange genug - über zwei Jahre - und gelebt hatten wir auch schon zusammen. Entweder in meinem zehn Quadratmeter kleinen Zimmer im Studentenwohnheim mit dem 90 Zentimeter breiten Bett oder in seiner geräumigen Studentenbude, Altbau, etwas verwahrlost und unordentlich, aber mit einem breiteren Bett. Jetzt hatten wir beide eine feste Stelle, er in Ludwigshafen, ich in Heidelberg, eine annehmbare Entfernung, wenn man zusammen wohnen wollte.

Mein Vater hatte gefragt, ob ich die Bausparverträge übernehmen wollte, die jetzt fällig waren und für die er keine Verwendung hatte. Ich überlegte, ob ich das Angebot annehmen sollte. In Heidelberg gab es ein Neubaugebiet mit einer Wohnanlage, die direkt an die Felder grenzte. Diese hatte es uns angetan. Besonders eine kleine Zwei-Zimmer-Wohnung mit Gartenanteil zu den Feldern hin ausgerichtet. Wir meinten beide gleichzeitig „Die ist doch nett!"

Aber was gab es da nicht alles zu bedenken. Wir hatten keine Möbel. Wie sollte man sich einrichten, studentisch oder gepflegt? Wer würde die Wohnung kaufen, wir beide gemeinsam? Aber das Geld kam nur von meiner Seite. Wie sollte man die Kosten aufteilen? Wer würde sich um den Haushalt kümmern, schließlich empfanden wir beide unsere eigene Berufstätigkeit im Vollzeitjob als sehr strapaziös und fürs Putzen oder Einkaufen war da keine Zeit.

Wir hatten als Transportmittel nur meinen kleinen Renault R4. Wer durfte ihn für die Arbeit nutzen? Sollten wir heiraten - dann wäre ja manches einfacher. Ich wollte gerne, schon um endlich als „Frau" angeredet zu werden, nicht mehr als "Fräulein", was in meinen Ohren immer leicht abschätzig klang. Er fand heiraten spießig und unnötig.

Mit dem Mut der jungen Jahre und der Hoffnung, dass sich alles irgendwie regeln würde, stürzte ich mich in das Abenteuer: Ich kaufte die Wohnung und vereinbarte mit ihm, dass er sich an den Kosten beteiligen würde. Das Thema Heirat wurde zurückgestellt, der Umzug und das Einrichten nahm unser beider Kräfte erst einmal genügend in Anspruch.

Es wurde unsere gemeinsame Wohnung: alles wurde ausführlich diskutiert und entschieden: Im Schlafzimmer dienten dezent gemusterte schwere Übergardinen im Ethno-Look meinem Geschmack entsprechend der Verdunklung. Das Bett bestand aus einer schlichten Schaumstoffmatratze auf einer zweimal zwei Meter großen Pressspanplatte mit rund eingesägten Löchern zur Belüftung, auf Hohlblock Bausteine gelegt. Auf diese kostensparende Erfindung waren wir beide stolz und schliefen drei Jahre zufrieden darauf, bis wir die Wohnung aufgaben.

Im Wohnzimmer ein alter brauner Sitzsack mit abgeschabtem Kunstlederbezug aus seiner früheren Studentenbude. Als modischer Gag zwei Kunststoffstühle im Bauhausdesign. Die Form dieser Stühle gefiel mir ausnehmend gut: klassisch modern aus einem Stück gegossen, so zeitlos, dass ich die gleichen Stühle 42 Jahre später im Jahr 2013 in einem Art-Design Museum entdeckte als Beispiel für formschöne Wohnkultur. Allerdings waren die Stühle des Museums in schwarzer Farbe. Die hätte ich damals auch bevorzugt. Oder auch gerne Weiß. Eventuell sogar Lila. Aber nicht Grellorange, die Farbe seiner Wahl. Mit dieser - wie ich empfand -

Geschmacksverirrung setzte er sich durch unter dem Hinweis, dass er bei den Schlafzimmervorhängen nachgegeben hatte. Zu allem Überfluss lackierte er auch noch eine runde Tischplatte aus Pressspan, die er auf ein von seinen Eltern geerbtes Rattangestell montierte, in demselben Grellorange.

Der orangefarbige Tisch war Couchtisch und Esstisch zugleich. Mit dem Essen war es allerdings ein wenig schwierig. Warum sollte man überhaupt am Tisch essen, meinte er. Das könne man doch in der Küche im Stehen machen. Ich allerdings war stolz auf das gemeinsame Heim und wollte es gepflegt, am liebsten noch mit Kerzen auf dem Esstisch. So gab es genügend Anlässe für Diskussionen.

Er liebte Katzen. Aber es sollten besondere Katzen sein. Als Berufsanfänger machte er sich Gedanken darüber, ob er sein gesamtes Arbeitsleben in Fronarbeit verbringen sollte oder ob es Alternativen gäbe. Sein Lieblingskollege, Österreicher und begnadeter Zucker-Bäcker, brachte ihn auf den Gedanken, gemeinsam eine Imbissstube in der Heidelberger Innenstadt zu betreiben, in der sie österreichische Spezialitäten anbieten wollten. Die Idee scheiterte daran, dass der Freund nur das Backen zu bieten hatte, aber keiner von beiden kochen konnte oder an der Verkaufstheke stehen wollte. Doch der Wunsch nach einer kreativen Veränderung blieb. Und so kam er auf die Idee mit der Katzenzucht. Siamkatzen sollten es sein. Ich war skeptisch und neugierig zugleich. Wir erstanden eine rassige Siamkatze, ließen sie decken und bekamen fünf wunderhübsche Junge. Alles ging gut bis auf den Verkauf. Vor der achten Woche waren sie zu klein. Nach der zehnten Woche zu alt, um für einen Käufer noch attraktiv zu sein. Der Erwerb der Katze war kostspielig gewesen, das Decken auch, der Verkauf der Jungen sollte einen Gewinn bringen.

Die Zeit nach der zehnten Woche war ein Nervenkitzel, zwei Junge waren noch übrig und ich fing an, ihn davon überzeugen zu wollen, dass er die Kätzchen einschläfern müsste. Er kaufte Chloroform. Und fand doch noch zwei Käufer.

Das Projekt war nicht richtig rund gelaufen, aber er wollte nicht so schnell aufgeben und noch einen zweiten Versuch starten. Wir beschlossen, dass aus dem nächsten Wurf nur drei Kätzchen übrig bleiben sollten für einen Verkauf. Das Chloroform wurde aufgehoben. Beim zweiten Mal wurde die Katze noch dicker. Ich beobachtete dies mit Besorgnis und hoffte darauf, dass die Katze ihr Geburtsgeschäft diesmal ebenso diskret wie beim ersten Mal erledigen würde, nämlich als Überraschungsgeschenk in unserer Abwesenheit. Ich wurde enttäuscht. An einem Samstagmorgen, als er seine große Fahrradrunde drehte, fing die Katze an zu klagen und heftete sich an meine Fersen. Sie wollte Hilfe oder zumindest Beistand. Was konnte ich tun? Ich bereitete aus einem Handtuch ein kleines Nest in der Abstellkammer und lockte die Kätzin dahin. Das Mauen wurde stärker; wenn ich weggehen wollte, kam sie hinterher. Ich musste bei ihr bleiben. Eine Stunde lang. Ich spürte die Angst der Katze und wurde von ihrer Aufregung angesteckt. Am liebsten wäre ich davon gelaufen. Ich fluchte auf ihn, denn ich hatte mit der Katzenidee ja eigentlich gar nichts zu tun! Das erste Katzenbaby kam heraus, winzig, verschmiert mit verklebten Äuglein. Das zweite drängte schon nach. Ich litt mit der Kätzin und ertappte mich beim unbewussten Pressen. Wie sollte ich nur helfen, wenn ich doch selbst keinerlei Erfahrung mit Geburten hatte? Und es nahm kein Ende. Nummer Drei, Nummer Vier ... und dann Nummer Sieben! Ich fühlte mich genau so erschöpft wie die Kätzin. Und in diesem Augenblick, als alles vollbracht war, kam er nach Hause. Er war entsetzt: Sieben kleine Katzen! Dafür konnte man unmöglich Käufer finden. Mir war noch halb übel von den Geburten, sodass ich ihn machen ließ. Ich roch das Chloroform und wendete mich ab. Am nächsten Tag verkündete ich, dass dies der letzte Wurf unserer gemeinsamen Katzenzucht gewesen sei. Er widersprach nicht.

Die Siamkatze hatte einen guten Stammbaum. Sie wurde an einen anderen Züchter verkauft. Einige Monate waren wir ohne Haustier. Dann hatte er eine neue Idee. Wie wäre es mit einem Zwerghasen, ohne Zucht, einfach so, damit man nicht so allein in der Wohnung wäre? Wir erstanden ein weißes Zwergkaninchen. Das Tierchen war sehr munter und knabberte gerne. Es bekam einen Käfig und viele Karotten und wenn wir beide zu Hause waren, durfte es frei herum laufen. Die leichten Schäden an Schuhen und Bekleidung, die auf dem Boden vergessen worden waren, nahmen wir als willkommene Anregung, doch etwas ordentlicher zu werden. Im Frühjahr spannten wir einen engmaschigen Zaun am Ende unseres kleinen Gärtchens, damit unser Hausgenosse auch ins Freie konnte. Dies wurde ein Wettlauf mit der Zeit. Unser weißer Freund war unglaublich schnell und geschickt im Graben von Gängen unter dem Zaun hindurch in die Freiheit. Mehr als einmal konnten wir ihn gerade noch fassen, bevor er in die Felder entwich. Wir versenkten den Zaun tiefer in den Boden, doch unser Freund war klug und sehr buddelfreudig. Die neue Lösung hielt vielleicht ein paar Tage, dann begann das Tiefersetzen des Zaunes von neuem. Als unser Urlaub sich näherte, waren wir froh, dem mühsam gewordenen Wohnalltag entkommen zu können. Das Zwergkaninchen wurde bei guten Freunden in Pension gegeben. In deren Obergeschoss-

Wohnung war nichts zu befürchten. Wir genossen unsere drei Wochen Marokko, schmiedeten neue Pläne für unsere berufliche Zukunft und freuten uns bei der Rückkehr auf das Wiedersehen mit unserem Wohn-Gefährten. Wir wollten ihn bei den Freunden abholen, versuchten zu telefonieren, ob wir kommen könnten. Die Anrufversuche waren erfolglos, die Freunde meldeten sich nicht. Wir fuhren auf gut Glück zu ihnen. Und waren mehr als willkommen: „Wie gut, dass ihr da seid und euer Karnickel abholt! Wir können nicht mal den Reparaturdienst anrufen. Euer Liebling hat das Kabel durchgeknabbert!"

So war die Wiedersehensfreude etwas getrübt. Was sollte mit dem Tierchen werden? Unsere Überlegungen wurden überlagert von den neuen Plänen für Leben und Arbeiten im Ausland, in einem Entwicklungsland. Die Annahme der Verträge für Botswana bedeutete das Ende unserer Wohngemeinschaft mit dem Zwergkaninchen und des Abenteuers unserer ersten gemeinsamen Wohnung.

Heute nach über vierzig Jahren ist er es, der bei keinem Essen versäumt, die Kerzen unseres fünfarmigen Leuchters anzuzünden, auch wenn ich meine, man könne vielleicht einmal darauf verzichten, weil wir nicht viel Zeit zum Essen hätten. An die Farbe Grellorange gewöhnte ich mich nie. Daher wurden diese drei Möbelstücke beim Auszug auch beiläufig entsorgt. Die Schlafzimmer-Vorhänge dagegen befanden sich lange wohlverwahrt in einer Truhe im Keller und harrten einer künftigen Verwendung durch die Tochter, den Sohn oder in einer neuen gemeinsamen Wohnung. Erst 2015 überlebten sie das Abenteuer des Umzugs nach Frankfurt nicht, da sie für die hohen Decken in der modernen Wohnung zu kurz waren. Schade.

Die Hochzeit

Jetzt kannten wir uns seit 1968 drei Jahre, hatten zusammen Examen gemacht, wohnten zusammen, waren ein Paar. Verbunden, aber nicht konventionell. Warum die meisten unserer Studienfreunde in dieser Zeit dennoch heirateten, besprachen wir nie. Er, weil er das Thema vermeiden wollte. Ich, weil ich trotz der modernen Zeit auf den richtigen Zeitpunkt hoffte.

Am Anfang unseres Zusammenfindens in der ersten Verliebtheit hatte ich einmal eine längerfristige Beziehung angedeutet. Und war von ihm mit deutlichen Worten darauf verwiesen worden, dass solches Denken nichts für ihn sei. Ich hatte geschwiegen. Doch an den Gedankenblitz von damals erinnere ich mich genau: „Warten wir es ab. Wir werden sehen!" Ein Jahr später nach dem Examen, als es darum ging, wie die Zukunft aussehen sollte, welche Berufsentscheidungen wir treffen wollten, klang das Thema wieder an. Sollten wir versuchen, am selben Ort zu arbeiten? Die Antwort blieb aus. Seine Wahl fiel auf einen Konzern in Ludwigshafen. Ich brauchte zwei Anläufe. Dabei übte er keinerlei Einfluss auf mich aus. Ihm schien alles recht zu sein. Insbesondere so lange er mich sehen konnte. So fühlte ich mich frei in meiner Wahl und dachte dennoch an die räumlichen Distanzen. Ich ließ mich von einer Beratungsfirma anwerben, die mich im Süddeutschen Raum einsetzen würde. Bald fanden wir die Wohnung in Heidelberg.

Nach einiger Zeit wechselte ich die Arbeitsstelle. Nun war ich ganz in Heidelberg. Ich fand es an der Zeit, das Thema „Heirat" ernsthaft aufzugreifen - das Zusammen-

Leben schien sich ja im Großen und Ganzen zu bewähren - keiner von uns beiden machte jedenfalls Anstalten, es aufzukündigen. Am Fehlen seiner Bereitschaft hatte sich jedoch nichts geändert. Lieben konnte man sich auch ohne Trauschein. Ich dachte über passende Argumente nach. Die Tatsache, dass ich die „Fräulein"- Anrede nicht mochte und mich ihrer entledigen wollte, hätte ihn sicher nicht überzeugt. Ich verzichtete auf diese Begründung. Er war genau wie ich ausgebildeter Volkswirt, vielleicht würde also ein ökonomisches Argument auf ihn wirken. Ich erläuterte ihm, dass ich wegen meiner finanziellen Verpflichtungen für den Wohnungskauf gerne mehr Sicherheit bezüglich seiner Beteiligung haben würde. Die Eheschließung wäre dafür die einfachste Methode. Es gäbe auch noch die Möglichkeit, einen privatrechtlichen notariellen Vertrag zu schließen, der nur unsere gegenseitigen finanziellen Verpflichtungen regeln würde, meinte ich. Er könne sich beide Optionen durch den Kopf gehen lassen. Wenn wir zusammen wohnen bleiben wollten, solle er wählen. Ich empfand mich sehr entgegenkommend, als ich ihm vorschlug, sich innerhalb von drei Monaten zu entscheiden, ob er einen Termin für einen notariellen Vertrag ausmachen wollte. Sonst würden wir eben heiraten.

Die drei Monate verstrichen und nichts geschah.

Damit war die Angelegenheit für mich geklärt. Wortlos akzeptierte er den Termin für das Aufgebot. Als Trauzeugen wählten wir je ein Freundespaar von ihm und von mir. Eheringe erwähnte keiner von uns. Die würde er ohnehin ablehnen, da war ich mir sicher. Oder später nicht tragen, wie ich es von vielen Männern kannte. Ich selbst erinnerte mich an die Erfahrung mit dem Verlobungsring aus meiner früheren Verlobung. Den hatte ich nur in Gegenwart meines Verlobten getragen. Während der Woche, wenn ich den Verlobten nicht sehen konnte, erschien mir der Ring als eine lästige äußerliche Plakatierung einer sehr persönlichen inneren Entscheidung, eine Klassifizierung, die ich nicht wollte und daher nicht trug.

Eine Hochzeitsfeier mit geladenen Gästen war für uns beide kein Thema im Jahre 1971. Er gab seinen Eltern Bescheid, als alles vorbei war. Meinen Vater informierte ich zwar, aber er war in Peru, zu weit weg, als dass sein Erscheinen zum Termin in Frage gekommen wäre. Es wurde ein sehr schlichtes Ereignis. Nur mit den Trauzeugen - und mit einigen Hürden.

Am Abend vorher kamen die beiden Trauzeugenpaare angereist. Übernachtungsbesuch mit Rollmatratzen auf dem Wohnzimmerfußboden. Der Abend hätte nett werden können. Wenn mein Ehemann in spe mich nicht plötzlich darum gebeten hätte, mit mir noch etwas im Schlafzimmer zu besprechen. Wir zogen uns zurück, die Freunde mit Wein gut versorgt. „Was soll das Ganze? So eine Heirat ist doch überhaupt nicht nötig. Ich sehe das nicht ein." Ich war fassungslos. Er hatte doch so lange Zeit gehabt nachzudenken, sich zu äußern, oder sich etwas anderes einfallen zu lassen. Aber es kam jetzt, am Abend vorher. Wir diskutierten zwei Stunden, erst laut, dann leise, konnten uns nicht einigen. Am nächsten Morgen war ich erschöpft, wollte nicht mehr. Es hatte doch keinen Sinn, ihn zu zwingen. Ich wollte zu den Freunden gehen, sie wecken und ihnen sagen, dass sie nach Hause fahren könnten, die Hochzeit fände nicht statt. Jetzt war er es, der mich zurückhielt. Ich war so enttäuscht und wütend, dass er mich lange und eindringlich bitten musste, nicht alles hinzuwerfen.

Und so standen wir schließlich vor dem Standesbeamten, mein verweintes Gesicht wieder geglättet durch das Bewusstsein, dass er endlich zu mir stand, seinen

Wollkopf liebevoll zu mir geneigt. So jedenfalls sind wir auf den Fotos zu sehen, auf dem die Freunde den historischen Augenblick festgehalten haben. Ein anderes Foto zeigt uns nach der Trauung im Park: von tosendem Wind geschüttelt und von Herbstlaub umweht - ein vorsichtiger Hinweis darauf, dass auch die Zukunft vielleicht stürmisch werden könnte!

Da ist sie - Anna

Am Morgen wachte ich in einer Lache aus klarer Flüssigkeit im Bett auf. Ich hatte keine Wehen, aber wusste, das Baby muss jetzt heraus, es kann nicht mehr im Fruchtwasser schwimmen, wenn die Fruchtblase geplatzt ist. Ich rief wütend nach Ronald, der unten im Bett schlief, wütend, weil ich in dieser Situation auf seine Hilfe angewiesen war. Er hatte bereits vor Wochen zugesagt, sich von seiner Freundin zu trennen, aber war von dem letzten Treffen mit ihr erst am Abend zuvor aus Hamburg zurückgekommen. Ich hatte kein Wort mit ihm gesprochen. Und jetzt musste ich mich ausgerechnet von ihm ins Krankenhaus fahren lassen.

Er war erst seit zwei Monaten bereit, die Vaterrolle anzunehmen. Vor zwei Jahren hatte ich angefangen an ein Kind zu denken. Aber wir lebten getrennt, hatten andere Partner und eine ungewisse berufliche Zukunft nach unserer Zeit in Botswana. Ich wusste, dass ich mit Ronald ein Kind haben wollte. Wir waren bereits seit zehn Jahren zusammen, genügend Zeit, über unsere Basis und Gemeinsamkeiten nachzudenken und Alternativen getestet zu haben. Ich fing an, Ronald zu umwerben, schlug eine gemeinsame zweimonatige Rückreise über Asien vor und brauchte lange, um ihn von der Reise zu überzeugen. Nach der Rückkehr in Deutschland blieben wir zusammen, wohnten getrennt und hatten vereinbart, eine „offene" Beziehung zu führen.
Nach dem Ablauf der Probezeit in meiner dritten Stelle in Deutschland wurde ich deutlich: „Ich werde jetzt die Pille absetzen. Solltest du kein Baby wollen, müsstest du

dich entsprechend verhalten." Während eines romantischen Sommerurlaubs mit Windsurfkurs am Gardasee sagte ich ihm, dass ich auf meine fruchtbaren Tage achten würde und gestaltete die Abende besonders einladend. Er entzog sich nicht.

Als ich feststellte schwanger zu sein, war er sehr verunsichert und konnte sich eine Vaterschaft nicht vorstellen.

Damals, 1980, waren meine 36 Lebensjahre ein recht hohes Alter für eine Erstgebärende. Daher ließ ich eine Fruchtwasseruntersuchung machen. Als man mir mitteilte, dass nichts Auffälliges festgestellt worden sei, war ich erleichtert. Besonders erleichtert war ich bezüglich des Geschlechts des werdenden Kindes, ein Mädchen. Mädchen fand Ronald entzückend, sie waren für ihn das Symbol für das Weibliche schlechthin. Als ich ihm die Festlegung des Mädchennamens überließ, freute er sich. Das änderte allerdings nichts an der Tatsache, dass er sich selbst noch nicht für die Vaterschaft entschieden hatte.

Die Zeit verging. Ich versuchte, die Schwangerschaft so lange wie möglich zu verbergen. Während des Urlaubs mit einer Freundin und deren drei halbwüchsigen Söhnen - ich wollte Ronald Zeit zum Nachdenken geben - litten alle unter meinen Essattacken und meiner gereizten Stimmung, deren Ursache nur mir bekannt war. Als ich zurückkam, war Ronald weiter unentschieden. Mein Bauch wurde allmählich sichtbar und ich musste meinen Zustand meinem Arbeitgeber mitteilen. Meine Anspannung wuchs: Auch die Wohnsituation musste geklärt werden: Ich hätte zwar in meinem Ein-Zimmer-Appartement mit Wohnküche direkt neben seiner Wohnung bleiben können. Doch Ronalds Wohnung war gekündigt worden. Ende des sechsten Monats der Schwangerschaft bei einer Dienstreise nach Berlin wurde die Ungewissheit für mich unerträglich und ich beschloss, das Warten aufzugeben. Ich würde das Baby alleine bekommen. Mit meiner gut bezahlten, sicheren Stelle würde ich irgendwie eine Lösung finden. Als ich von Berlin zurückkam, stand Ronald am Ausgang des Flughafens, um mich abzuholen. Er hatte sich entschieden. Für mich und das Baby.

Die zwei folgenden Monate waren hektisch: Wohnungs- oder Haussuche. Wir wollten etwas kaufen. Am Tag der notariellen Vertragsunterzeichnung für das neugebaute Reihenhaus war ihm morgens so übel, dass er meinte, der Termin müsste verschoben werden. Ich machte ihm Mut, wir hätten die finanziellen Auswirkungen sehr genau durchgerechnet, eigentlich könnte nichts passieren. Und dann sei da auch mein Vater, der uns notfalls beistehen würde. Wir überstanden den Termin. Als wir einzogen, gab es noch keine Küche. Ich musste auf einem Campingkocher kochen und hatte Muskelkater von den vielen Treppen. Kurz nach dem Einzug überraschte mich der Blasensprung zwei Wochen vor der errechneten Zeit. Noch nicht einmal die Babysachen waren vollständig.

Ronald brachte mich in die Klinik und ging zur Arbeit. Ich hing allein am Tropf in einer kargen, nur durch einen Vorhang abgeteilten Kabine, weit und breit kein Mensch außer der Schwester, die ab und zu nach dem rechten schaute, und fragte, ob schon Anzeichen von Wehen zu spüren seien, um dann die Infusions-Dosis noch ein wenig zu erhöhen. Acht Stunden war ich so mit mir allein. Zwar hatte ich keine körperlichen Schmerzen, aber die wären mir lieber gewesen, dann hätte die Geburt endlich eingesetzt und ich hätte nicht so viel Zeit zum Nachdenken gehabt.

Es war nicht das erste Mal, dass er mich allein ließ. Damals in Botswana vor der Safari, als ich dieses hohe, unerklärliche Fieber bekam, nicht reisen durfte und er allein mit den Freunden fuhr. Ich im umgekehrten Falle hätte die Reise abgesagt und ihm Gesellschaft geleistet. Ich habe nie verstanden, dass er nicht einmal auf meine Bitte, bei mir zu bleiben, eingehen konnte. Und so hat es angefangen: Ich fühlte mich verlassen, suchte Gesellschaft und begann in seiner Abwesenheit eine Liebschaft. Er dann seine. Ich dann eine andere. Und so weiter.

Wir hatten beide viel erlebt, uns gegenseitig enttäuscht und verletzt. Doch hier war ich wehrlos, auf Schutz angewiesen. Warum kam er nicht? Er hatte doch gesagt, er wolle bei der Geburt dabei sein. Ich wusste, dass die dringende Arbeit nur vorgeschoben war.

Gegen Abend kam die Hebamme: „Wo ist eigentlich ihr Mann?" „Der hat eine wichtige Sitzung." Die Wut überkam mich wieder. Jetzt nahm ich ihn auch noch in Schutz. Die Hebamme beschloss, dass es genug des Wartens sei und leitete die Geburt ein. Ein Anruf bei meinem Mann, es sei so weit. Er verpasste die Geburt.

Da ist sie! Anna! Das schönste Baby auf der Welt, das es je gab und das es je geben wird. Ich weiß, dass nur ich sie so sehe, und dennoch scheint es mir so offensichtlich: Etwas Vollkommeneres ist nicht vorstellbar! Endlich ist es vollbracht. Mit 37 Jahren bin ich Mutter und das von einem so wunderschönen Säugling, der völlig gesund ist, auch wenn er zwei Wochen vor dem errechneten Termin auf die Welt gekommen ist. Das Glücksgefühl, das mich durchströmt, als man mir die Tochter in den Arm legt, verdrängt die Gedanken und die Enttäuschung.

Mein Mann ist nicht allein gekommen. Er bringt einen gemeinsamen Freund mit, einen seiner Kollegen. Ich mag den Freund und es ist gut, dass mein Mann gerade ihn mitbringt, wenn er schon nicht alleine kommen mag.

Mann und Freund bewundern Anna. Sie gehen wieder. Die Anwesenheit des Freundes hat meine Gefühle etwas geglättet. Ich will meinem Mann nichts mehr vorwerfen. Jetzt ist unsere Tochter da, und er ist bereit die Elternschaft zu teilen. Das ist alles, was zählt.

So gehen die Jahre dahin, die Familienjahre sind intensiv und verlangen die vollen Kräfte von uns beiden. Er steht zu mir, ist bei mir - auf seine Art. Ich kann nicht darauf vertrauen, dass er das tut, was ich für richtig halte. Aber ich beginne zu verstehen, dass er das tut, was er für sich und mich für angemessen hält. Ich kann darauf vertrauen, dass er zu sich steht mit einem Platz für mich. So beginne ich langsam zu akzeptieren und zu verzeihen, dass ich bei Annas Geburt allein war.

Er ist stolz auf seine Tochter und später auf seinen Sohn, er teilt alle Arbeit und die Fürsorge um die Kinder mit mir. Als ich wieder anfange zu arbeiten und Anna nachts noch nicht durchschläft, wechseln wir nächtlich mit dem Aufstehen ab. Ich kann mich so gut auf Ronald verlassen, dass ich in den Nächten, in denen er Anna-Dienst hat, nicht einmal mehr aufwache, wenn sie sich meldet.

Mir kommt die Bemerkung in den Sinn, die er von seinem Chef berichtete, als er diesem seine angehende Vaterschaft mitteilte: „Sie werden sich nicht wieder erkennen!" Ronald meinte: „So ein Unsinn, typisch mein Chef". Doch sein Chef hat Recht behalten.

Das Geschenk des Himmels

Ich bin ein Mensch, der gerne plant. Zum Beispiel beim Urlaub ist die Vorbereitung, nämlich das Überlegen wann, wohin und wie, für mich ein ganz wichtiger Bestandteil des Urlaubs. Und wenn das Ziel und der Zeitraum dann festgelegt sind, kann ich mich die ganze Zeit bis zum Urlaubsbeginn auch richtig darauf freuen. Wenn man mir die Planungsphase nimmt oder von heute auf morgen entscheidet, ist das nur ein halber Urlaub. So sind die Spontanurlaube meines Mannes nicht wirklich meine Sache.

Es ist aber nicht nur die Vorfreude, die wichtig ist. Ein anderes wichtiges Element ist die Vorstellung, mein Leben im Griff zu haben, die Zukunft bewusst zu gestalten, mich nicht treiben lassen. Da Überraschungen nicht immer nur positiver Art sind, versuche ich sie zu vermeiden.

Unser erstes Kind war so von mir geplant gewesen. Die Umstellung nach der Geburt für zwei berufstätige Eltern, die sich jahrzehntelang in ihrem zweisamen Egoismus eingerichtet hatten, war hart aber erfolgreich. Insgesamt lief es so gut, dass wir bei unserm ersten babyfreien Urlaub - Anna war bei meinem Vater untergebracht – tatsächlich überlegten, wie es wohl wäre, wenn wir ein weiteres Kind haben würden. Als der Alltag uns dann wieder hatte, blieb keine Zeit, den Gedanken weiter zu verfolgen. Wir organisierten die Kinderbetreuung, machten unsere Arbeit und unsere Dienstreisen. Für mich waren Dienstreisen in den Jahren der Doppelbelastung als Hausfrau, Mutter und Berufstätige die wirkliche Ferienzeit: endlich konnte ich mich einmal auf nur eine Sache konzentrieren!

Die Dienstreise nach Pakistan dauerte zwei Wochen. Wie üblich litt ich unter dem Klima, hatte Durchfall und auf dem Rückflug bekam ich zu allem Überfluss leichte Blutungen, wohl der Beginn meiner Monatsblutung. Zuhause angekommen ging es mir wieder gut. Mein Mann und ich freuten uns gleichermaßen über das Wiedersehen, er hatte einen Tag frei genommen. Wir feierten ihn ausgiebig. Es waren sehr glückliche Stunden.

Ein Test drei Wochen später bestätigte: Ich war schwanger! Wir waren beide sehr verdutzt: ein ungeplantes Kind! Wollten wir das? Wir überlegten nur einen kurzen Augenblick, dann nahmen wir das unverhoffte Geschenk an. Die folgenden Monate waren mit die schönsten in unserer Beziehung. Die Entscheidung war sofort und einstimmig getroffen worden, organisatorisch war alles geregelt und es gab genügend Platz für ein neues Leben in unserem Haus. Wir konnten uneingeschränkt unser zweites Kind herbei sehnen. Und das taten wir.

Robert ist für uns beide noch heute „das Geschenk des Himmels".

Robert

Robert,
der Sohn.
Heftig und eigensinnig
geht er seinen Weg.
Erfolgreich.

Schatten der Trauer

Im Schatten
der Trauer
welkt die Rose.

Am Duft
ihres Abschieds
verdorren die Träume.

Die Nacht
bringt Erlösung
in schwarzem Vergessen.

Der Morgen
erblüht
mit neuem Licht.

*Für Robert nach
seiner Trennung.*

Weihnachten

Muss Weihnachten überhaupt gefeiert werden? Wenn ja, in welcher Form soll es dann ablaufen? Dies waren die Fragen mit denen sich die Keimzelle unserer heute vierköpfigen Familie zu Weihnachten 1968 auseinander setzte. Ronald und ich hatten uns im Spätsommer kennengelernt und verbrachten die ersten gemeinsamen Weihnachten im Studentenwohnheim in Tübingen. Unsere Auffassungen zu Weihnachten waren unterschiedlich.

Mit spärlich vorhandenen Erinnerungen an Familientradition hatte ich einige kleine Geschenke liebevoll verpackt am Heiligen Abend im Speisesaal neben Ronalds Essplatz gelegt. Kein Weihnachtsbaum oder Adventsschmuck, wir waren ja nicht von gestern. Ronald hatte nichts für mich. Weihnachten und dieses Schenken zu festgelegten Tagen fand er altmodisch und überholt. Mit Christus hatte er ohnehin nichts am Hut. Sein Interesse daran, die Geschenke zu öffnen, war nicht sonderlich ausgeprägt. Nach einem kurzen verbalen Austausch, der bei ihm lediglich zu einer Verfestigung seiner Ansichten und bei mir zu Tränen führte, landeten die von ihm ungeöffneten Geschenke von meiner Hand gelenkt in dem geräumigen Etagenmüllschlucker des Speisesaals im elften Stock und verschwanden in der Tiefe. Den Inhalt hat der Beschenkte nie erfahren.

Es vergingen zwölf weitere Weihnachten. Dann war ich schwanger. Nun wurde alles anders!

151

Weihnachten konnte man mit Kindern natürlich nicht mehr so begehen wie bisher. Da mussten Zugeständnisse gemacht werden - Kinder haben ja schließlich ihre eigenen Vorstellungen und Wünsche: Also, man braucht einen Weihnachtsbaum und Geschenke wohl auch. Und das Ganze sollte schon ein wenig festlich sein wie bei anderen Familien. Das bürgerte sich sehr schnell bei uns ein. Seitdem ist Weihnachten immer gleich in den Vorbereitungen, im Ablauf und in der Vorfreude. Mit zwei Ausnahmen - doch davon später.

Heutzutage sieht das folgendermaßen aus:

Es beginnt mit dem von Ronald organisierten Christbaumschlagen. Am Samstag vor Weihnachten ziehen wir mit Baumsägen bewaffnet los, vielleicht mit einem Schlitten für den Baum, falls der Weg zum Auto sehr weit ist und Schnee liegen sollte. Die Prozession von Tannenbaum tragenden Familien, die uns unweigerlich entgegenkommt, sagt uns, dass wir auch diesmal wieder spät dran sind. Die wirklich schönen Bäume sind sicher schon von anderen gefällt! Die Luft ist feucht, es riecht nach Schnee und frischem Tannengrün. Wir schwärmen paarweise in verschiedene Richtungen aus. Paarweise, damit einer den ausgewählten Baum vor dem Zugriff anderer Baumfäller bewachen kann, während der andere das andere Team von dem Erfolg der eigenen Bemühungen zu überzeugen versucht. Unvermeidbar ist der Disput, wer den schöneren Baum gefunden hat, welcher Baum gerader gewachsen ist und mehr Nadelfülle hat. Nach dem Konsensprinzip mit dem entsprechenden Zeitbedarf einigen wir uns immer - auch in Anbetracht der „Zeit des Friedens" und der kalten Witterung. Dann kommt das Schönste: Der Weihnachtsbaum durch die Tonne zum Verpacken, der Glühwein und manchmal auch Schmalzbrote oder Bratwürste am Stand im Wald.

Am Morgen des Heiligabends holen die Kinder mit Ronald den Christbaum aus dem Wassereimer vom Balkon und stellen ihn provisorisch in den Ständer. Provisorisch, denn nun darf ich meinen einzigen Beitrag zum Christbaumschmücken leisten: die Feststellung, ob er gerade steht! Ich begutachte von allen Seiten: „Der Baum bitte insgesamt zehn Zentimeter näher zur Wand, die Spitze noch etwa fünf Grad nach rechts, und die schöne Seite voll zum Wohnzimmer hin drehen!" Die Kinder nörgeln zwar jedes Mal, dass ich überpingelig sei. Aber sie kennen die Vorliebe ihrer Mutter für Symmetrie und exakt senkrechte Falllinien und tun ihr den Gefallen - auch um Klagen ihrerseits in den nächsten Tagen zu vermeiden.

Zufriedengestellt kann sich die Mutter jetzt ihren Aufgaben zuwenden: Plätzchenteller dekorieren, Eiersalat vorbereiten, Kerzen überreichlich im Ess- und Wohnzimmer verteilen und den Gemüseeintopf für mittags vorbereiten.

Unterdessen schmücken die Kinder den Baum mit in der Schulzeit selbstgebastelten Strohsternen, die schon ein wenig schütter geworden sind, kleinen buntbemalten Holzengeln oder -schlitten - ebenfalls aus der Kinderzeit und entsprechend abgenutzt - sowie silbernen und roten Christbaumkugeln. Dazu eine elektrische Kerzenkette, eine Konzession an Ronalds Sicherheitsbedürfnis und Reaktion auf die Erfahrung von Freunden mit einem brennenden Weihnachtsbaum. Bei der Ausgestaltung der Dekoration gibt es so gut wie keine Variationsmöglichkeit: es muss alles so sein wie im letzten Jahr: der alte Schmuck, die alten Sterne, bunt und keine besonderen farblichen Akzente. Wenn der Baum fertig ist, werde ich gerufen und habe zu staunen: „Oh, das ist der schönste Baum, den wir je hatten!" Kritische Äußerungen in diesem Stadium wurden mir mit zunehmenden Alter und wachsendem Selbstbewusstsein meiner Kinder erfolgreich abgewöhnt.

Vor einigen Jahren versuchte Ronald etwas Neues: Mit einigen Packungen Lametta gab er dem von den Kindern geschmückten Baum den „letzten Schliff". Das Resultat war ein steif wirkender, unnatürlich glitzernder Baum, sowie eine Diskussion über die Schädlichkeit von Lametta und etwaige Entsorgungsprobleme. Der Versuch der Neugestaltung wurde nie wieder gewagt.

Seit einigen Jahren ziehen die Kinder das Frankfurter Stadtgeläut dem früheren Kirchgang vor. Die Menschenmenge auf dem Römerplatz ist so groß wie sonst während des ganzen Jahres nicht. Ein besonderes Raunen liegt in der Luft: angeregte, erwartungsvolle Stimmen, der Duft von Glühwein. Pünktlich um 17:00 Uhr beginnen die Glocken: dreißig Minuten lang läuten alle Frankfurter Kirchenglocken zur selben Zeit! Jetzt ist Weihnachten. Hier das schwere Dröhnen der Dom-Glocken, dort der klare Klang der Nikolaikirche, dahinter die verschieden hellen und dunklen Töne der umstehenden Kirchen. Das Tosen füllt den Himmel wie eine einzige große Weihnachtsglocke, die die Stadt Frankfurt friedlich eint. Wir stoßen mit dem mitgebrachten Sekt an. Noch einen Blick in den Dom und zurück nach Hause zum Festakt.
Er beginnt mit dem Festessen: Für Jeden einen großen Räucheraal aus Bad Zwischenahn mit Schwarzbrot. Das beginnende Völlegefühl nach dem Aal wird durch die extragroße Portion Eiersalat vervollständigt. Eiersalat nach einem Rezept meiner Mutter mit selbstgemachter Mayonnaise. Wenigstens etwas von der Großmutter, die die Kinder nie kennengelernt haben. Die ungewöhnliche Kombination von Räucheraal und Eiersalat ist historisch begründet: Der Sohn mochte früher keine Aale und die Tochter war mit ausschließlich Eiersalat nicht zufrieden. So gibt es eben beides - mit dem Resultat, dass

anschließend jedes Familienmitglied nach einem großen Glas Schnaps verlangt.

Nach dem Essen werden die Kinder kurzfristig mit einem Plätzchenteller ins Gästezimmer verbannt. Die Geschenke werden unter dem Weihnachtsbaum verteilt, die Kerzen angezündet und die CD mit Weihnachtsliedern aufgelegt. Die silberne Glocke ruft die Kinder. Der Plätzchenteller im Gästezimmer ist jetzt ohnehin geleert. Im Wohnzimmer gibt es den großen mit selbstgebackenen Bethmännchen, Zimtsternen, Mürbteigplätzchen und Nuss-Häufchen. Dazu gekauft werden Domino-Steine, Spekulatius, Marzipanbrote, Walnüsse, Lebkuchen, Datteln, kleine rotbackige Äpfel und Mandarinen. Im Kerzenlicht werden die Geschenke begutachtet. Ich lese eine Geschichte vor. Irgendeine nette, die zu Weihnachten passt. Wir spielen noch ein Gesellschaftsspiel oder vertiefen uns in eins der geschenkten Bücher. Bis wir müde werden.

Ja, so läuft Weihnachten jetzt seit über dreißig Jahren ab.

Es gab nur zwei Ausnahmen: die beiden Weihnachten, die wir in Indien lebten.

Die Indienzeit sollte 1994 mit einem Weihnachtsurlaub in Goa beginnen, wenn schon alles so anders war als sonst. Eine von Freunden empfohlene einfache Familienpension in der Nähe vom Strand war von mir ausgewählt worden. Ich wollte die lokale Bevölkerung unterstützen und nicht mit Luxus übertreiben. Eine Unterkunft mit Klimaanlage hatte ich als Indien Anfängerin nicht zuträglich für die erforderliche Eingewöhnung gehalten. Ronald und die Kinder trafen mittags erschöpft vom Flug ein. Wir fuhren einige Stunden mit dem Taxi in die - wie sich herausstellte - wirklich schlichte Unterkunft: zwei kahle Räume, weißgetüncht mit je zwei Betten, Stuhl und

Tisch. Keine Weihnachtsdekoration, kein Tannenbaum. Es wurde früh dunkel - Zeit für die Bescherung. Viele kleine Geschenkpäckchen, wegen der Transportproblematik. Doch die Kinder waren in einem Alter, wo die Qualität eines Geschenkes noch von seiner Größe abhing. Als Festtags-Beleuchtung gab es viele kleine Kerzen im Raum verteilt. Sie krümmten sich und schmolzen. Dann ließen sie die Köpfe hängen und verloschen.

Dieses Weihnachtsarrangement kam nicht gut an. Die Tränen der Kinder versiegten erst am nächsten Morgen beim Anblick des Strandes.

Beim zweiten Weihnachten in Indien wollten Ronald und ich es besser machen. Wir waren zwischenzeitlich in unser geräumiges Wohnhaus im Stadtteil Vasant-Vihar von Neu-Delhi gezogen und hatten Besuch von Freunden mit Kindern im Alter der unseren. Es sollte etwas ganz Besonderes werden. Die Bescherung war ein Erfolg: Ein künstlicher Weihnachtsbaum in Indien gefertigt. Riesige Pakete stellten das mit Tüchern bunt dekorierte Wohnzimmer zu, so dass man kaum laufen konnte. Weihnachtsessen und Plätzchen waren von Maria, unserem guten Hausgeist. Von unsern Vorgängern in deutscher Küche geschult, und aus ihrer Kindheit in Bangladesch in einem christlichen Waisenhaus mit der Bedeutung von Weihnachten vertraut, hatte sie einen üppigen Beitrag zum Fest gezaubert.

Dann kam der Kirchgang, die besondere Überraschung für die vier Kinder. Die Christvesper sollte in dem Gemeindehaus stattfinden, wo sich alle Kinder der deutschen Schule mit Eltern zusammenfinden würden. Man konnte zu Fuß dorthin gehen. Im beginnenden Dämmerlicht schaute ich verstohlen auf die Straße, ob alles so war, wie vereinbart. Dann rief ich die Kinder und öffnete die Tür. Und da stand er - der Elefant - mit bunt geschmückter Sänfte auf dem Rücken und Platz für Vier.

Der Mahud mit seiner sparsamen Bekleidung wartete geduldig.

Die Kinder bekamen große Augen und gingen zögernd auf den Elefanten zu. Er wurde von allen Seiten begutachtet. Ob wir, die Eltern, denn nicht lieber Platz nehmen wollten? Aber das sei doch die Überraschung. Wann würden sie denn je wieder auf einem Elefanten zur Kirche reiten können? Und außerdem könnte man viermal Erwachsenengewicht dem armen Elli ja wohl kaum zumuten! Auf Zuruf des Mahud ließ sich der graue Berg schwerfällig auf die Knie nieder, ein Bein nach dem anderen - sehr ungelenk und mit gewaltigem Holpern. Unser Jüngster brauchte drei Aufforderungen, um über die kurze Treppe als letzter in die Sänfte zu steigen. Der Elefant erhob sich. Diesmal mit einem einzigen Ruck, sodass wir schon befürchteten, die Kinder würden wieder herauspurzeln. Dann trabte er los, die Kinder in erhabener Höhe über uns thronend. Für den Elli war es ein gemütlicher Spaziergang. Für die Eltern, mit Fotoapparaten bewaffnet, eher ein Dauerlauf. Nach zehn Minuten durch den Staub auf Delhis ungeteerten Straßen hatten wir es geschafft, die Eltern außer Atem. Die Kniebeuge Prozedur des riesigen Tiers spielte sich wieder ab, bestaunt von einer angemessen großen Schülerzahl unterschiedlichen Alters. Unsere Lieblinge verschmolzen unverzüglich mit der vertrauten Menge. Wir entlohnten den Mahud und er verschwand mit seinem Elefanten in der Dunkelheit. Den Weg zurück vom Gottesdienst nach Hause legten wir gemeinsam zu Fuß zurück. Wir erwarteten Äußerungen der Begeisterung. Doch nichts kam. Wir mussten fragen. Unsere beiden gaben sich wohlerzogen und zögerten mit der Antwort. Dann brach es aus ihnen heraus: „Toll? Nee, das war ja soooo peinlich! Die ganze Schule hat das gesehen und hat uns begafft wie blöd. Macht das bloß nie wieder!" Die Kinder unserer

Freunde schwiegen vorsichtig. Aber ihre Parteinahme für die eigene Altersgruppe war nicht zu übersehen.

Heute sind unsere Kinder erwachsen und berufstätig, haben ihr eigenes Zuhause. Gemeinsam Weihnachten zu feiern ist für uns Eltern zwar sehr schön, aber nicht selbstverständlich. Daher fragen wir vorsorglich im November an: „Und wie sieht das diesmal mit Weihnachten aus?" Bislang haben wir immer die gleiche Antwort erhalten: „Was soll die Frage? Ist doch klar - wie immer!" und auf Ronalds zögerlichen Nachsatz: „Und Christbaum schlagen?" „Na sicher! Sag uns Bescheid, wann." So bleibt auch in diesem Jahr alles beim Alten. Es gibt nur eine ganz kleine Neuerung: die meisten Strohsterne sind allmählich so zerschlissen, dass ich einige nachkaufen musste. Die sehen zwar schöner aus, sind aber nicht mehr Original.

Ob das die einzige Veränderung bleiben wird?

Wurzeln

-

Die Herkunftsfamilie

Uralt Lavendel

Oma Lenz oder Oma Selma, wie meine Kusine sie nennt. „Oma" reicht eigentlich für mich als Bezeichnung völlig aus, denn ich habe ja nur eine gehabt, jedenfalls nur eine lebende. Da kann es keine Verwechslung geben. Die andere war bereits 26 Jahre vor meiner Geburt verstorben. Ähnlich früh verstarben die beiden Opas. Ich war also ein Kind mit nur einer Oma und sonst keinen Großeltern. Eigentlich hätte sie mir dann besonders lieb, besonders wertvoll sein sollen. Großeltern sind doch oft dazu da, das gut zu machen, was die Eltern versäumen oder nicht geben können. Sie müssen nicht „erziehen", sie haben Zeit, sie dürfen verwöhnen und haben das Enkelchen besonders gern. So heißt es doch immer. Aber daran kann ich mich nicht erinnern.

Wenn ich an meine Oma denke, kommen mir zwei Bilder vor Augen. Ich sehe sie in Bremen-Blumenthal, wo sie einquartiert in einem bescheidenen Zimmer im Erdgeschoss sehr einfach untergebracht war. Und ich sehe sie im Haus meiner Tante, die Oma einige Jahre nach ihrer Eheschließung und dem Bau eines eigenen Hauses zu sich nach Hungen holte. Dort war ich öfter während meiner Gymnasialzeit bis zum Abitur.

In Blumenthal war es ein wenig schmuddelig in dem möblierten Zimmer, in dem Oma sich wusch, kochte und schlief. Doch ihre Kittelschürzen waren noch farbig. Die Stimmung war lebendig durch die vielen Kinder, die vor dem Fenster spielten und die oft zu Oma rein kamen. Ich ging gerne zu Oma. Allerdings nicht wegen ihr, sondern wegen der Kinder draußen. Ich hatte nicht ganz so viele

Spielgefährten in Bremen-Aumund wie bei ihr. Ich kann mich nicht daran erinnern, alleine bei Oma gewesen zu sein. Vielleicht wollte meine Mutter es nicht, vielleicht zeigte Oma kein Interesse. Auf jeden Fall wäre es auch schwierig gewesen: meine Mutter hätte mich mit dem Bus bringen und wieder abholen müssen. An eine Übernachtung war nicht zu denken: das Bett reichte gerade für Oma. Da meine Mutter keiner Berufstätigkeit nachging, sondern sich ganz und gar der Haushaltspflege und mir widmen konnte, gab es auch keinen Bedarf auf mich aufzupassen. Ich kann mich nicht daran erinnern, dass Oma uns einmal in Aumund besucht hätte.

Auch später von Hungen aus, kam sie nur ein oder zwei Mal mit meiner Tante, deren Mann und meiner kleinen Kusine zu Besuch. Normalerweise traf man sich in Hungen. Da war auch mehr Platz. Mein Vater war gerne dort, vermutlich nicht nur, weil er ihr Sohn war, sondern weil er sich dann wieder unter Schlesiern fühlte. Am liebsten dort mochte ich meine Tante, die einfach nett und gutmütig war. Meine Tante kümmerte sich um Oma, als diese älter wurde. Und so habe ich Oma in Erinnerung behalten: Sie hatte ein Einzimmer-Apartment innerhalb des Hauses meiner Tante im 1. Stock. Dort konnte sie ganz ungestört sein und für sich in der Kochnische, die mit einem Vorhang abgeteilt war, kochen, wenn sie wollte. Oder zusammen mit der Familie essen. Mit zunehmendem Alter - sie wurde 94 Jahre alt - wurden ihre Ansprüche bescheidener und sie beschränkte sich mehr und mehr auf Suppen. Nach schlesischem Rezept mit ausgekochten Markknochen. Wann immer ich kam, roch es in ihrem Zimmer nach Suppe. Sie lüftete selten. Dann war da noch der Nachttopf unter ihrem Bett, den sie vorzugsweise erst beim nächsten Zubettgehen leerte. Er reicherte die Luft mit einem leicht säuerlichen, scharfen Zusatz an. Bei besonderen Anlässen machte Oma sich zurecht: die Kleidung war dabei weniger wichtig. Dafür ging es ihr um das Eau de Cologne. Sie kannte nichts anderes als „Uralt Lavendel". Das nahm sie dann reichlich, auch um etwaigen Schweißgeruch ihrer nicht immer ganz frisch gewaschenen Strickjacken zu überdecken. Noch heute kann ich keinen Geruch, der „Uralt Lavendel" ähnelt, ertragen. Meine Sinne werden augenblicklich von der Erinnerung an den Geruch in ihrem Zimmer benebelt.

Sie war eine lebhafte und lebenslang rüstige Frau, die bis zu ihrem Oberschenkelhalsbruch keinerlei Gebrechen zu erdulden hatte. Sie starb an den Folgen dieses Unfalls im Krankenhaus. Recht klein und nicht übergewichtig, behielt sie ihr schwarzes Haar fast bis zum Ende. Sie trug es straff nach hinten gebürstet und in einem strengen, dünnen Knoten am Hinterkopf zusammengebunden. Sie hatte ein feines Gesicht, mit einer fast spitzen Nase. Flinke schwarze Augen waren überall dabei. Ihr Mundwerk war ebenfalls flink und meiner Mutter gegenüber kam nicht viel Wohlwollendes heraus. Oma konnte nicht verzeihen, dass es ein „mittelloses Mädchen" war, das ihr Sohn geheiratet hatte. Wie viel besser hatte es doch ihre Tochter gemacht, die es durch Heirat zu Wohneigentum gebracht hatte. Diese Einstellung konnte Oma nicht verbergen. Sie wollte es auch gar nicht. Meine Mutter hingegen mochte keinen Streit, allerdings auch keine Sticheleien. Sie war selten in Hungen. Sie hat mir nicht viel von Oma erzählt. Sie hat es aber auch nicht gefördert, dass ich Oma zu sehen bekam. Sie wollte mich nicht beeinflussen. Allerdings auch nicht von anderer Seite beeinflussen lassen.

Und so bleibt die stärkste Erinnerung, die ich an meine Oma habe, der Geruch von „Uralt Lavendel".

Suchbild Vater

Wo soll ich anfangen, wenn ich meinen Vater beschreiben will? Wenn ich an ihn denke, fallen mir ganz verschiedene Personen ein, je nach dem, um welche Zeit in meinem Leben es sich handelt, und was er mir darin bedeutet hat.

Am 29.4.2011 schrieb ich einen Brief an meinen toten Vater:

„Ich sitze hier in Bad Dreibergen auf dem Campingplatz im Wohnmobil und versuche mich auf den Besuch an Mamas Grab - euerm Grab und auch Pantitas Grab - vorzubereiten. Vor ein paar Tagen habe ich einen Brief an Pantita geschrieben. Ich hatte immer das Gefühl, dass ich mit Mama keinen Kontakt am Grab aufnehmen kann, weil Pantita auch dort begraben liegt. Und sie irgendwie zwischen mir und Mama steht. Jetzt, nachdem der Brief fertig ist, scheint sie nicht mehr so im Weg.

Dann wollte ich an Mama schreiben. Aber es ging nicht. Bist du es jetzt, der noch dazwischen steht?"

Eigentlich habe ich sechs Väter: 1. den Vater meiner Kindheit, 2. den Vater meiner Jugend, 3. den Vater in meiner Zeit als junge Erwachsene, 4. den Vater, der sich mit dem Nationalsozialismus auseinandersetzte, 5. meinen dementen Vater und 6. meinen Vater nach seinem Tode.

Der Vater meiner Kindheit - der Spieler:

Er war ein herrlicher Vater. Jederzeit zum Spielen aufgelegt, scherzend, Geschichten erzählend. Anfangs bis zum Schulalter schlief ich noch im Schlafzimmer meiner Eltern. An den Wochenenden kroch ich morgens zu ihm ins Bett. Meine Mutter war bereits aufgestanden, machte den Kohleofen im Wohnzimmer an und bereitete das Frühstück vor. Entweder erzählte er eine seiner selbst erdachten Geschichten, von denen ich nicht genug bekommen konnte, oder er machte den Krafttest mit mir. Er ballte seine Faust und meine Aufgabe war es, seine Finger einzeln nacheinander aufzubrechen, bis seine ganze Hand geöffnet vor uns lag. Mit meinen kleinen Händen war das sehr schwer. Ich musste alles einsetzen, was ich an Kräften hatte. Aber anfangs blieb seine Hand geschlossen. Erst nach und nach - mein Vater machte mich glauben, dass ich mich jetzt noch mehr angestrengt und deshalb mehr Kraft gehabt hätte - lüftete sich plötzlich sein kleiner Finger ein wenig. Noch mehr Anstrengung und Keuchen von meiner Seite, bis der Finger etwas abstand. Und dann noch ein kräftiger Ruck, der erste Finger war geschafft. Jetzt würde ich auch die anderen bezwingen. Aber es war nicht leicht. Bei jedem Finger musste ich voll und ganz dabei sein, um meinen Vater zu besiegen. Es war herrlich: weil ich kämpfen musste - ich wusste, dass mein Vater stärker war - und weil ich sicher war, dass ich siegen würde. Und weil wir lachten.

Manchmal rangen wir auch zu dritt zusammen mit meiner Mutter auf dem Teppich im Wohnzimmer. Frauen gegen Männer, die Männer in der Anzahl unterlegen, die Frauen mit ihren Kräften. Auch hier ein wildes Gerangel und ganzer Einsatz. Bis mein Vater sich endlich geschlagen geben musste.

Das waren die glücklichen Zeiten.

Später, als ich mein eigenes Zimmer in der engen Wohnung in Aumund bekommen hatte, gab es manchmal Diskussionen zwischen meinen Eltern wegen der „Frau Gleustein". Ich vergötterte meinen Vater, aber irgendwie hatte ich das Gefühl, dass da etwas nicht in Ordnung war, sonst hätte meine Mutter nicht vor mir so viel Aufhebens um diese Sekretärin gemacht, mit der mein Vater offenbar viel Zeit verbringen musste. Die Diskussionen hörten auf, als mein Vater nur noch am Wochenende zu Hause war, weil er eine Dozentur in Oldenburg angenommen hatte und dort auch während der Woche wohnte. Er fehlte mir, das Lachen, das Spielen, seine Anerkennung. Einmal versuchte ich noch seine Bewunderung zu erlangen mit einem anderen Spiel: Es war Winter. Auf der Fensterscheibe meines kleinen kalten Zimmers hatte sich innen Raureif gebildet. Mein Vater musste gleich vom Bahnhof kommen. Und ich hatte in den Raureif an der Scheibe mit meinem Zeigefinger die Worte „Herzlich Willkommen, Papa" in Spiegelschrift geschrieben, damit er den Gruß von draußen auch sofort richtig lesen konnte. Ich stand am Fenster und wartete. Wartete auf seine Freude über den Willkommensgruß und seinen Stolz über meine Klugheit. Dann kam er, gerade rechtzeitig, denn die Schrift begann sich bereits von meinem warmen Atem aufzulösen. Er hatte es eilig und sah nicht hoch. Als ich merkte, dass er nicht schauen würde, klopfte ich gegen die Scheibe. Aber es war zu spät, er war bereits im Eingang. Und den Gruß von innen zu sehen, war für mich sinnlos. Dann würde er nicht verstehen, wie viel Mühe ich mir gemacht hatte. Ich war sehr enttäuscht.

Der Vater meiner Jugend - der Intellektuelle

Als wir nach Oldenburg umzogen, brauchte ich wegen der Umschulung aufs Gymnasium öfter Hilfe. Wenn mein Vater zu Hause war, saß er außer bei den Mahlzeiten an seinem Arbeitstisch vor dem Wohnzimmerfenster und widmete sich seinen Prüfaufträgen, mit denen er zu seinem Dozentengehalt dazu verdiente, oft bis tief in die Nacht hinein. Ich allerdings durfte ihn stören, auf jeden Fall wenn es um die Schule oder etwas „Technisches" ging. Er war stolz auf meine „technische Begabung", von der er meinte, dass ich sie von ihm habe. Als ich einen Kugelschreiber aus Neugier in sämtliche Einzelteile zerlegte, war er begeistert. Das war ein Beweis für meine männlichen Eigenschaften! Dass der Kuli anschließend unbrauchbar war, störte meinen Vater überhaupt nicht.

Für mich war er in der Teenagerzeit der Intellektuelle. Meine Mutter nahm ich in dieser Hinsicht überhaupt nicht wahr. Sie zählte nicht, sie hatte nur die Volksschule besucht. Wenn ich Fragen zum Lernstoff hatte, konnte sie mir nicht weiterhelfen. Und so war es auch zu den Mahlzeiten: Mein Vater unterhielt sich mit mir, diskutierte, meine Mutter trug das Essen auf und ab und hörte zu. Es gab eine klare Rollenteilung: meine Mutter verantwortlich für den Haushalt, mein Vater für die Geldbeschaffung. Mein Vater übernahm die Wissensvermittlung, meine Mutter die Zuständigkeit für mein seelisches Wohlergehen und die Moral. Aus dieser „Erziehung" hielt sich mein Vater heraus. Mit Lena, deren Bruder Drogen konsumierte, wurde mir der Umgang untersagt. Mit dem Pärchen vom Theater durfte ich nicht ausgehen, weil meiner Mutter das Milieu und die uneheliche Partnerschaft nicht gefielen. Nie hatte mein Vater eine Meinung dazu oder hätte für mich Partei ergriffen. Nur einmal bezog er Stellung, als es um die Entscheidung für meine Berufsausbildung ging. Meine Mutter hätte es gerne gesehen, wenn ich eine hauswirtschaftliche Ausrichtung verfolgt hätte. Die hatte sich auch bei ihr bewährt. Ich wollte allerdings lieber Psychologie studieren. Doch in diesem Punkt waren sich meine Eltern einig: Ich sollte mich nicht noch mehr mit mir selbst beschäftigen, sondern lieber etwas „Ordentliches" lernen. Der Vorschlag „Wirtschafts-Wissenschaften" des Arbeitsamtes schien meinem Vater ganz vernünftig: Etwas Rationales, das meinem - wie er meinte - sachlichen Verstand eher liegen würde als Hauswirtschaftslehre.

Die Werte, die meine Mutter mir zu vermitteln suchte, waren auch an meinen Vater gerichtet: er nahm es mit der Ehrlichkeit - zum Beispiel mit seiner Beschäftigung bei den abendlichen Spaziergängen - nicht so genau. Die Ohrfeige, die meine Mutter mir vor ihm gab, als ich geschwindelt hatte, um meinen Freund zu sehen, hatte wohl auch ihm gegolten. Das Ganze war beinahe wie eine Inszenierung für meinen Vater gewesen. Womit er dies verdient haben mochte, kann ich nur ahnen, scheint mir aber eine Erklärung dafür zu sein, dass er mich nicht beschützen konnte. Einige Monate später, als mein Vater seine Auslandstätigkeit angetreten hatte, reagierte meine Mutter dann auch völlig anders, als ich meine erste Nacht unerlaubt außer Haus verbrachte. Sie sagte nichts dazu, dass ich erst am nächsten Morgen mit dem Fahrrad wieder auftauchte, als sie noch schlief. Sie wusste, mit wem ich unterwegs war, und meinem Vater musste sie nichts beweisen.

All dies schmälerte meine Begeisterung für meinen intellektuellen Vater nicht. Außerdem sah er gut aus, und meine Freundinnen schwärmten für ihn. Ich war stolz auf ihn. Was es für meine Mutter bedeutet haben muss, darüber dachte ich nicht nach.

In meinem Brief an ihn schrieb ich dazu:

„Wie du dich Mama gegenüber verhalten hast, habe ich eigentlich immer verdrängt - als sei es eine Art Kavaliersdelikt und halt ein kleiner Schönheitsfehler bei dir. So als ob du eben eine andere, altmodische Einstellung Frauen gegenüber gehabt hättest. Aber wenn ich es mir recht überlege, hast du der Mama schon sehr viel angetan. Damals in Bremen-Aumund sind mir die Diskussionen, die ihr um Frau Gleustein hattet, negativ aufgefallen. Mama war damals auch etwas hitzig. Daran erinnere ich mich. Und dass sie die Dame nicht mochte. Mehr habe ich nicht verstanden. Und dann

später in Oldenburg deine langen abendlichen Spaziergänge, „um noch einmal frische Luft zu schnappen". Wer weiß, wo du da wirklich warst.

Also, um es zusammenzufassen: Du hast es mit der Treue wohl nicht so genau genommen. Als Entschuldigung lasse ich zum Teil gelten, dass es für dich sicher nicht ganz einfach war, mit einer Frau verheiratet zu sein, die meinte, Sex sollte eigentlich nur zur Zeugung eines Kindes stattfinden, wie du mir einmal Mamas Einstellung zur Sexualität beschrieben hast. Von ihr habe ich es nicht gehört, aber ich kann mir vorstellen, dass es zumindest in der Tendenz richtig war. Ich glaube, Mama war für dich die ideale Ergänzung was Geradlinigkeit, Korrektheit und ethische Normen betraf. Auch ihre Sparsamkeit, Sauberkeit und Zielstrebigkeit waren gut für dich. Sie war für dich die richtige Partnerin. Nur nicht in dem, was die Sexualität anging. Da hat sie dir nicht gereicht. Und du hast dir Auswege gesucht und sie hintergangen. Als Frau und auch als Tochter meiner Mutter empört mich das. Dass du es dir so leicht gemacht hast, den Schwierigkeiten aus dem Weg gegangen bist. Du hattest die Gelegenheit als Geldverdiener, und du warst ein Mann, für den das sicher aus seiner Sicht etwas anderes als für eine Frau war. Du hattest ohnehin eine etwas altmodische Moral. So waren Ronald und ich später doch sehr erstaunt, als du meintest, Robert sollte bei einer Prostituierten aufgeklärt werden!"

Der Vater der jungen Erwachsenen - der Gönner und die Zuflucht

Mein Vater erfüllte sich mit fünfzig Jahren einen lange gehegten Wunsch: Arbeiten im Ausland. Ein paar Jahre zuvor hatte er bereits Spanischkurse belegt. 1963 war es soweit. Es war die Zeit, als die Entwicklungshilfe auch in der Bundesrepublik als neue Politiklinie entdeckt worden war, und in Deutschland ein neues Ministerium dafür geschaffen wurde. Dadurch wurde es möglich, für Auslandsaufgaben eine Freistellung zu erwirken. Er erhielt einen zeitlich befristeten Auftrag von der UNESCO in Chile. Nach einer Wartezeit von sechs Monaten konnten meine Mutter und ich nachkommen. Ich war durch den Spanischkurs in Barcelona auf das Jahr in Chile vorbereitet worden. Nach einem Jahr in Santiago de Chile hielten es meine Eltern für angemessen, dass ich nach Deutschland zurückkehren sollte, um dort zu studieren - Wirtschaftswissenschaften.

Mein Vater blieb insgesamt sieben Jahre in Latein-Amerika. Anderthalb Jahre nach dem Tod meiner Mutter in Lima kehrte er nach Deutschland zurück. Unsere Beziehung veränderte sich grundlegend. Bereits auf der Überführungsfahrt des Leichnams meiner Mutter beichtete er mir seine außereheliche Beziehung in Lima und seine Gewissensbisse. Er meinte, meine Mutter könnte davon erfahren haben, was zu ihrem plötzlichen Herz-infarkt beigetragen haben mochte. Später zog er mich ins Vertrauen, als er seine Bekannte aus Lima zu einem Besuch nach Deutschland einladen wollte. Nicht nur ich, auch Tante Hanna, die sich selbst Hoffnungen gemacht hatte, rieten ihm dringend davon ab: Die Einladung könnte als Heiratsabsicht verstanden werden. Mein Vater ließ sich nicht überzeugen. Er war allein, einsam und suchte Wärme. Und so begann sein Unglück.

Pantita, so nannte mein Vater sie, kam - und blieb. Als er sie nicht mehr bei sich in der Wohnung haben wollte - sie war Kettenraucherin, spielte im Casino, wollte kein Deutsch lernen, wenn er sie nicht heiraten würde, und hasste die von meinem Vater geliebten Spaziergänge in der frischen Luft - suchte sie sich Arbeit in Bremen, fand eine Wohnung und mein Vater pendelte hin und zurück. Sie war mehrfach krank mit längeren Aufenthalten in der Psychiatrie wegen schizophrener Schübe. Schlussendlich verlor sie ihre letzte Arbeitsstelle. Ihre Aufenthalts-Genehmigung war in Gefahr und mein Vater musste sie heiraten, damit sie in Deutschland bleiben konnte. In der Zwischenzeit war sie von ihren Medikamenten dick geworden. Ihre Spielleidenschaft hatte sich verstärkt. Solange mein Vater berufstätig war, finanzierte er beide Wohnungen. Erst als er in Pension ging, konnte er sich, wie er sagte, die doppelte Haushaltsführung nicht mehr leisten und holte Pantita zu sich nach Oldenburg.

Mir klagte er sein Leid, wenn ich da war. Ich versuchte ihm deutlich zu machen, dass er sie offensichtlich nicht als gleichwertig betrachtete und auch so nicht behandelte. Sie kannte seine Finanzlage nicht und versuchte mit Druck und Aufsässigkeit immer mehr von ihm zu fordern. Es gelang ihr. Anfangs spielte er den Gönner, ließ sogar ihren vierten Sohn - Hänschen - aus Lima nachkommen, um ihm in Deutschland eine Zukunft zu ermöglichen. Aber Hänschen war eine Enttäuschung. Als er neunzehn Jahre alt war, stellte sich heraus, dass er wie seine Mutter psychisch krank war, die Sprachkurse nicht zu Ende absolvieren konnte und ohne Krankenversicherung zu einer Existenz bedrohenden Bürde für meinen Vater werden würde. Es war eines der beiden Male, dass ich meinen Vater eine klare und rationale Entscheidung treffen sah: Nach einem Jahr kaufte er ein Ticket und schickte Hänschen zurück nach Lima zur Großmutter. Beide unterstützte er mit finanziellen Zuwendungen noch mehrere Jahre. In seinem Nachlass fand ich später einen Brief der Großmutter, die um eine nochmalige Spende bat, ihr ginge es schlecht, sie wüsste nicht, was aus Hänschen werden sollte, wenn sie sterben würde. Aber mein Vater hatte zu diesem Zeitpunkt bereits einen Schlussstrich gezogen. Den zog er auch eines Tages bei Pantita, das zweite Mal, dass er klug genug war, seinem finanziellen Ruin vorzubeugen: Er informierte sämtliche Spielcasinos, die in Pantitas Reichweite lagen, dass er mit sofortiger Wirkung nicht mehr für die Spielschulden seiner Frau aufkommen würde.

Pantita kümmerte rauchend in der Wohnung dahin und verbrachte ihre Zeit mit Reibereien, Kreuzworträtseln und Fernsehen. Er bezeichnete sie einmal als den schlimmsten Fehler seines Lebens, ein anderes Mal als eine Art Haustier, an das er sich gewöhnt habe.

Vermutlich um sein schlechtes Gewissen ihr gegenüber zu beruhigen stimmte er einer Bürgschaft für ihren Drittgeborenen, Lucho, zu, der in Deutschland studieren wollte. Lucho kam nach Bremen und erhielt fünfzehn Jahre lang eine monatliche Zuwendung von meinem Vater über DM 500. Er war zwar für Betriebswirtschaftslehre eingeschrieben, aber das Leben in Deutschland interessierte ihn deutlich mehr als das Studium und er genoss es zusammen mit einer zehn Jahre älteren verheirateten Frau, mit der er zusammen wohnte. Als die Universität endlich Studienergebnisse sehen oder ihm die Einschreibung verweigern wollte, wurde es Ernst für Lucho. Ich hatte meinem Vater bereits vor Jahren gesagt, dass ich es durchaus angemessen fände, auch seine einzige leibliche Tochter zu bedenken, die mit Ehemann, hohen finanziellen Verpflichtungen durch den Hauskauf und im Mutterschutz für das erste Baby ziemlich knapp bei Kasse war, wenn er einen faulen Studenten so großzügig ausstatten würde. Meinem Vater leuchtete das Argument ein. Folglich unterstützte er beide: Lucho und mich. Als die Universität Bremen eine erneute Bürgschaftserklärung für Lucho von meinem Vater wollte, blieb er hart. Auch verschiedene Besuche von Freunden Luchos, die meinem Vater das bedauernswerte Schicksal Luchos ausmalten, falls er nach Peru zurückkehren müsste, verfingen nicht. Lucho musste Deutschland verlassen. Man hörte nie wieder von ihm.

Mit Pepe, dem zweitältesten Sohn Pantitas war es einfacher. Er fand Arbeit in Deutschland und eine nette deutsche Frau - Angestellte bei der Deutschen Bank - heiratete sie und bekam das kleine Töchterchen Jasmin. Leider verlor er seine Arbeit und dies mehrfach. Nach einigen Jahren ging er mit seiner Familie nach Barcelona, um bei einer Spedition sein Glück zu versuchen. Auch diese Stelle endete nach einigen Monaten. Mein Vater kommentierte: „Typisch Latino, kein Durchhaltevermögen!" Er vermisste Jasmin und auch ein wenig ihre Familie. Sie waren die Einzigen, die ihn nie um Geld baten, sodass es ihm Freude machte, ihnen aus freien Stücken etwas zu schenken.

Der älteste von Pantitas vier Söhnen - jeder stammte von einem anderen Vater - war schon seit seiner späten Jugend verschollen. Vermutlich hätte mein Vater sonst auch ihn finanziell unterstützt.

Mein Brief fährt fort:

„Ich bin hin und her gerissen: einerseits hast du wirklich vielen Menschen sehr großzügig finanziell beigestanden. Auch ich habe davon sehr profitiert. Das sah ich aber nicht als ehrenrührig an, weil ich dein Erbe als einziges Kind wohl ohnehin bekommen hätte. Ich hätte auch neidisch auf die anderen sein können, denn dadurch wurde mein Erbe geschmälert. Darüber dache ich aber nicht nach; es war dein gutes Recht. Nur wenn Geld an Pantita gegangen wäre, die es sicher nur verspielt hätte, wäre ich betroffen gewesen.

Andrerseits habe ich aber auch das Gefühl von Wahllosigkeit, Beliebigkeit und auch ein wenig Verschwendung. Mir fehlt bezogen auf Pantitas Familie ein Konzept für deine Wohltaten: Bei Lucho war das Geld hinausgeworfen, er hat dich einfach ausgenutzt. Bei Hänschen war vielleicht nicht absehbar, dass ihm nicht zu helfen war, oder dass es dich zu teuer gekommen wäre. Ob die kurze Zeit in Deutschland für ihn überhaupt positiv oder vielleicht sogar negativ zu seiner Entwicklung beigetragen hat, kann ich nicht beurteilen.

173

Dein Versuch ist jedenfalls gescheitert. Und der Versuch, Pantita als neue Partnerin für dich zu etablieren, war ein völliger Fehlschlag. Wenn sie nicht gekommen wäre, hättest du vermutlich noch eine andere Frau gefunden. Aber Pantita hat deine Kräfte und dein Geld gebunden. Ich glaube du hast recht, sie war der größte Fehler deines Lebens. Du hast ihn teuer bezahlt.

Trotz allem, was ich dir bislang geschrieben habe, rechne ich es dir hoch an, dass du sie nicht im Stich gelassen hast. Du hättest dich von ihr trennen und mit einer monatlichen Grundversorgung nach Lima zurückschicken können. Vielleicht hat euch doch mehr verbunden, als man sehen konnte. Bei ihr und ihren Familienmitgliedern konntest du dich groß und stark fühlen, zumindest finanziell. Ich nehme an, das brauchtest du für dein Ego. Anders kann ich mir die vielen Fehler nicht erklären. Ja, du hast wohl unter Minderwertigkeitskomplexen gelitten. Mama übrigens auch, aber ganz anders: bei ihr waren es die noblen Familien, aus „feiner" Gesellschaft, die ihr Vorbild waren. Du hast dich an so etwas gar nicht erst herangewagt."

Ich fühlte mit meinem Vater, bedauerte ihn, fand ihn aber gleichzeitig schwach und unvernünftig. Ich besuchte ihn gerne und oft. Manchmal versuchte ich zu vermitteln, denn ich hatte Pantita anfangs gemocht und konnte ihre Haltung von Hoffnungslosigkeit verstehen. Auch konnte ich meinem Vater im Gegenzug von meinen Kümmernissen erzählen. Er war immer voller Verständnis und ganz auf meiner Seite. Er genoss die Zeit mit mir ebenso wie ich. Für mich war die Tatsache, dass es meinen Vater in der Oldenburger Wohnung gab, wie ein Anker - eine Zuflucht, auf die ich im Notfall zurückgreifen könnte. Und ich war für ihn die Vertraute, mit der er die vielfältigen Probleme, die er mit Pantita und ihren Söhnen erlebte, teilen konnte.

Meine Ansichten hatten jedoch wenig Einfluss auf ihn. Seine Gutmütigkeit oder vielleicht auch „Naivität" waren stärker.

Der Vater als Opa unserer Kinder

Unsere beiden Kinder waren spät gekommen. Sie gaben unserer Ehe eine neue Ausrichtung. Alles war anders; die kleinen Kinder, das eigene Haus mit der finanziellen Belastung, beide Elternteile berufstätig und die plötzliche Einschränkung der lange gepflegten Freiheit. Es war die größte Herausforderung, die unsere Beziehung zu überstehen hatte, und sie gelang. Ich wollte weiter berufstätig bleiben, das entsprach dem Wunsch meines Mannes nach Unabhängigkeit, den ich akzeptierte. Zu meiner Arbeit gehörten auch mehrwöchige Dienstreisen. Diese Zeiten konnte unsere Tagesmutter nicht abdecken, dafür war mein Vater da. Pantita war an Krebs gestorben. Mein Vater hatte sie in den letzten Wochen aus der Klinik zu sich nach Hause geholt und fürsorglich gepflegt - ein letztes Zeichen von früherer liebevoller Verbundenheit. Er war allein und freute sich über Beschäftigung. Er kam für die Zeit meiner Abwesenheit mit einigen zusätzlichen Tagen der Überlappung. Er versorgte unsere Kinder, kümmerte sich um ihr Essen und später die Hausaufgaben. Erziehung war weniger sein Fall, das könnten die Eltern ja später nachholen, meinte er.

Die Kinder liebten ihren „Kaufopa": er unternahm mit ihnen lange Ausflüge in die Stadt und kam mit leerer Geldbörse zurück. Später wurde er klüger und nahm nur so viel DM mit, wie er wirklich entbehren konnte. Nach einer Woche mit dem Opa brauchten wir Eltern ungefähr drei Wochen, um unsere Kinder wieder an „normale" Verhältnisse zu gewöhnen, denn bei Opa war so gut wie alles erlaubt: Süßigkeiten, Fernsehen, spät zu Bett gehen.

Aber ich akzeptierte es. Die Kinder fühlten sich geborgen, ich konnte meine Arbeit tun, sah meinen Vater nach meiner Rückkehr und konnte abends mit ihm diskutieren. So konnte es geschehen, dass mein Vater und ich noch nachts um Drei die politische Situation erörterten, während mein Mann schon Stunden zuvor schlafen gegangen war.

Der Vater als Rechtfertiger

Dann kamen die Jahre, als mein Vater sich mit seiner politischen Vergangenheit auseinandersetzte, der Judenfrage, dem Nationalsozialismus. Er hatte einen Studienfreund in den USA, der ihn darauf aufmerksam gemacht hatte, was dort und in der Welt außerhalb Deutschlands über die, wie er meinte, „angebliche" Judenvernichtung unter den Nationalsozialisten verbreitet wurde. Er bezweifelte, dass es sich um Vernichtung gehandelt hatte, die Konzentrationslager seien Arbeits-Lager gewesen. Die unglaublichen Zahlen, die man in manchen Veröffentlichungen lesen konnte, seien reine Propaganda zugunsten der Juden, die an ein Schuldgewissen der Deutschen appellieren wollten, um finanzielle Unterstützung für den jungen Staat Israel zu erhalten, behauptete er. An diesen Diskussionen beteiligte sich mein Mann. Es war jedes Mal sehr gegensätzlich und sehr hitzig. Für mich war nicht nachvollziehbar, dass mein Vater über ungefähr drei Jahre diese Einstellung beibehielt, aber immer wieder von neuem mit der Diskussion begann. Er wollte uns offenbar von seiner Meinung überzeugen. Oder sich selbst? Dann, als es ihm nicht gelang, und offenbar doch so etwas wie leise Zweifel bei ihm aufkeimten, änderte er seine Meinung: Vernichtungslager habe es schon einige gegeben, aber sie seien ja nicht auf deutschem Boden gewesen, war jetzt seine Entschuldigung. Zu diesem Zeitpunkt waren mein Mann und ich des Diskutierens müde geworden. Wir gaben es auf und mieden das Thema.

Ich konnte mich des Eindrucks nicht erwehren, dass mein Vater von Gewissensbissen geplagt war und versuchte, sich für früheres Verhalten zu rechtfertigen. Er hatte einmal erwähnt, dass ein netter Nachbar, der Jude war, urplötzlich über Nacht verschwunden gewesen sei. Niemand wusste, was mit ihm geschehen war - und offenbar hatte auch niemand weiter nachgeforscht. Ob es dieser oder andere Vorfälle waren, die meinen Vater in höherem Alter an seiner Haltung als Mitläufer beim Nationalsozialismus zweifeln ließen, kann ich nur vermuten. Mein Vater selbst hatte durch den Krieg eher Nutzen gehabt: Der Flugzeugabsturz, dem er ein verkürztes Bein und folglich Wehruntauglichkeit verdankte, bescherte ihm eine solide Abfindung. Davon konnte er das ihm zuvor unmögliche Ingenieursstudium finanzieren, das ihn zu dem machte, was er später darstellte - einen Fachhochschulprofessor. Einem solchem System zollte er Dankbarkeit, ein solches System versuchte er zu rechtfertigen. Das Rechtfertigen war ohnehin eine große Stärke - oder Schwäche - von ihm.

Der ältere Vater - der Demente

Mein Vater blieb bis ins hohe Alter aktiv und ausgefüllt. Mit 65 Jahren wurde er pensioniert. Danach beschäftigte er sich mit Prüfaufträgen, Briefmarken und Münzen. Seine Lizenz als Prüfingenieur gab er erst mit 75 Jahren zurück. Fünfzehn Jahre lang war er Vorsitzender des Oldenburger Münzvereins und zu seinem neunzigsten Geburtstag kamen die beiden neuen Vorsitzenden mit einem Riesenblumenstrauß in seine Wohnung, um ihm die Urkunde zum Ehrenvorsitzenden zu überreichen. Mein

Vater verstand schon nicht mehr, worum es ging, so dass der Ausdruck der Freude und Dankbarkeit für diese Ehrung von meiner Seite kommen musste. Seine Demenz hatte schleichend begonnen und blieb lange Zeit unbemerkt. Mit achtzig Jahren organisierte er noch seine Geburtstagsfeier für die erweiterte Familie mit Hotelübernachtung und hielt eine zündende Rede. Mit 85 Jahren kaufte er sich ein neues Auto, einen VW Polo, obwohl ich ihm abriet. Ich fühlte mich bereits sehr unsicher, wenn ich bei ihm mitfahren sollte. Gelegentlich irrte er sich in den Straßen und bog rechts anstatt links ab. Außerdem fuhr er gerne sehr schnittig um die Kurven und nahm dabei häufig den Bordstein mit. Ein Jahr später untersagte ich meinen Kindern, sich vom Opa fahren zu lassen. Ich überlegte sogar, ob ich der Polizei einen Wink geben sollte, dass meinem Vater der Führerschein abgenommen werden müsste. Dann fiel mir eine bessere Lösung ein. Ich überredete ihn, unserer Tochter das Auto zur Volljährigkeit und bestandenen Führerscheinprüfung zu schenken. Er bedauerte es sehr, denn damit war für ihn sein letztes Stück Freiheit und Schnelligkeit dahin, aber er willigte ein. Die Erleichterung, dass er jetzt niemandem mehr mit seinem Fahrstil schaden konnte, überwog mein schlechtes Gewissen.

Da er wegen seiner Beinverletzung nur noch schlecht laufen konnte, stieg er aufs Fahrrad um. Mit 87 Jahren hatte er den entscheidenden Fahrradunfall: er benutzte zum Abzweigen einen Fußgängerüberweg ohne seine Richtungsänderung anzuzeigen und stieß mit einem Kleinlaster zusammen. Der komplizierte Beinbruch musste zweimal operiert werden und die dafür notwendigen Vollnarkosen lösten einen Schub von Verwirrtheit aus, der anschließend nur geringfügig zurückging und danach stetig zunahm. Neun Monate lang war er auf 24 Stunden pflegerische Betreuung angewiesen, da er das gebrochene Bein überhaupt nicht belasten durfte, eine Tatsache, die er immer wieder vergaß. Ich bekam die amtliche Betreuung zugesprochen und war für alle seine Angelegenheiten verantwortlich. Es folgte eine schwierige Zeit bei ihm zu Hause in Oldenburg. Er wollte weiter seine Kontoauszüge kontrollieren und Überweisungen ausführen und bestand darauf, dass ich es ihm erklären sollte. Er war gewohnt, durch Nachforschungen sich auch schwierige Sachverhalte anzueignen. Plötzlich verstand er es nicht mehr. Zunächst meinte er, es läge an mangelhafter Erklärung meinerseits. Ich gab mir alle erdenkliche Mühe, immer in der Hoffnung, ihn doch noch zu erreichen. Nach einiger Zeit gewöhnte ich mir an, die Überweisungen zu tätigen, wenn er nicht dabei war.

Bei Spaziergängen mit dem Rollator hörte er nicht auf meine Warnungen, sondern lief einfach über die Straße. Mein ganzes Leben lang hatte ich ihn mit rationalen Argumenten überzeugen können. Jetzt waren sie fruchtlos. Bei unserm letzten gemeinsamen Urlaub auf Mallorca verzweifelte ich, als er eine volle Stunde lang darauf beharrte, zum Bahnhof zu fahren, um die Fahrkarten für die Rückreise zu kaufen. Ich zeigte ihm die Insellage auf einer Landkarte und die Flugtickets. Es half nichts. Meine Nerven versagten und ich schrie ihn an. Danach - entsetzt über mich selbst - brach ich in Tränen aus. Da saßen wir, ich in Tränen aufgelöst und mein Vater daneben merkte nur, dass seine Tochter traurig war. Er versuchte mich zu trösten, strich mir übers Haar: „Das ist doch alles nicht so schlimm".

Ich organisierte drei Pflegerinnen, die sich abwechselten, damit mein Vater in seiner Oldenburger Wohnung bleiben konnte. Ein bis zweimal im Monat besuchte ich ihn, um nach dem Rechten zu schauen. Diese Situation dauerte fünf Jahre lang an, sehr anstrengend für alle Beteiligten. Ich lernte erst mit der

Zeit, dass es sinnlos ist, mit einem Demenzkranken rational zu argumentieren, man nur an seine Gefühle appellieren kann. Für mich bedeutete dies, dass ich meinen Vater verloren hatte.

Dann passierte es zweimal, dass er sich nachts in Oldenburg selbständig machte und die Wohnung verließ. Einmal machte er einen Ausflug in die Stadt und schaffte sogar den Rückweg. An der Haustür brach er zusammen. Die Pflegerin erlitt einen Nervenzusammenbruch. Dies war der Zeitpunkt, an dem ich erkannte, dass ich die Situation in dieser Weise nicht mehr aufrechterhalten konnte. Jedes Mal, wenn bei uns zu Hause das Telefon klingelte, zitterte ich vor Furcht, es könnte wieder etwas passiert sein.

Innerhalb von einer Woche fand ich einen Platz in einem Pflegeheim in unserer Nähe. Vermutlich war ich trauriger als mein Vater selbst. 50 Jahre lang war die Starklofstraße sein zu Hause gewesen. Jetzt ein Pflegeheim mit lauter Menschen, die ähnlich gebrechlich waren wie er. Er gewöhnte sich nicht mehr an die neue Umgebung. Aber er war gutwillig und freundlich. Wenn eine Pflegerin ihn liebevoll ansprach, ging er auf alles ein. Ab und zu wanderte er zwischen den Zimmern und legte sich auch schon einmal in ein fremdes Bett. Selbst der Schreibtisch, den ich wie in der Starklofstraße direkt vor dem Fenster platziert hatte, lud ihn nicht zu seinen früher so geliebten Tätigkeiten ein.

Wenn ich meinen Vater besuchte, war ich im Zwiespalt zweier Gefühle: einerseits saß er vor mir, lächelte mich an, sein Gesicht war vertraut - das war mein Vater. Andrerseits konnte ich nicht mit ihm reden wie ich es gewohnt war. Mein intellektueller Vater war bereits gestorben - ein Tod auf Raten. Wer da saß, war wie ein Kind, das sich freute, wenn ich die Löwenmäulchen für ihn den Blumenrachen aufsperren ließ und das den freien

Blick auf das ferne Frankfurt für den Blick auf das Meer hielt. Es tat mir unendlich weh. Als er nach anderthalb Jahren starb, hatte er mich schon nicht mehr erkannt. Nur seinen Enkel Robert, den über mich erlangten männlichen Nachfolger, konnte er noch identifizieren. Sein Tod war trotz des Schmerzes eine Erleichterung. Er durfte endlich zu sich selbst zurückkehren.

Der Vater - nach seinem Tode

Lange Jahre hatte ich meinen Vater vergöttert: der Kluge, bestens Informierte, mit dem man sich hervorragend unterhalten konnte, der Humorvolle, Lachende. Der, um den mich meine Klassenkameradinnen beneideten, weil er so gut aussah und charmant war. An der Fachhochschule hatte er den Spitznamen „Bubi" erhalten, vermutlich nicht nur, weil er der jüngste Dozent war, sondern auch der Lebendigste. Ihm gefiel sein Spitzname. Er war für mich ein Vorbild: klug wollte ich sein und rational argumentieren können. Mein Interesse für Naturwissenschaften war vermutlich nur zum Teil auf Veranlagung zurückzuführen. Wichtiger war die Annahme, ein in dieser Beziehung außergewöhnliches Mädchen zu sein, die mir mein Vater vermittelte, und die ich erfüllen wollte.

Erst als ich begann, über meine Mutter nachzudenken, die ganz anders gewesen war, die versuchte, mich positiv zu prägen, zu beeinflussen, mir zu sagen, was richtig und was falsch war - eine Mutter, gegen die man sich eigentlich nur auflehnen konnte - begann ich, beide anders zu sehen. Die Auflehnung war mir zu Lebzeiten meiner Mutter nicht geglückt. Einmal weil sie einen sehr starken Willen hatte, zum anderen, weil sie herzkrank war und man sie nicht aufregen durfte, um ihr nicht körperlich zu schaden. Ich wusste, dass sie es gut mit mir meinte, mich auf ihre

Weise innig liebte. Diese Liebe gab ich ihr durch Rücksichtnahme zurück. Aber den nötigen Freiraum für Erfahrungen und Entwicklung fand ich erst nach ihrem Tod. Über einige Jahrzehnte entwickelte ich deshalb Ärger auf sie und erhöhte meinen Vater immer mehr. Erst als ich mit diesem Ärger abschließen konnte und begann, sie in ihrer ganzen Person verstehen zu wollen, nicht nur in ihrer Rolle als meine Mutter, veränderte sich auch das Bild von meinem Vater.

Heute sehe ich meine Mutter als die Willensstarke, menschlich Kluge. Meinen Vater als liebenswert und schwach. Sie ergänzten sich. Sie gab ihm Halt und Orientierung. Er war gutmütig, besonders in Geldangelegenheiten, aber klug genug, meiner Mutter die Verwaltung der Finanzen zu überlassen. Sicher wusste oder ahnte sie von seinen Seitensprüngen, bekämpfte sie, damit sie nicht überhandnahmen. Aber letztlich lebte sie damit und akzeptierte ihn.

Der Brief dazu:

„Ja, Mama und du ihr habt zusammen gepasst: Du der Intellekt und die Schwäche, die Mama die Kraft und Unbeirrtheit im „Richtigen". Ihr hättet es noch weit zusammen bringen können, wenn sie nicht gestorben wäre: auch den Bau eines Hauses und das Pflanzen eines Baumes, welche du für die Aufgaben eines Mannes hieltest, hättest du mit ihr zusammen mit den drei Bausparverträgen geschafft. Für die Zeugung eines Sohnes war es mit ihr zu spät. Dafür habe ich, deine Tochter, dir dann Robert geschenkt, der für dich immer eine ganz besondere Bedeutung hatte."

Mit meiner Mutter hatte mein Vater seinen Kompass verloren. Die Pläne für einen Hausbau nach der Rückkehr aus Lateinamerika konnte er ohne sie nicht realisieren. Er litt darunter, dass er seine Dozentenkollegen immer in ihren schönen Häusern besuchen musste, er selbst es dazu aber nicht gebracht hatte.

„Nach Mamas Tod hast du die Baupläne einfach aufgegeben. Du hast mir die Bausparverträge übertragen oder angeboten und hast dich für den Rest deines Lebens in der Starklofstraße eingerichtet. Dort hast du ja wirklich 50 Jahre lang gelebt! Im Vergleich zu Deinen Fachhochschulkollegen war das popelig: drei Zimmer auf 65 Quadratmeter, sozialer Wohnungsbau der Nachkriegszeit. Ohne Mama hattest du nicht den Schwung etwas zu verändern."

Mit Pantita nahmen seine sozialen Kontakte ab. Mein Vater gab sich bescheiden und klagte nur über Pantita, nicht aber über die Isolation. Vielleicht war ich ein wenig Ersatz für meine Mutter, allerdings mit geringem Einfluss. Ich hätte ihm eine andere Zweitehe gewünscht.

So bleibt für mich im Andenken an meinen Vater die Wärme und das Lachen, die er mir als Kind schenkte, die Faszination für seinen wachen und stets lebendigen Geist, bevor er dement wurde, der Stolz darauf, dass er mit meiner Mutter die für ihn richtige Partnerin wählte, das Entsetzen darüber, wie er mit Pantita sein Leben beschränkte und die Bewunderung darüber, wie er dies geduldig, gutmütig und würdevoll ertrug.

„Ich habe dich immer sehr bewundert, fast vergöttert. Ich habe dich für sehr intelligent und charmant gehalten. Sehr aufgeschlossen allem Neuen und allen Menschen gegenüber.

Wir hatten immer ein wunderbares Verhältnis, weil du nicht versucht hast, mich zu erziehen. Ich konnte mich uneingeschränkt geborgen fühlen bei dir, nie bewertet, nie verdammt, dass mein Verhalten nicht richtig sei. Solche Kategorien waren für dich unbedeutend. Das ist sicher ein Grund, warum ich dir so verbunden sein konnte: Du akzeptiertest mich so, wie ich war.

Ich konnte auch als erwachsene Frau mit Mann und Kindern immer noch zu dir kommen und mich bei dir ausweinen. Und die vielen herrlichen Diskussionen, die wir bis spät in die Nacht führten! Du warst mein bester Freund und Ronald zu Recht etwas eifersüchtig. Er musste sich immer an dir messen lassen. Eine logische Diskussion sollte so sein, wie die, die ich mit dir geführt habe!!

Irgendwie warst du verloren, als Mama gestorben ist: Du warst einsam, hast dir die falsche Frau geholt, hast viel Geld in ihre Familie gesteckt (Hänschen, Lucho, Pantitas Spielsucht). Der Sockel, auf den ich dich gestellt hatte, wird doch um einiges kleiner.

Ja, ich verherrliche dich noch immer. Gleichzeitig sehe ich aber auch die Schwächen, die du hattest. Du warst immer liebenswert für mich, vielleicht auch gerade durch den fehlenden Anspruch auf Vollkommenheit!

Aber jetzt wird es Zeit, dass ich mich Mama zuwende.

Morgen oder übermorgen werde ich mich an das Grab setzen. Ich hoffe sie zu finden, denn ich habe nun einiges mit dir und Pantita geklärt. Der Weg zu Mama sollte jetzt leichter sein."

Brief an Pantita

„Liebe Pantita,

Ich habe dich gemocht. Nicht so wie meine Mutter. Aber ich fand dich nett und ich konnte verstehen, warum du in Deutschland bleiben wolltest. Ich glaube auch, dass du meinen Vater wirklich gern gehabt hast. Ob es Liebe war, kann ich nicht beurteilen. Aber ich verstehe, dass er eine große Chance für dich war. Und in der Zeit in Peru konntest du ihm auch viel geben. Wie er einmal sagte, warst du für ihn der Schlüssel zur peruanischen Kultur und zur spanischen Sprache. Du hast ihm das Einleben in Lima erleichtert. Wahrscheinlich hattet ihr eine sehr schöne Zeit. Bis zu dem Zeitpunkt, als meine Mutter dann nach Lima nachkam. Papa sagte, er habe dann den Kontakt zu dir abgebrochen. Ich glaube ihm das auch. Aber das muss für dich schrecklich gewesen sein. Vielleicht hast du dich benutzt gefühlt und verraten. Aus meiner Sicht war es auch so. In meiner Gefühlswelt könnte man den Kontakt nicht einfach abbrechen, wenn man jemanden liebt, nur weil die Umstände nicht mehr günstig sind. Mein Vater hat dir damals sehr deutlich gezeigt, dass du zweitrangig bist nach meiner Mutter.
   Wie es dir in der Zeit, als sie dann in Lima war und mein Vater - wie er sagte - keinen Kontakt zu dir hatte gegangen ist, weiß ich nicht. Sicher war es nicht leicht. Ob du wohl versucht hast, neue Bekanntschaften zu knüpfen? Oder hast du gehofft und gewartet? In deiner Situation hattest du ja keine große Wahl. Und deine letzte lange Beziehung zu dem Deutschen, aus der Hänschen entstanden ist, ging dir sicher auch noch nach. Hast du die Deutschen für irgendwie zuverlässiger gehalten als andere Nationalitäten? War das ein Grund, warum du an meinem Vater hingst?
   Ich weiß nicht einmal, wie du damals dein Leben finanziert hast. Nach meiner einmaligen Erfahrung, als ich mir von dir die Haare

185

schneiden ließ, glaube ich nicht, dass du als Friseuse sehr erfolgreich warst. Vielleicht hast du bei mir auch nur deshalb so lange gebraucht, weil du es besonders gut machen wolltest. Aber für mich war es quälend und ich habe dich nie wieder gefragt. Hänschen musstest du ja versorgen, obwohl ihr bei deiner Mutter gelebt habt. Sie hatte wohl etwas Geld. Vielleicht hat sie auch dich unterstützt. War es für dich sehr schmerzhaft, dass dein Ältester verschollen war und du nicht wusstest, was aus ihm geworden ist? Und was machten Lucho und Pepe zu der Zeit in Lima? Sie müssen ja damals Twens gewesen sein. So unterschiedlich die beiden - allein schon im Aussehen. Das lag wohl auch an den verschiedenen Vätern. Heute würde ich gerne wissen, ob du noch irgendwie Kontakt zu diesen Vätern hattest. Oder sind sie nach einer einmaligen Affäre auf und davon? Zu deinen Lebzeiten waren mir solche Fragen zu persönlich. Ich befürchtete auch, sie wären für dich zu schmerzlich. Heute merke ich, dass ich ein Bild von dir habe und mir eigentlich die Fakten dafür fehlen. Bitte verzeih mir, wenn ich dir Unrecht tue mit meinen Annahmen. Ich habe immer gedacht, dass du aus einfachen Verhältnissen stammst, ohne Vater aufgewachsen bist. Ein junge Frau halt, wie es in Peru viele gibt, die ihre Hoffnung darauf setzen, einmal den Richtigen zu finden, der zu ihr steht, sie nicht allein lässt, wenn sie schwanger wird, und der sie versorgt. Dabei war Heirat vielleicht gar nicht so wichtig, eher das i-Tüpfelchen von dem Traum.

Eigentlich hat Papa dir das ja gegeben, von außen betrachtet: Er hat dich nach Deutschland geholt, nacheinander drei deiner Söhne auch noch. Lucho bekam fast fünfzehn Jahre lang eine Chance in Deutschland mit seiner finanziellen Unterstützung. Hänschen wollte er eine Zukunft in Deutschland ermöglichen, ihn zu einem Deutschen machen. Als Papa eine Grenze zog, war ich froh für ihn. Aber für dich muss es schrecklich gewesen sein: einen Menschen aufgeben, weil er krank war und ihn deiner Mutter aufbürden. Du hast nie zu mir etwas darüber gesagt. Was hättest du auch sagen können? Du selbst konntest Hänschen nicht helfen. Hänschen war nicht von meinem Vater. Vermutlich warst du froh, dass du selbst gesichert warst durch meinen Vater. Für das Schicksal deiner Angehörigen konntest du selbst kaum etwas tun.

Ich spüre gerade etwas wie Zorn auf dich! Verzeih, dass ich es erwähne. Doch ich möchte reinen Tisch machen. Offenbar konntest du dir nichts anderes vorstellen, als Sicherheit durch einen Mann zu gewinnen. Wie abweichend von meiner Vorstellungswelt. Eigentlich kenne ich dich gar nicht. Warst du wirklich so spontan lebend, ohne Vorsicht in den Liebschaften? Und auch egoistisch, dass du zuerst an dich gedacht hast? Aber du hast auch für deine Söhne gesorgt: Du hast von ihnen zu meinem Vater gesprochen und offenbar so lange geredet, bis mein Vater Verantwortung übernahm. Doch es war wohl ein Luxus, den du dir erst erlauben konntest, als du selbst abgesichert warst. Das ist natürlich.

Doch stimmt denn das? Du hast doch viele Jahre in Bremen gearbeitet und deinen Lebensunterhalt und Miete selbst verdient. Vielleicht hast du da auch etwas für Hänschen und Lucho beigesteuert. Ich weiß es nicht. Erst, als du deine letzte Stelle verlorst wegen deiner Krankheit, warst du voll von Papa abhängig. Er musste dich heiraten, wenn er deinen weiteren Aufenthalt in Deutschland sichern wollte. Und er hat es getan. Wenn ich euch besuchen kam, habe ich eigentlich keine Dankbarkeit bei dir gespürt, auch kein Verständnis. Nur Klagen. Die konnte ich zum Teil auch verstehen. Mein Vater nahm dich nie Ernst in finanziellen Angelegenheiten. Mit meiner Mutter hatte er geteilt und alles besprochen. Dir wies er einen bestimmten Betrag zu. In den Rest hattest du keinen Einblick. Er behandelte dich nicht wie eine Partnerin.

Meinen Vater konnte ich auch verstehen: er meinte, du könntest nicht mit Geld umgehen. Du hast es ja auch eine Zeitlang ins Casino getragen und verspielt, bis er die Casinos benachrichtigte, er würde für deine Spielschulden nicht mehr aufkommen. Ich denke, das war Notwehr. Sonst hättest du euch beide ruiniert. Für dich habe ich immer angenommen, dass du aus Verzweiflung gespielt hast: ein Mann, der dich nicht achtete, ein Land in dem du die

Sprache nicht richtig konntest, weil du kein wirkliches Interesse hattest, sie zu lernen, kein Kontakt mit deinesgleichen, einfach fremd. Als du dann unter dem Medikamenteneinfluss auch noch dick wurdest, war da sicher auch mit dem Sex nichts mehr, dem Anreiz, der vermutlich in Lima zu eurer Bekanntschaft führte. Und so wurde eure Beziehung immer mehr zum Teufelskreis: mein Vater keine Achtung vor dir und du achtlos, weil ungeliebt.

Nur einmal habe ich gemerkt, dass du auf Papa Rücksicht nahmst und wohl auch Dankbarkeit empfandest. Das war in der letzten Woche, als du mit deinem Krebs in der Starklofstraße von Papa gepflegt wurdest. Ich hatte ihn gewarnt, dass es für ihn zu viel werden würde und er nach einer Pflegeoption suchen sollte. Aber er wollte es selber tun. Vielleicht wollte er etwas gut machen oder dir zeigen, was er für dich dann oder früher einmal empfunden hatte. Ich rechne es ihm hoch an. Ich war bei euch. Papa war erschöpft eingeschlafen und ich war noch wach. Du hattest dahin gedämmert. Du wurdest wach und riefst nach ihm. Ich konnte dir nicht helfen und fragte, ob ich Papa wecken sollte, er schliefe. Du sagtest nein, es sei schon gut. Das hat mich sehr berührt. Ich merkte, dass du dich in ihn einfühltest und ihn schonen wolltest.

Was euch beide wirklich verbunden und getrennt hat, werde ich nie wirklich wissen. Ich denke, für dich war mein Vater eine große Chance und es war ganz normal, dass du sie genutzt hast. Für meinen Vater war es wohl auch recht normal, sich in Lima einen Kontakt zu suchen. Ich finde es nicht toll von ihm - er ist mein Vater und er hat meine Mutter wohl häufiger betrogen. Offenbar hatte er seine eigene Vorstellung von Liebe und Treue. Die hat er umgesetzt, als er nach Lima kam. Und als meine Mutter nachkam und er dich allein ließ. Und als meine Mutter in Lima starb und er dich wieder kontaktierte. Eigentlich ein sehr schwaches Bild charakterlich und doch nachvollziehbar. Und für dich war es die Chance. Beim ersten Mal. Noch mehr beim zweiten Mal, als er den Kontakt wieder aufnahm. Und erst recht, als er dich nach seiner Rückkehr nach Oldenburg zu „einem Besuch" einlud. Jedem in seiner engeren Umgebung war klar, dass du hier bleiben wollen würdest. Das sah er aber erst ein, als es zu spät war. Ihr habt beide unter der Situation gelitten. Miteinander gerungen. Euch gegenseitig bestraft. Für mich habt ihr euch versöhnt dadurch, dass mein Vater dich die letzte Woche pflegte und du ihn schlafen ließest.

Es ist wohl gut so, wie es gekommen ist. Vor allem für dich. Wärst du in Lima geblieben, wäre es dir vielleicht viel schlechter gegangen. Vielleicht hättest du einen Mann gefunden, der dich besser versorgt hätte. Doch ich denke, dafür waren die Aussichten gering. Alles in allem hast du, denke ich, mit meinem gutmütigen Vater Glück gehabt. Und dafür, was er dir nicht gerecht getan hat, hast du ihn büßen lassen. Es ist also gut so.

Da ist aber noch eine andere Sache, der Hauptgrund, warum ich dir schreibe. Papa hat dich im Grab meiner Mutter beerdigen lassen. Da liegt ihr nun zusammen. Und ich habe immer das Gefühl, als seiest du im Weg, wenn ich an das Grab trete und ich mit meiner Mutter sprechen will. Du kannst nichts dafür, es war nicht deine Entscheidung. Doch woher kommt das Gefühl? Hast du meiner Mutter etwas weggenommen? Mit dem Sex hatte meine Mutter wohl ihre eigenen Vorstellungen. Den konntest du in Lima meinem Vater vermutlich besser geben. Aber er hat zu ihr gestanden, als sie nachkam, und dich aufgegeben. Ist es vielleicht Neid auf dich, den ich stellvertretend für meine Mutter empfinde? Auch dafür kannst du nichts. Dass du auf einem Gebiet besser zu ihm gepasst hast als sie, dass der Sockel, auf den sie sich selber stellen wollte und auf dem ich versuche, sie zu sehen, nicht ganz gerechtfertigt ist? Ja, vielleicht ist es das: Du stellst das Bild von meiner Mutter in Frage! Und das ohne dass du es beabsichtigt hast.

Jetzt merke ich eine Spur von Dankbarkeit dir gegenüber: Du hast meinem Vater etwas gegeben, was er bei meiner Mutter nicht bekam. In gewisser Weise hast du sie ergänzt. Jetzt kann ich mir zum ersten Mal eine gewisse Logik darin vorstellen, dass mein Vater dich im Grab meiner Mutter beisetzen ließ. Ich zweifle, dass ihm der Grund ganz bewusst war.

189

Nun wird mir auch die Logik meiner Entscheidung bewusst, als ich meinen Vater zu euch beiden legen ließ. Bislang gab ich immer als Grund an, dass mein Vater nach Oldenburg gehört und dass es das Grab dort schon gibt. Jetzt wird mir klar, dass mein Vater zu euch beiden gehört. Zu meiner Mutter mit ihrer geraden Art und ethisch hoch stehenden Vorstellungen. Und zu dir, mit den Empfindungen für die Höhen und Tiefen des Lebens, deiner Lebenslust und deiner Sexualität.

Ich danke dir für deine Geduld, diese Ausführungen über dich ergehen zu lassen. Jetzt kann ich dich leichter dort ruhen sehen. Und ich kann jetzt besser mit meiner Mutter sprechen. Danke."

Das Vermächtnis

"Du musst ja ein sehr inniges Verhältnis zu deiner Mutter gehabt haben", meinte die Freundin, nachdem ich meine Geschichte zu Ende vorgelesen hatte. Die Geschichte handelte von einem Brief, den ich vor zwei Jahren in der Hinterlassenschaft meiner verstorbenen Mutter gefunden hatte. Darin hatte ich meiner Mutter von den Beziehungsproblemen mit meinem langjährigen Jugendfreund Möckel berichtet. Bei der erneuten Lektüre des Briefes, den ich vor einem halben Jahrhundert von meinem Studienort Saarbrücken an meine ferne Mutter in Chile geschrieben hatte, war ich nicht etwa darüber erstaunt gewesen, dass ich meiner Mutter derart persönliche, ja intime Gedanken mitteilte, sondern darüber, dass ich offenbar über die Jahrzehnte verdrängt hatte, dass Möckel damals mehr als eine Freundschaft gewollt und auf die Klärung der Beziehung gedrängt hatte.

Erst als die Freundin diesen Kommentar abgab, stutzte ich. Ich sollte eine sehr vertraute Beziehung zu meiner Mutter gehabt haben? Konnte das sein? Ich überlegte, ob ich wohl von etwas derart Privatem wie einer Beziehungskrise an die Frau geschrieben hätte, deren Bild als Mutter ich jetzt spontan in Erinnerung hatte.

Eine Mutter, die verstorben war, als ich erst 25 Jahre alt war. Die mich allein ließ bei meinem Studium in Deutschland, die ja ohnehin viel zu weit entfernt in Peru gewesen war und außer mit Briefen mir nicht beistehen konnte. Mein Vater hatte sich zu Lebzeiten meiner Mutter ohnehin selten in mein Wohlergehen eingemischt.

Einige Monate vor ihrem unerwarteten Tod war meine Mutter aus Peru zu Besuch gekommen und verbrachte einige Wochen Urlaub mit mir zusammen. Der Urlaub in Portugal war für mich schwierig gewesen. Sie hatte sich nämlich die Aufgabe gestellt, mich von der Verlobung mit dem Studienkameraden abzubringen, von dem ich ihr sehr negativ nach meiner Schwangerschaft erzählt hatte, ohne ihr jedoch den Grund zu nennen, und zu dem ich dann für sie unverständlicherweise wieder zurückgefunden hatte. Ihre wiederkehrenden Versuche waren für mich lästig und bestärkten mich eher im Gegenteil. Darüber hinaus fühlte ich mich zu jung, um drei Wochen allein mit meiner Mutter zu reisen und - wie ich es empfand - in den Speisesälen der Hotels mitleidig angeschaut zu werden. So war ich einerseits froh, als die Zeit vorbei war und ich meine Mutter auf den Flughafen bringen konnte. Auf der anderen Seite war bei diesem Abschied etwas Unausgesprochenes, Schweres und sehr Tiefgehendes geschehen, das ich nicht näher greifen konnte. Das Bild meiner Mutter, die auf der Rolltreppe nach oben fuhr, während ich von unten zum Abschied winkte, und die dann verschwand, hatte sich mir tief eingeprägt. Ich hatte mich elend, fast krank gefühlt, nicht gewusst, was mir fehlte, denn ich hatte keine Zeichen einer körperlichen Erkrankung. Noch am folgenden Tag war ich nicht in der Lage gewesen mich zu konzentrieren und das schmerzhafte Bild der entschwindenden Mutter ab zu schütteln. Dieses Bild ist mir bis heute geblieben.

Monate später, als mich der Studienalltag schon längst wieder eingeholt hatte, klingelte es am Samstagmorgen um neun Uhr in meinem Studentenzimmer im Wohnheim. Ein solches Klingeln war ungewöhnlich: Freunde klingelten nicht, sondern nahmen den Fahrstuhl in den elften Stock, kamen hoch und klopften an die Tür. Um diese Zeit erwartete ich keinen Besuch. Ich war verschlafen, vermutete einen Irrtum und beschloss - wenn überhaupt - mich später darum kümmern. Erst mittags auf dem Weg in die Stadt, schaute ich beiläufig an meinem Briefkasten vorbei, in dem nur sehr selten - vielleicht alle ein bis zwei Wochen - ein blauer Luftpostbrief meiner Eltern lag. Heute war es ein bräunlich grauer Umschlag. Ein Telegramm. Schlagartig fiel mir der Traum der vorherigen Nacht ein: Ich mit meiner Mutter auf einer ländlichen Straße. Meine Mutter hatte im Straßengraben gelegen, im Sterben. Ich hatte versucht, sie herauszuziehen, was mir aber nicht gelungen war. Ich war schweißgebadet aufgewacht und so aufgerüttelt gewesen, dass ich am kommenden Tagen jedem, den ich näher kannte, von dem Traum erzählen musste, um die Bilder zu bewältigen.

Als ich das Telegramm sah, wurde ich ganz ruhig. Dann las ich: „Mama gestern Nacht verstorben. Ankunft mit ihrem Sarg Montag 13:05 Uhr Flughafen Bremen. Überführung zur Einäscherung nach Oldenburg. Erbitte Abholung. Dein Papa".

Das Telegramm war ein Schock. Zwar hatte meine Mutter Herzprobleme gehabt, aber sie hätte bei regelmäßiger Einnahme ihrer Medikamente noch lange leben können. In zwei Tagen würde mein Vater mit dem Sarg in Bremen eintreffen - meine Mutter hatte eine Feuerbestattung gewollt, die in Peru nicht erlaubt war, das wusste ich. Und ich sollte beide am Flughafen abholen.

An die zwei Tage zwischen dem Lesen des Telegrams und dem Treffen mit meinem Vater und der Mutter im Sarg auf dem Flughafen kann ich mich nicht erinnern. Dafür aber sehr genau an die Fahrt im Taxi von Bremen nach Oldenburg: Vorne der Fahrer, mein Vater und ich im Fond. Dahinter ein Anhänger, ein Leichenwagen mit dem Sarg, in dem meine Mutter lag. Meinem Vater war es

193

gleichgültig, ob der Fahrer uns hören konnte. Und mir auch. Ich versuchte, nur für meinen Vater da zu sein und den Anhänger mit seinem Inhalt auszublenden. Offenbar war mein Vater selbst geschockt und voller Schuld bewusstsein: er beichtete mir während dieser Taxifahrt seine früheren gelegentlichen Seitensprünge, sowie den letzten, und seine Befürchtung, dass meine Mutter etwas davon erfahren und dies zu ihrem Tod beigetragen haben könnte. Ich hörte zu, nahm alles auf, verdammte ihn nicht. Ich wollte trauern, mit meinem Vater zusammen. Ich wollte ihn dabehalten, ihn trösten. Vielleicht auch durch ihn getröstet werden. Doch er war mit sich beschäftigt. Er wollte zurück nach Peru. Ich dachte, dass Arbeit dort auf ihn wartete. Eine Woche nach der Trauerfeier und der Erledigung der notwendigsten Formalitäten flog er wieder ab. Und ich fuhr zurück zum Studium. Ich war allein. Ich wollte mir - vielleicht auch meiner Mutter - zeigen, dass ich es schaffte. Ich nahm mir vor, jetzt endlich mein Studium zu Ende zu bringen, im achten Semester wurde es langsam Zeit. Dies sollte mein Abschiedsgeschenk an sie sein: ich riss mich zusammen und beendete mein Studium angemessen nach weiteren zwei Semestern. Und ich trennte mich von dem Verlobten, der meiner Mutter so viel Sorge bereitet hatte. Währendessen war keine Zeit zum Trauern. Der Friedhof mit ihrem Grab war weit weg in Oldenburg, die elterliche Wohnung ebenso, mein Vater in Peru. Als einziges Kind fühlte ich mich verpflichtet, das Erbe meiner Mutter - ihre Ratschläge, ihre Lebensphilosophie - anzutreten. Ich steckte mir den wunderschönen Edelsteinring, den ich an ihrer Hand immer so bewundert hatte, an die eigene Hand. Das sollte ihr Vermächtnis sein. Ich trug ihn zwei Jahrzehnte lang.

Nach etwa zwanzig Jahren beschloss ich eine Therapie zu machen, um mit meiner Mutter ins Reine zu kommen. Ich hatte gemerkt, wie sehr der Ring mich einengte, welche Werte mich ständig verfolgten und wie hin- und hergerissen ich manchmal war zwischen meinen Wünschen und dem, was ich meinte, was meine Mutter für richtig halten würde. Ich nahm den Ring ab - seither ruht er wohlverwahrt zuunterst in einem Schmuckkasten. Aber die Gefühle blieben: Der Zorn, dass die Mutter mich gegängelt, meine Freundschaften in der Schulzeit verboten, mich als Au-pair-Mädchen zu einer Familie geschickt hatte, zu der ich nicht wollte. Als ich bereits einundzwanzig Jahre alt war, hatte sie mir untersagt mit einem Pärchen vom Theater auszugehen: das sei nicht der richtige Umgang für mich. Ich vermutete, dass die Aussage sich eher an meinen Vater richtete, der mit dem Pärchen Kontakt aufgebaut hatte, als meine Mutter noch nicht in Peru war. Doch wegen ihrer Herzkrankheit wagte ich nicht aufzubegehren.

Ich hatte mich nie von den Geboten meiner Mutter lösen können, nie den Kampf wirklich aufgenommen. Und dann war es zu spät. Über die Jahre wurde der Zorn immer größer, es kam ein Gefühl der ohnmächtigen Wut. Und selbst meine Erfolge im Beruf, mein gelungenes Leben mit einem Mann, der ihr gefallen hätte, zwei netten Kindern und einem eigenen Haus - viele Dinge, die sie selbst nie erreicht hatte - konnte ich ihr nicht mehr zeigen. Sie hatte sich mir einfach entzogen! Sie hatte mir keine Gelegenheit gegeben, mich vor ihr zu beweisen und in der Auseinandersetzung mit ihr zu einem eigenständigen Menschen zu werden. Ich hätte die Reibung gebraucht, die Auseinandersetzung darüber, dass nur ich selbst wissen konnte, welcher Weg für mich der richtige wäre, auch wenn ich dabei Fehler machte.

Die Therapie beschäftigte sich nur am Rande mit meiner Mutter, aber half mir weiter. Was blieb, war ein dumpfes, unklares Gefühl der Trauer und von etwas Unerledigtem. Ich lebte seither mit dem Bild meiner Mutter als einer geradlinigen Frau, die sehr darauf bedacht war, immer „das Richtige" zu tun, die ihr einziges Kind zwar geliebt, aber es zu sehr eingeengt und zu wenig Vertrauen zu ihm gehabt hatte.

Ich musste lange mit der Bemerkung der Freundin kämpfen. Über meine eigenen Gefühle meiner Mutter gegenüber, als diese noch lebte, hatte ich jahrzehntelang nicht nachgedacht. Ein „inniges Verhältnis" passte nicht zu dem Bild, das ich von ihr in meinem nun fast 70jährigen Kopf hatte. Das Bild von der Frau, von der ich vor Jahren einmal gesagt hatte, ich sei wütend auf sie, weil sie mich mit 25 Jahren allein gelassen hätte. Ich war mir der mangelnden Logik einer solchen Bemerkung durchaus bewusst: schließlich war meine Mutter nicht absichtlich gestorben, um mir all dies anzutun. Diese Einsicht änderte allerdings nichts an meinem Gefühl: ich war meiner Mutter böse, ich fühlte mich von ihr verlassen und um Entwicklungsmöglichkeiten betrogen.

Dieses Gefühl war nicht sofort nach ihrem Tod entstanden. Es hatte sich schleichend mit den Jahren entwickelt und war immer stärker geworden. Bis ich den Ring meiner Mutter von meiner Hand abzog und fortlegte. Erst mit dem Tod meines Vaters vor sieben Jahren begann ich über beide Eltern nachzudenken. Ich wünschte mir, Verständnis für ihre Persönlichkeiten zu entwickeln und sie nicht ausschließlich aus der Perspektive des Kindes, der Tochter, zu sehen. Die Bilder begannen sich zu verschieben. Vieles geriet ins Wanken. Das Bild meines Vaters, den ich bislang verherrlicht hatte, bröckelte. Das tat weh. Der Prozess stockte. Aber es kamen immer wieder Momente, in denen das Unverdaute nach oben drängte und zu mir sagte: „Mach weiter. Es ist noch nicht richtig."

Und dann dieser Kommentar! Ja, wenn ich mir die Geschichte mit dem Brief richtig überlegte, war der Kommentar einleuchtend. Ich bemerkte es an dem Druck auf der Schädeldecke, der sich beim Nachdenken aufbaute: ein Zeichen dafür, das etwas aufbrach, eine Kruste sich löste. Ich überlegte, welche Gefühle ich für meine Mutter zu ihren Lebzeiten wohl gehabt haben mochte. Ich ging in meiner Erinnerung zurück zu meiner Schulzeit. Und ich erinnerte mich plötzlich an eine ganz andere Mutter: Eine, der ich mich anvertraute, die Bescheid wusste darüber, was ich empfand. In der Gymnasialzeit gab es viele Verbote, die sich immer lichteten, wenn mein Vater nicht da war. Vielleicht galten die Verbote ja gar nicht mir - sondern meinem Vater. Meine Eltern waren wie zwei entgegen gesetzte Pole. Und ich neigte meinem Vater zu, ich wollte ja auch die Welt und die Menschen kennenlernen. Und ich verstand damals noch nicht, dass meine Mutter weniger mir die Grenzen und Gefahren aufzeigen wollte, sondern meinem Vater. Er war wohl immer recht „freizügig" gewesen. Als kleinem Mädchen von etwa sieben Jahren waren mir die monatelangen Diskussionen über eine „Frau Gleustein" aufgefallen. Was wirklich dahinter stand, begriff ich erst nach meines Vaters Beichte im Überführungstaxi für den Sarg. Meine Mutter hatte den Schein wahren und mich vor der Wahrheit schützen wollen. Und sie wollte mich vor Schwierigkeiten bewahren. Das bedeutete, mich von „gefährlichen" Freundschaften abzuhalten. Für mich als Gymnasialschülerin war das einengend und lästig. Doch empfand ich die tiefer liegende Sorge und Liebe meiner Mutter durchaus. Ich, die immer zu spät ins Bett ging, und nicht aufstehen konnte. Die Mutter, die mich jeden Morgen mehrfach weckte, zum Schluss mit der Tasse Tee und dem Frühstücksbrot ans Bett. Die Mutter, die mich fürsorglich mit einer Decke zudeckte, wenn ich von der Schule nach Hause kam und mich sofort zum Schlafen aufs Sofa warf. Etwas, das ich nicht wollte und ablehnte, aber durchaus als Zuwendung von ihrer Seite empfand. Meine Mutter, die Skat spielen lernte, um mit mir und meinem Vater schöne Familienabende zu verbringen. Die nicht auf die Zeit achtete, wenn ich und mein Vater über intellektuelle Themen oder Politik diskutierten - Themen, für die sie sich nicht interessierte oder meinte nicht mithalten zu können. Kurz: eine Mutter, die mich in allem unterstützte, außer wenn es um Angelegenheiten ging, die moralisch ihrer Ansicht nach bedenklich waren - die Mutter, die zwischen dem Vorbild als Mutter und dem Vorbild als Gattin pendeln musste. Als eine der wenigen Mütter jener Generation klärte sie mich vollständig auf und versuchte, mit mir offen über Sexualität zu sprechen. Das war einer der Punkte, die ich an ihr besonders schätzte. Und mit dem ich mich auch anderen gegenüber rühmte. Ich spürte genau, dass sie versuchte eine ebenso vollendete Erzieherin zu sein, wie sie alles andere, was sie in die Hand nahm, versuchte zur Perfektion zu bringen. Sie las Bücher über Pädagogik und befreite mich von der Hausarbeit, weil ich ja „zum Gymnasium" ging.

Die lebende Mutter war ganz anders in meiner Erinnerung als meine Erinnerung an die tote Mutter. Hatte ich mir in all den Jahrzehnten ein falsches Bild von ihr gemacht? Hatte ich meine Erinnerung verzerrt, das Negative betont, das Positive zurückgedrängt?

Hatte ich die Mutter, die sie zu meinen Lebzeiten gewesen war, vergessen, um mit dem Verlust und der nicht ausgelebten Trauer nach ihrem Tod besser zu recht zu kommen? War es nicht einfach so, dass mich meine Mutter sehr geliebt hatte und sie mir immer noch fehlte?

Ich spürte, wie meine Wut sich wandelte.

Der Ring oder Suchbild Mutter

„Sei dir selber treu und daraus folgt, so wie die Nacht dem Tage, du kannst nicht falsch sein gegen irgendwen." (Shakespeare)

Dieser Spruch in meinem Poesiealbum hat mich seit meinem achten Lebensjahr begleitet. Damals fand ich ihn einfach schön. Als meine Mutter starb, wurde er mir zum Auftrag und damit Bürde. Heute befreit er mich. Meine Mutter war eine Nationalsozialistin - eine Tatsache, die ich lange übersah. Die mich entsetzte, als ich sie mir eingestand.

Außer dem Spruch im Poesiealbum hat sie mir zwei Ringe hinterlassen, kostbare Ringe aus der Goldschmiedewerkstatt von Adolf Hitler, wie sie sagte. Sie sind zu wertvoll, um als normales Weihnachtsgeschenk für eine Haustochter gelten zu können. Haustochter war sie damals, als sie die Ringe erhielt. Viel mehr hat sie nicht von der Zeit zwischen 1930 und 1942 erzählt. Ich möchte mir ein Bild von ihr machen, es soll ein gutes sein. Nicht jenes, das ich 20 Jahre lang von ihr hatte: eine Mutter auf die ich wütend war, weil sie mich so früh verlassen hatte, die mir mit ihrem Spruch einen unerfüllbaren Auftrag hinterließ und mich mit ihrem Ring täglich daran mahnte.

Der Amethystring mit sehr hellem Stein in einer kunstvollen, aufwendigen Fassung aus Weiß- und Gelbgold ist der kostbarere. Der andere Ring ist jedoch der wichtigere, der, um den es hier geht. Der, den meine Mutter jeden Tag getragen hat. Es ist nicht so sehr das Schmuckstück, das es mir schon als Kind so angetan hatte, sondern die Einheit, die meine Mutter mit ihm bildete. Er passte zu ihrer schlanken, geraden Hand wie für sie geschaffen. Er war ein Teil von ihr, wie der Schlüssel zu ihrer Person. Ein großer grauschwarzer, matt polierter Halbedelstein in Weiß- und Rotgold schlicht gefasst. Feine, unregelmäßige Adern sprühen Funken tief aus dem Stein heraus, als ob er aufbrechen und sich mit blauen und smaragdgrünen Blitzen über die Trägerin ergießen wollte. Was war der Grund, warum meine Mutter ihn so gerne und beständig trug?

Ein Geheimnis scheint in ihm geborgen. Das Wissen darum hat sie mit ins Grab genommen. Doch es steckt noch in diesem Ring. Es blitzt mich an. Es regt meine Fantasie an.

Meine Mutter, Gretel, lebte bis zu ihrem 14ten Lebensjahr auf dem elterlichen Bauernhof in Ober-Hilbersheim in Hessen, als ihre Eltern 1927 im Abstand von sechs Monaten nacheinander verstarben.

Gretel kam mit ihrer zwei Jahre älteren Schwester nach Bubenheim zur Familie von Onkel Schorsch, seiner Frau Käthsche und ihren drei Kindern. Der elterliche Hof und die Äcker wurden verpachtet, um den Unterhalt der beiden Waisen zu finanzieren. Mit neunzehn Jahren wurde die Schwester schwanger, heiratete und zog zu ihrem Mann auf den Hof seiner Eltern.

Gretel half nach dem Ende der Volksschule bei Onkel Schorsch auf dem Hof mit. Um eigenständig zu werden, hätte sie eine formale Ausbildung gebraucht. Dafür fehlte jedoch das Geld. Ihr Erbteil steckte im elterlichen Hof, den Onkel Schorsch als beider Vormund für die Schwester bestimmt hatte. Eine Auszahlung ihres Anteils zu diesem Zeitpunkt hätte der Schwester die Lebens-grundlage entzogen. Gretel erhielt ihr karges Erbe erst 1948 kurz vor der Währungsreform und verlor es dann durch die Geldentwertung.

Nach einer kurzen Zeit bei einer Tante in Darmstadt kam Gretel im Alter von 17 Jahren nach Berlin. Sie arbeitete zunächst als „Haustochter", machte dann eine Ausbildung an einer Hauswirtschaftsschule und wurde später Hauswirtschaftsleiterin an einer Fachschule für Mädchen in Stettin und gleichzeitig Mitglied in der NS Frauenschaft. Sie lernte meinen Vater kennen und heiratete ihn. 1945 floh sie mit mir als Kleinkind vor dem Einmarsch der Russen aus Stettin in den Westen in das Auffanglager Hude in der Nähe von Bremen. Dann folgte die neun Jahre währende „Einquartierung" in Bremen-Aumund in der Nähe der Ingenieurfirma, in der mein Vater arbeitete.

Was hat meine Mutter zwischen ihrem 17ten und 29ten Lebensjahr bis zum Jahr 1942 erlebt, in der Zeit, von der sie kaum gesprochen hat, den prägenden Jahren im Leben einer jungen Frau? Bei einem Besuch in Bubenheim erwähnte sie gegenüber Tante Käthsche, dass sie „dem Führer ein Kind schenken" möchte. Tante Käthsche war befremdet, denn Gretel hatte keinen Freund und von Hitlers Ideologie, die arische Rasse zu stärken, war man in Bubenheim weit entfernt. Sie erzählte es voller Entsetzen ihrer eigenen Tochter, meiner heute noch lebenden Tante in Bubenheim.

Meine Mutter arbeitete bei zwei verschiedenen Familien. In einer davon war der Hausherr ein hochrangiger Nationalsozialist. Von dieser Familie stammen die beiden Ringe. Hier spielte auch der junge Mann - der Sohn des Hauses, den meine Mutter nur einmal erwähnte, eine besondere Rolle. Dort lernte sie die „feinen Sitten", die sie vom Dorf nicht kannte. Die sie später auch mir vermitteln wollte, in der Hoffnung, mir dadurch den Zugang zu den „besseren Kreisen" zu erleichtern.

Als ich Teenager war, nannte sie einmal den Namen der NS Familie, wissend, dass es ein bekannter Name war. Ich allerdings war damals politisch völlig uninteressiert. Er sagte mir nichts und erst Jahrzehnte später fiel es mir wieder ein. Jetzt versuchte ich den Namen in Erinnerung zu rufen, ein Name mit „H" am Anfang? Der erste Fund im Internet war Reinhard Heydrich. Schon nach kurzer Lektüre schlug mein Wissensdrang in Entsetzen um: Sollte meine Mutter jahrelang in der Familie eines Mannes gearbeitet haben, der eine Schlüsselrolle bei der Judenverfolgung und ihrer „Endlösung" gespielt hatte? Das konnte und wollte ich mir nicht vorstellen. Ich legte die Recherche zur Seite. Dann fielen mir die Bemerkungen meiner Mutter ein zu einem Porträtfoto von ihr aus jener Zeit. Sie war stolz darauf, dass ihr damaliger Hausherr sie wegen ihrer geraden Nase und ihres „arischen Profils" gerühmt hatte. Sie wollte auch von mir dafür bewundert werden. Später einmal bedauerte meine Mutter, dass ich mich nicht für einen jungen Mann aus „guter Oldenburger Familie" interessierte, der sich um mich bemühte. Er sei doch „groß, blond und blauäugig" und sie konnte nicht verstehen, dass er mir nicht zusagte. Unbekümmert wie ich als Teenager war, erschien mir ihre Beschreibung einfach altmodisch. Und doch war etwas eigenartig daran: Für meine Mutter, die sonst immer Wert auf innere und ethische Werte legte, hatten diese rein äußerlichen Merkmale offenbar eine große Bedeutung, den Hinweis auf „arische Zugehörigkeit" verstand ich nicht.

Wer die NS Familie gewesen war, ließ mir keine Ruhe. Ich recherchierte weiter, allerdings ergebnislos. Reinhard Heydrich war zu jung gewesen, als dass einer seiner Söhne der „junge Mann der Familie" hätte gewesen sein können. Auch weitere Namen passten nicht zu den Daten meiner Mutter. Ich gab die Suche auf.

Einmal erzählte mein Vater, wie er meine Mutter kennen gelernt hatte. Es war bei einem von der Technischen Hochschule Berlin veranstalteten Abschluss-ball zu Ehren der frisch diplomierten Tiefbauingenieure, von denen einer mein Vater war. Für diejenigen jungen Männer, die noch keine Partnerin hatten, wurden junge Damen jener Hauswirtschaftsschule eingeladen, an der meine Mutter arbeitete. Mein Vater bewunderte ihre Selbständigkeit und die Kraft, mit der sie ihren harten Weg erfolgreich gemeistert hatte. Sie verlobten sich bald. Am Tag vor Heiligabend wurden sie im Riesengebirge nahe der Heimat meines Vaters in der Stabholzkirche in Wang getraut. Dann kam ich zur Welt. In der Geburtsurkunde war als Geburtsort „Heim Lebensborn in Bad Polzin" angegeben. Als ich konfirmiert werden sollte, wurde festgestellt, dass ich nicht getauft worden sei. Die Urkunde von „Lebensborn" konnte nicht als Taufbestätigung anerkannt werden, obwohl meine Mutter davon ausgegangen war. Meine christliche Taufe wurde daher direkt vor der Konfirmation nachgeholt. Mein Geburtsort musste etwas Besonderes gewesen sein. Meine Mutter erklärte mir, dass sie durch ihre guten Beziehungen die Ehre gehabt hatte, in einem solchen Heim entbinden zu dürfen. Es seien besonders gute Heime gewesen, in denen man auch während der Kriegszeit sicher war und hervorragende medizinische Betreuung erhalten hätte, sagte sie.

Vor einigen Jahren sah ich einen Fernsehbericht über Lebensborn Heime in der NS Zeit. Er schilderte das Schicksal einer Deutschen, die in einem norwegischen Heim zur Welt gekommen war und nach dem Krieg bei ihrer Mutter in Deutschland aufwuchs. Er zeigte ihre dramatische Suche nach dem Vater, deren Identität ihre Mutter Zeit ihres Lebens verschwieg. Und endlich die Auflösung des Rätsels: Sie war das uneheliche Kind eines SS Offiziers, mit dem ihre Mutter lange Jahre während des Krieges, als sie bei der Wehrmacht arbeitete, liiert gewesen war. Der SS Offizier war mit einer anderen Frau verheiratet und hatte Kinder mit ihr. So wurde die schwangere Geliebte nach Norwegen versetzt, um dort im Geheimen entbinden zu können.

Wie konnte es sein, dass meine Mutter mich in einem Lebensborn Heim zur Welt gebracht hatte? Mir wurde schlagartig bewusst, dass ich genügend Hinweise hatte, die dafür sprachen, dass meine Mutter eine überzeugte Nationalsozialistin gewesen war, nicht wie mein Vater „Mitläufer". Sie hatte Hitler verehrt und seine Ideologie geteilt. Für mich war dies eine schockierende Erkenntnis: Meine Mutter hatte dazu gehört!

Ich wollte von meinem Vater die Bestätigung haben, dass wenigstens bezüglich meiner Abstammung alles in Ordnung gewesen war. Leider war mein Vater zu dieser Zeit schon sehr vergesslich. Er erzählte von seiner Heirat zu Weihnachten 1943. Dann wäre ich laut Lebensborn-Urkunde einen Monat davor geboren worden! Selbst meine indiskreten Fragen nach der Jungfräulichkeit meiner Mutter bei ihrem Kennenlernen konnte er nicht beantworten. Ich war alarmiert. Wäre es möglich, dass mein Vater gar nicht mein leiblicher Vater war?

Der Ring mit dem dunklen Stein liegt vor mir und funkelt mich an. Was war mit meiner Mutter?

Weshalb wurde ich in einem „Lebensborn" Heim entbunden? Wie konnte es gewesen sein?

Gretel hat eine Beziehung zu einem hochrangigen SS Mann, der sie aber nicht heiraten wird. Und sie ist der Überzeugung, dass ihr Erbgut gemischt mit den Erbanlagen eines SS Mannes dazu dienen würde, dem Führer ein Kind mit arisch reinem Blut zu schenken und damit einen wertvollen Beitrag für die Zukunft Deutschlands zu leisten. Ihr wird zugesichert, dass sie die beste Fürsorge in einem Lebensborn-Heim bekommen wird, dass man ihr einen zuverlässigen Partner als Ehemann zuführen und dass man sie und ihr Kind mit entsprechenden Papieren ausstatten wird, um seiner Herkunft einen legalen Anschein zu geben. Man sorgt dafür, dass sie zu Veranstaltungen mit heiratsfähigen arischen jungen Männern eingeladen wird. Als Gretel auf dem Abschlussball in Berlin Reinhard kennen lernt, ist das die Lösung für sie.

Solche oder ähnliche Fälle hat es in der NS Zeit gegeben. Ich begann alle vorhandenen Dokumente zu überprüfen: Die Heiratsurkunde meiner Eltern nannte den „23.12.1942" als Datum der Eheschließung. Sie hätte gefälscht sein können. Um Gewissheit zu erhalten, blieb nur die Möglichkeit eines Gen-Testes. Ich brauchte einige Wochen für die Entscheidung. Als ich mir sicher war, sprach ich meinen Vater darauf an. Ich schilderte ihm den Fernsehbericht und meine Zweifel. Mein lebenslang sehr pragmatischer Vater entgegnete schlicht: „Na, dann müssen wir das wohl machen. Da bin ich ja mal gespannt!" Diese Reaktion verunsicherte mich noch mehr. Speichelproben und Wartezeit. Dann kam der Bericht: Mit einer an Sicherheit grenzenden Wahrscheinlichkeit von 99,999999 % sei ich die leibliche Tochter meines Vaters!

Ich war erleichtert. Die innige, liebevolle Beziehung zu meinem Vater musste nicht überdacht werden. Doch die Fragen an meine Mutter blieben.

Warum waren ihre Eltern, meine Großeltern, so früh gestorben. Die medizinischen Erklärungen waren Lungen- und Mittelohrentzündung gewesen. Doch seit ich mich erinnern kann, war der kleine Stachel in mir, der etwas anderes sagte.

Das Leben ist sehr hart zu jener Zeit. Auf dem Familienfoto mit der dreijährigen Gretel wirkt ihre Mutter so alt, dass man sie eher für die Mutter ihres Mannes halten könnte anstatt seiner Ehefrau. Sie scheint krank, auf jeden Fall von Sorgen gequält. Sie sieht aus, als sei sie „gezeichnet". Der Vater hat lange gebraucht, um das notwendige Kapital für die Übernahme des Bauernhofes von seinem Vater und die Auszahlung der zahlreichen Geschwister zusammen zu tragen. Sie haben Schulden, können sich keine Hilfe leisten, müssen alle Feldarbeit alleine machen und sind daher froh, dass nicht mehr als zwei Kinder kommen.

Sie können dieses harte Leben kaum ertragen, oder sie wollen es nicht mehr. Als 1927 zuerst die Mutter krank wird, geben sie auf, kämpfen nicht länger. Nach dem Tod seiner Frau versiegt auch beim Vater der Lebensmut. Er hat keine Kraft mehr für sich und auch nicht für die Kinder. Nach der Mutter verlässt auch er die beiden Töchter.

Das ist der Eindruck, der sich mir aufdrängt, wenn ich das Foto, sorgfältig gestellt in einem Fotoatelier - meine Mutter als Dreijährige auf einem runden Dekorations-Tischchen mit gedrechselten Beinen und Häkeldeckchen - betrachte. Es ist keine glückliche Familie. Das Bild wirkt bedrückend.

Mit 14 Jahren elternlos. Bei den Verwandten wird Gretel zwar liebevoll aufgenommen, dennoch fühlt sie die Belastung, die sie für Onkel Schorsch und Tante Käthsche darstellt. Sie passt sich an, damit sie in der Familie des Onkels gut zurechtkommt. Gretel will nicht auf dem Land bleiben, sie will eine Ausbildung machen. Sie will Onkel Schorsch und Tante Käthsche nicht weiter zur Last fallen. Die ältere Schwester ist ganz anders, lebensfroh, selbstbewusst. Sie verliebt sich bald. Gretel hat schwerer zu tragen an ihrem Schicksal und am Verlust der Eltern. Bei der Darmstädter Tante wird Gretel klar: sie will „in die Stadt". Für eine Ausbildung hat sie nicht genügend Geld, denn ihr Erbteil ist gebunden. Sie muss also zunächst Geld verdienen und sparen. Mit der Darmstädter Tante zusammen, die einige Kontakte hat und sich im städtischen Milieu auskennt, entwickelt sich die Idee, als Haustochter zu arbeiten. Und endlich ist es soweit: Gretel erhält ein Angebot von einer wohlhabenden Familie aus Berlin, die Unterstützung im Haushalt braucht. Dort erhält sie Kost,

Unterkunft und eine Vergütung, die sie im Wesentlichen für ihre geplante Ausbildung sparen will.

Gretel hat es gut bei der Familie. Man hat Mitleid mit ihr als Waisenkind, findet sie angenehm und lässt sie teilnehmen am familiären Leben. Sie lernt die Gepflogenheiten der gehobenen Gesellschaft kennen und ist bei den Unterhaltungen über die Tagespolitik dabei. Hauptthema ist natürlich der ungewöhnliche und beeindruckende Aufstieg von Adolf Hitler, seine wirtschaftlichen Errungenschaften wie die Beseitigung der Arbeitslosigkeit und das Erstarken des Nationalgefühls für Deutschland. Über Arier und Nichtarier wird gesprochen und Gretel wird bewusst, dass sie mit ihren mittelblonden Haaren, groß gewachsen und hellen Augen durchaus dem gewünschten Ideal entspricht. In der Familie fühlt sie sich geborgen und zu Hause. Sie übernimmt ohne kritisches Nachdenken die Denkweise der Familie, die ihr als Vorbild erscheint.

Wenn meine Mutter einige wenige Male von dieser Familie sprach, war es immer vorsichtig, aber voller Achtung und Wertschätzung. Diese Familie war ihre Ersatzfamilie, die, die ihr eine Zukunft bot. Dazu gehörte auch die Übernahme ihrer politischen Haltung.

Je älter Gretel wird, desto hübscher wird sie. So ist es nicht verwunderlich, dass dies auch der Sohn des Hauses bemerkt. Anfänglich ist es eher eine kumpelhafte Freundschaft. Doch dann wird deutlich, dass sich mehr daraus entwickeln könnte, wenn man die beiden gewähren ließe.

Gretel ist verliebt und macht sich insgeheim Hoffnungen. Doch die Eltern haben andere Pläne für ihren Sohn. So gern sie Gretel haben, einer Karriere, wie sie für den einzigen Sohn geplant ist, wäre eine Beziehung zu dem mittellosen Bauernmädchen ohne namhafte Familie nicht förderlich. Man überlegt, was zu tun ist. Zuerst macht man dem Sohn klar, dass er sich von Gretel fern halten, ihr auf jeden Fall nicht noch näher kommen soll. Dies fällt dem Sohn schwer, denn sie wohnen unter einem Dach und haben täglich Kontakt. Die Eltern spüren die Gefahr und beschließen das Äußerste. Gretel soll gehen. Man bittet sie in das gediegene Wohnzimmer: „Wir denken, Gretel, dass Sie sich wohl fühlen bei uns und wir schätzen Ihre Arbeit außerordentlich. Doch wir wissen auch, dass Sie Pläne für eine hauswirtschaftliche Ausbildung haben. Und dafür wäre es sehr nützlich, wenn Sie mehr als nur einen herrschaftlichen Haushalt kennen lernen. Freunde von uns möchten Sie gerne übernehmen. Wir wollen Ihnen dabei nicht im Wege stehen. Wenn Sie einverstanden sind, werden wir uns auch weiter um Sie kümmern und Ihnen später, wenn sie Referenzen oder Kontakte brauchen, zur Seite stehen. Außerdem haben wir vor, Ihnen eine beträchtliche Summe als Abschlusszahlung, sozusagen als Grundstock für ihre Ausbildung zukommen zu lassen." Was bleibt Gretel anderes übrig als einzuwilligen? Der junge Mann ist noch abhängig von seinen Eltern und hat sich deren Wünschen ebenso zu beugen wie sie. Der Abschied schmerzt sie sehr. Aber sie hat schon anderes Leid ertragen und zu überwinden gewusst.

„Haustochter" war die frühere Bezeichnung für die heutigen „Au-pair-Mädchen". Sie sollten die Bewirtschaftung eines Haushaltes erlernen, und dabei wie ein Mitglied der Familie behandelt werden. In der Praxis war eine solche Gleichstellung jedoch gerade bei großen Klassenunterschieden schwierig. Meine Mutter zeigte Zeit ihres Lebens eine starke Empfindsamkeit für diese Unterschiede.

Die Dame des Hauses hat Gretel lieb gewonnen. Sie bedauert die Trennung von ihr und die Umstände, die dazu geführt haben. Weihnachten steht vor der Tür und sie bittet ihren Mann, Gretel zum Abschied wenigstens noch ein persönliches, wertvolles Geschenk machen zu dürfen. Ein Ring aus Hitlers Goldschmiedewerkstatt sei doch passend dafür. Der Hausherr willigt ein und überlässt seiner Frau die Auswahl. Sie entscheidet sich für einen Amethystring, der

209

ihr in seiner Helligkeit und Klarheit wie ein Symbol für Gretels Wesen erscheint. Die Eltern wissen nicht, dass auch ihr Sohn seiner verlorenen Liebsten etwas Dauerhaftes hinterlassen möchte und ebenfalls einen Ring ausgewählt hat. Ein Ring von gänzlich anderem Charakter, obwohl er aus derselben Werkstatt kommt. Der dunkle, schwere Stein soll seine Trauer über den Verlust ausdrücken und die aus den feinen Spalten heraufblitzenden Funken von Grün und Blau sind Zeichen für seine unterdrückten Gefühle und immerwährende Erinnerung.

Auch bei der anderen Familie hat es Gretel gut. Doch die Erfahrung hat sie geprägt. Ihr wird immer deutlicher, wie wichtig es ist, eine Ausbildung zu machen und einen Beruf auszuüben, der sie finanziell unabhängig machen würde. Sie spart sehr entschlossen und hat nach ein paar Jahren das Geld zusammen. Ihre Ausbildung beendet sie mit einem guten Abschluss. Da sie den Kontakt zu ihrer ersten Familie aufrecht erhalten hat - mit angemessener Distanz natürlich -, ist es einem entsprechenden Hinweis des Hausherrn zu verdanken, dass sie gleich nach ihrem Examen zwei Jahre nach Ausbruch des Krieges eine sehr begehrte Stellung als Hauswirtschaftsleiterin in einer Fachschule für Frauen in Stettin erhält. Voraussetzung dafür ist allerdings, dass sie Mitglied in der NS Frauenschaft wird. Dies kommt Gretels Gesinnung durchaus entgegen, sodass die offizielle Mitgliedschaft für sie nur noch eine Formalie ist. Dieser Mitgliedschaft verdankt sie auch die Einladung zum Abschlussball der Ingenieure der Technischen Universität in Berlin. Sie ist später auch Voraussetzung für eine Entbindung in dem Heim Lebensborn. Allerdings ist dafür zusätzlich die Fürsprache der NS Familie nötig. Gretel ist stolz auf ihre Kontakte, ihre „NS Familie" und das daraus resultierende Privileg in einem solchen Heim entbinden zu dürfen.

Vielleicht hat es sich so abgespielt, vielleicht war es ganz anders. Eine Tatsache hingegen ist, dass ich meine Mutter fast nie ohne ihren Ring mit dem dunklen Stein an der Hand gesehen habe. Sie nahm ihn nur zum Händewaschen ab, oder wenn sie zu feierlichen Anlässen den hellen Amethystring ansteckte.

Der Vaterschaftstest gab mir die Gewissheit, dass ich ein eheliches Kind und die Tochter meines Vaters bin. Meine Geburt war unabhängig von den rassischen Zielsetzungen für die die Lebensborn-Heime eingerichtet wurden.

Dieser Geburtsort ist jedoch kein Zufall. Meine Mutter muss hervorragende Verbindungen gehabt haben, um in den Genuss eines solchen Privilegs zu kommen. Diese musste sie nach dem Kriegsende jedoch verheimlichen. Sicher hat sie auf der Flucht im Februar 1945 mit mir, damals 15 Monate alt, vieles nicht mitnehmen können. Vielleicht hielt sie ihre Zeugnisse und Arbeitspapiere nicht für wichtig, oder sie hat sie gezielt vernichtet. Auf jeden Fall fand sich in ihrem Nachlass nichts - außer den beiden Ringen und dem Hochzeitsfoto - was Hinweise auf die Zeit zwischen Bubenheim und Bremen-Aumund zulässt. Als ob die Zeit getilgt oder in ihrem Herzen begraben werden sollte.

Doch meine Mutter hatte mir den Spruch aus dem Poesiealbum hinterlassen. Dies nahm ich als Auftrag, ihre Botschaft an mich: sei geradlinig, zielstrebig, ehrlich, aufrichtig und moralisch korrekt. So war sie gewesen und so sollte ich auch sein. Nur so konnte sie den Spruch im Poesiealbum gemeint haben. Ich steckte ihren Ring an meinen Finger, um ständig an dieses „Vermächtnis" erinnert zu werden. Ich löste meine unglückliche Verlobung und brachte endlich mein Studium zum erfolgreichen Abschluss. Zwanzig Jahre später nahm ich den Ring ab, als er mich einengte und zu sehr an sie band. Ich konnte nicht sein wie sie oder wie sie hatte sein wollen. Ich musste meinen eigenen Weg finden. Plötzlich war ich wütend auf sie, dass sie mich so lange mit dem

Spruch in die Irre geführt hatte, mich allein gelassen hatte mit all den Fragen.

Dabei habe ich mich von ihr entfernt. Erst über die Jahre, die ich den Ring nicht trug, spürte ich das Unerledigte, Ungeklärte. Meine Fantasien brachten sie mir wieder näher. Und jetzt meine ich, ihren Spruch erst richtig zu verstehen: Nicht ihren Idealen sollte ich treu sein, sondern sollte meine eigenen finden und diesen folgen. Erst dann wäre ich auch ihr gegenüber nicht falsch, sondern könnte eine wahre Beziehung zu ihr haben.

Gretel schreibt ihrer kleinen Tochter einen Wunsch ins Poesiealbum, dessen Erfüllung ihr selbst versagt blieb. Sie konnte nicht bei ihrer großen Liebe bleiben, sie heiratete einen anderen. Nur durch den Ring, den sie immer trägt, kann sie den Liebsten in der Erinnerung bewahren. Ihrer Tochter wünscht sie ein anderes Schicksal und gibt ihr diesen Wunsch mit auf den Weg.

Über zwei Jahrzehnte hatte ich den Ring in einem Schmuckkasten vergraben. Jetzt habe ich ihn vor mir und sein Funkeln spricht zu mir: „Du wirst mich nicht durchdringen. Du wirst mich nie vollständig verstehen. Aber du kannst mich lieben mit dem, was du von mir weißt und mit meinem Geheimnis, das du nicht kennst. Oder wieder fort legen, wenn dir die Ungewissheit zu schwer wird. Du kannst mich auch tragen zusammen mit deiner Sehnsucht nach der Wahrheit. Es liegt bei dir, nur du kannst es entscheiden!"

Marianne

Dies ist die Geschichte meiner Kusine Marianne, die ich kaum kannte und die mir von meinen drei Kusinen zu ihren Lebzeiten am wenigsten nahe war. Es ist auch die Geschichte von meinem Versuch, die Beweggründe zu verstehen, die sie zu der Entscheidung veranlassten, sich im Alter von 20 Jahren das Leben zu nehmen.

Marianne ist meine älteste Kusine mütterlicherseits. Hanna, die Schwester meiner Mutter, hatte drei Kinder: Marianne, zehn Jahre, Philip, acht Jahre und Gisela, ein halbes Jahr älter als ich. Philip mochte ich sehr. Er neckte und ärgerte mich - das konnte er mit seiner zarten Schwester Gisela nicht machen. Bei mir kam es gut an: ich wurde beachtet und lief ihm immer nach. Mit Gisela konnte ich trotz der Gleichaltrigkeit nicht viel anfangen: für mich ein verhätscheltes, überhebliches Mädchen, das ihr Dasein als „Lieblingskind" der Mutter genoss und ausspielte. Marianne war in ihrem Todesjahr doppelt so alt wie ich: sie zwanzig und ich zehn Jahre alt. Wir hatten nicht viel miteinander zu tun. Sie ging ihre eigenen Wege und die ließen ihr nicht viel Zeit auf dem mütterlichen Bauernhof, wenn ich in den Ferien zu Besuch war. Ich erinnere mich an ein hübsches Mädchen mit offenem fröhlichen Gesicht, leicht rötlichen Haaren und vielen Sommersprossen, lebhaft und unternehmungslustig. Mit Mutter Hanna lieferte sie sich gerne Wortgefechte und blieb selten eine Antwort schuldig. Sie war in Ober-Hilbersheim dafür bekannt, dass sie das Lied „Oh, mein Papa!" gerne voller Inbrunst in der Öffentlichkeit vortrug.

Vielleicht ein Tribut an ihren Vater, der seit ihrem zehnten Lebensjahr als im Krieg verschollen galt.

Ihr plötzlicher Tod, ein Suizid zusammen mit ihrem Freund, wurde weder in meiner Familie, noch bei Hanna weiter besprochen oder beachtet. Ich hatte den Eindruck, keiner wollte daran erinnert werden, er sollte schnell vergessen sein.

Als Zehnjährige dachte ich nicht viel darüber nach, ich hatte sie kaum gekannt. Doch hatte ich nicht den Eindruck, dass ihre Mutter Hanna trauerte oder einen Verlust empfand. Eher, dass sie meinte, Marianne habe etwas Schändliches getan, etwas Schuldbehaftetes, womit sie als Mutter nichts zu tun haben wollte. Weder meine Mutter noch ich hätten damals an dieses Thema rühren mögen. Man schuldete Hanna Respekt in ihrer Art der Bewältigung.

So blieb das Schweigen. Hanna starb etwa vierzig Jahre später in Hamburg, wohin sie gegen Philips Willen zu ihm in die Nachbarschaft gezogen war, um endlich aus der Bäuerlichkeit in die Stadt zu entkommen. Ich hatte sie nie wieder von Marianne sprechen hören. Philip dagegen, der ein sehr enges Verhältnis zu seiner Schwester gehabt hatte, erzählte mir vor einigen Jahren, dass Marianne sich zwei Tage vor ihrem Freitod mit ihm getroffen, aber gar nichts erwähnt hatte. Das nahm er ihr übel, denn sonst hätte sie sich ihm immer anvertraut. Er hätte den beiden schon die Meinung gesagt, und sie von „einem solchen Unsinn" abgehalten. Die Verwandten in Ober-Hilbersheim konnten oder wollten auch nicht viel mehr sagen.

Nur meine Verwandten in Bubenheim, ein paar Jahre älter als ich, begannen meine Nachforschungs-Bemühungen zu verstehen. Sie ließen sich bei jedem meiner Besuche - in den letzten zwölf Jahren etwa fünf an

214

der Zahl - wieder eine kleine für mich interessante Information entlocken.

So kam ich Anfang 2014 mit ihrer Hilfe auf die Idee, beim Standesamt in Gau-Algesheim nach Mariannes Todesort zu forschen. Marianne war nämlich nicht in Ober-Hilbersheim gestorben, sondern an ihrem Arbeitsort irgendwo in der Nähe.

Ich wusste weder Mariannes genaues Geburts- noch Sterbedatum. Zu meiner Überraschung werden sowohl Geburten als auch Todesfälle am tatsächlichen Ort des Geschehens registriert und nicht etwa - wie ich angenommen hatte - am Wohnort der betroffenen Person. Es war also ein großer Zufall, dass ich im Sterberegister von Ober-Hilbersheim den kurzen Hinweis fand, dass eine Anna Maria Singer, geboren am 17. Dezember 1933 in Mainz am 24. November 1954 in Flörsheim am Main zu Tode gekommen sei.

Meine vor fast 60 Jahren verstorbene, unbeweinte und im wahrsten Sinne des Wortes totgeschwiegene Kusine begann für mich Konturen anzunehmen. Vielleicht konnte ich ihrem Leben und den Beweggründen, die sie zu ihrer Entscheidung geführt hatten, näher kommen. Vielleicht wäre es möglich, ein Bild von ihr zu erhalten, das mit dem Bild in meiner Erinnerung, dem lebensfrohen sommersprossigen Gesicht, in Einklang stand. Die vielen tragischen Schicksalsschläge in der Familie meiner Mutter[1]

---

[1] Meine Großeltern, Eltern meiner Mutter, sterben 1927 innerhalb von 6 Monaten und hinterlassen zwei 14- und 16-jährige Töchter. Hanna, die Schwester meiner Mutter, wird mit 20 Jahren schwanger und muss heiraten. Ihr Mann kehrt nicht aus dem zweiten Weltkrieg zurück und meine Tante bleibt mit ihren drei Kindern alleine. Marianne, die älteste Tochter von Hanna, begeht einige Zeit nach dem Zerwürfnis mit ihrer Mutter Selbstmord im Alter von 20 Jahren. Zehn Jahre später

würden möglicherweise an Bedrohlichkeit verlieren, wenn ich sie besser verstehen könnte.

Ich schrieb eine E-Mail an das Standesamt Flörsheim und bat um Übermittlung des genauen Textes des Eintrages. Außerdem um Mitteilung, ob in etwa zeitgleich ein Eintrag über den Todesfall eines jungen Mannes zu finden sei. Am nächsten Tag kam die Antwort: zwei eingescannte Dokumente aus dem Sterberegister der Stadt Flörsheim. Sie besagten, dass die Hausgehilfin Anna Maria Singer sowie der Konditor Eberhard Ernst Schneider, beide evangelisch und wohnhaft in der Bahnhofstraße 8 tot aufgefunden wurden. „Tag und Stunde des eingetretenen Todes sind nicht festgestellt worden. Die Singer wurde zuletzt am 23. November 1954, 19 Uhr lebend gesehen. Todesursache: Freitod durch Leuchtgasvergiftung". Der zweite Eintrag von Eberhard Ernst Schneider war wortgleich.

Leuchtgas war der übliche Brennstoff zwischen der Mitte des 19. und der Mitte des 20. Jahrhunderts und wurde zur Beleuchtung von Straßen und Wohnungen und zum Betreiben von Gasherden und Durchlauferhitzern benutzt. Es war giftig und führte auch zum „suizidalen Missbrauch (Aufdrehen des Gashahns)" (Wikipedia). Daher wurde es in Deutschland später durch Erdgas ersetzt.

---

stirbt Gisela, die jüngste Tochter im Alter von 20 Jahren an einer unbekannten Krankheit: sie verblutet innerlich innerhalb von drei Wochen. Im Alter von 20 Jahren habe ich eine ungeplante Schwangerschaft. Meine Mutter stirbt im Alter von 54 Jahren. Hanna stirbt im Alter von 68 Jahren vereinsamt in Hamburg.

Nun hatte ich das Datum des Todestages, die Todesursache und die Adresse von zwei Menschen, die offenbar unter einem Dach gelebt und einen gemeinsamen Entschluss gefasst hatten. Aber was waren ihre Gründe gewesen? Weshalb sahen sie keinen anderen Weg? Oder was hätte ein solcher Weg für sie bedeutet?

An einem schönen Sonnentag machten mein Mann und ich einen Fahrradausflug am Main entlang nach Flörsheim. Es dauerte ein wenig, bis wir die Bahnhofstraße gefunden hatten. Ich hatte mir unter der Nummer Acht ein altes Wohnhaus, vielleicht aus Fachwerk, vorgestellt, mit einer Reihe von Namensschildern an der Haustür. Doch wir fanden die Adresse nicht. Dort wo sie früher einmal gewesen sein musste - an einer Straßenbiegung - war jetzt ein riesiger Parkplatz, auf dem ein paar Kinder Fußball spielten. Autos waren hier nicht abgestellt, der Parkplatz schien ohne Funktion. Ich ging umher, um sicher zu sein, dass ich wirklich an der richtigen Stelle sei. Es gab nur die Nummer Sechs - ein kleines, etwas herunter gekommenes Wohnhäuschen - und auf der anderen Seite des Parkplatzes die Stadtverwaltung mit der Hausnummer Zwölf. Ich traf auf eine sehr freundliche Verwaltungsangestellte. Ja, an der Bahnhofstraße Nr. 8 habe früher ein größeres Haus gestanden, von der Stadt für ein paar Jahre als Obdachlosenunterkunft genutzt. Was davor war, wisse sie nicht. Der Herr Burkhart, ein alter Flörsheimer und Archivar der Stadtverwaltung, würde sich vielleicht erinnern. Sie schrieb mir seine Telefonnummer auf.

Ich hatte geplant, an Mariannes Todesort einen Strauß Blumen nieder zu legen und dabei mit ihr zu sprechen. Auf der anderen Straßenseite war ein Blumenladen: „Heute Ruhetag". Gegenüber der Ort der früheren Bahnhofstraße Nr. 8: eingeebnet, mit dunkelgrauem

Asphalt überzogen, unpersönlich, ausdruckslos. Ein paar Maschendrahtzäune in Hohlblocksteine gestellt sollten den Parkplatz von dem verwaisten Nachbargelände abgrenzen. Hier war Mariannes Weg zu Ende gewesen. Hier hatte sie ihre Grenze gezogen. Die Trostlosigkeit dieses Platzes schien mir erbarmungslos. Ich fand ein paar gelbe Löwenzahnblüten, zwei kleine Zweige des lila blühenden Strauches vor der Stadtverwaltung, eine einsame weiße Margerite, fügte sie zu einem kleinen Sträußchen zusammen und steckte es in ein Loch des Hohlblocksteins, der jener Stelle am nächsten war, wo ich das Zentrum des früheren Hauses Nr. 8 vermutete. Die Kinder achteten nicht auf mich und spielten in einiger Entfernung unbeteiligt weiter. Ich versuchte mit Marianne zu sprechen. Ich wollte bei ihr sein. Es gelang mir nicht. Die graue Leere der Asphaltwüste um mich herum, die vereinsamt wirkenden Kinder auf der großen, sinnlosen Fläche erstickten die Lebendigkeit in mir. Der Wunsch, diesem Parkplatz zu entkommen war mächtiger.

Herrn Burkhart rief ich am gleichen Abend an. 1941 geboren, zwei Jahre älter als ich. Ja, an die Bahnhofstraße 8 könne er sich gut erinnern. Die Stadt hätte das Haus später für Obdachlose gekauft und 2010 Fördermittel der EU zum Abbruch genutzt und den Parkplatz eingerichtet. Früher allerdings war diese Adresse etwas Besonderes gewesen. Schon um die Jahrhundertwende war sie eine „Institution". Der Erbauer hatte eine Geflügelzucht und richtete das Gebäude als Kolping Gesellenhaus ein. Später und zu seiner Jugendzeit gehörte das Haus dem kinderlosen Ehepaar Jacob und Katharina Singer, die dort das über die Stadtgrenzen hinaus bekannte Hotel und Restaurant „Schützenhof" betrieben. Sie stammten aus der Nähe von Gau-Algesheim, adoptierten später den Peter Groß, der als Konditor zu ihnen in Arbeit gekommen war und der den „Schützenhof" von ihnen erbte und weiter führte. Der „Schützenhof" hatte abgesehen von Unterkünften für reisende Geschäftsleute ein großes Restaurant, einen Saalbau für 300 - 400 Leute, ein Café und stellte eigenes Eis her.

Über Marianne erfuhr ich von Herrn Burkhart nichts. Es war ihm aber wichtig, mir die kulinarische Spezialität des Schützenhofs zu jener Zeit zu beschreiben: 1954 gehörte es zum guten Ton - auf jeden Fall in der Familie von Herrn Burkhart - dass man sonntags dorthin zum Essen ging. Er hatte sich immer darauf gefreut und genießt noch heute den Gedanken an das berühmte „Restaurationsbrot": ein Brot mit Kartoffelsalat umlegt, kaltem Fleisch, Cervelatwurst, gekochtem Schinken und gekochten Ei-Hälften. Darauf drei Salzstangen als Fahnenträger aufgestellt, von einer Salzbrezel zusammengehalten und gekrönt. Selbstverständlich trug er damals dazu - etwa dreizehnjährig - Jacke, Hose und Schlips.

Für ihn stand „Schützenhof" für „Restaurationsbrot" und an einen tragischen Todesfall 1954 konnte er sich nicht erinnern. Doch ungefähr um die Zeit sei doch der Peter Klein in den Schützenhof gekommen. Der könnte mir vielleicht mehr erzählen.

Herr Klein überraschte mich, wie offen er mir - einer völlig Unbekannten - am Telefon sein Wissen über die Vorgänge damals am „Schützenhof" mitteilte. Selbst Jahrgang 1934 - also in etwa gleichaltrig mit Marianne -, gelernter Koch und Konditor hatte er im April 1955 in dem „Schützenhof" seine Arbeit aufgenommen. Sein Vater hatte auf Geschäftsreisen immer im „Schützenhof" gewohnt. Die Wirtsleute Singer hatten auch ihm ihr Leid geklagt und die Schwierigkeiten erwähnt, die sie seit fünf Monaten nach dem Tod des Herrn Schneiders hatten. Eberhard Schneider war nämlich Konditor, Bäcker, Koch und Metzger zugleich gewesen und davon abgesehen, dass er nett und anständig war, sei er in seinen Berufen auch sehr fleißig und gut gewesen. Herrn Kleins Vater schlug vor, dass sein Sohn, der gerade seine Lehre beendet hatte, es im „Schützenhof" versuchen könnte.

Als Herr Klein im „Schützenhof" anfing, erinnerte nichts mehr an Marianne und Eberhard. Nur das kleine grüne Auto von Eberhard - ein Fiat - stand noch im Hof und beeindruckte ihn. Die Wirtsleute wussten nicht, was damit anfangen - erst einige Monate später war es dann verschwunden. Mit der Zeit und dem langsamen Vertrauter Werden mit den Singers erfuhr er mehr über das Geschehen im November 1954. Er berichtete:

Als die Putzfrau am Morgen des 24. zum Putzen in die Backstube kam, fand sie die beiden. „Den Anblick vergesse ich nie!", soll sie gesagt haben. „Es hätte alles in die Luft gehen können". Eberhard war bereits tot. Marianne lebte zwar noch, konnte aber nicht mehr gerettet werden.

Die Singers waren richtig böse auf Marianne. Die Schwangerschaft sei ihnen nicht bekannt und die ganze Situation für sie sehr peinlich und schwierig gewesen. Marianne hatte ja zur Verwandtschaft gehört und sie hatten ihr als Hausgestellte eine Chance geboten. Sie sei sehr stolz und lebenslustig gewesen. Ihr Selbstbewusstsein hätte den Gedanken an eine Schwangerschaft nicht ertragen, sie hätte sie als Erniedrigung empfunden, als Schmach. Die Singers gingen davon aus, dass Marianne Eberhard zu dem endgültigen Schritt gebracht hätte. Beide waren grundverschieden. Er war gutmütig - beinahe einfältig - und er wollte sie wohl auch heiraten. Sie hätten nicht wirklich eine feste Beziehung gehabt, davon war jedenfalls nichts bekannt, eher ein „heimliches Verhältnis". Man hatte den Eindruck - so jedenfalls das „Gebabbel" der Leute - dass Marianne einen Freund woanders habe. Es muss Abschiedsbriefe der beiden gegeben haben, denn vorher hatte niemand etwas von einer Schwangerschaft gewusst.

Was mir Herr Klein erzählte, ergab für mich kein sympathisches Bild meiner Kusine: eine junge Frau, die sich mit dem Chefkoch einlässt, obwohl sie woanders einen festen Freund hat. Und trotz der zu erwartenden Unterstützung der Verwandten und der Bereitschaft des Partners, die Ehe zu schließen, ist sie nicht bereit die Folgen ihres Seitensprungs auf sich zu nehmen, zu der Schwangerschaft zu stehen und ein vermutlich geregeltes Leben im Schützenhof zu führen. Ihr Stolz und ihr Selbstbewusstsein stehen dem entgegen. Und anscheinend nimmt sie auch noch den Partner mit in den Tod.

Dies war auch mehr oder weniger deutlich fast sechzig Jahre lang der Eindruck, der von meiner Verwandtschaft und meiner Tante Hanna verbreitet wurde.

Das Foto der lebenslustigen Marianne kommt mir wieder ins Gedächtnis und die Gefühle, die ich auf dem Parkplatz hatte, als ich Kontakt mit ihr aufnehmen wollte: ihre froh getupften Sommersprossen und der trostlose Asphalt, welch ein Gegensatz, welch ein Zwiespalt, in dem sie sich befunden haben muss. Das Bild aus dem Hörensagen geformt, wird ihr nicht gerecht, das spüre ich. Keiner hatte je davon gesprochen, wie Marianne ihr Leben empfand, was sie gefühlt haben mochte. Sie war mit 20 Jahren viel zu früh schwanger geworden. Wie ihre Mutter, und wie auch ich. Was waren ihre Wünsche, was ihre Träume gewesen? Vielleicht könnte es folgendermaßen für sie gewesen sein:

Mariannes Geschichte fängt bei ihrer Mutter Hanna an. Als sich diese mit knapp 20 Jahren - als Waise in der Obhut der Familie ihres Onkel Schorschs lebend - verliebt und ungeplant schwanger wird, muss sie heiraten. Das stellt sie und ihre Umgebung vor einige Probleme. Mit der Schwangerschaft sind sämtliche Zukunftspläne vergangen. Für die Übernahme des elterlichen Hofes sind sie und ihr Mann noch zu jung und unerfahren und müssen damit noch einige

Jahre warten. Sie siedelt daher zu den Schwiegereltern um, die selbst mit Kindern reichlich gesegnet sind und eigentlich keine zusätzlichen Esser gebrauchen können.

Als Marianne heranwächst, stellt sich ihre Ähnlichkeit zur Mutter heraus, selbstbewusst mit einer eigenen Meinung. Marianne vergöttert ihren Vater, der sie oft vor der Mutter beschützt und dem an seiner Tochter gerade die Ähnlichkeit zur Mutter gefällt. Als der Vater 1939 zum Kriegsdienst eingezogen wird, fehlt ihr dieser Schutz. Bei ihrem zwei Jahre jüngeren Bruder Philip muss sie häufiger die Mutter vertreten, wenn diese mit Haushalt und Landwirtschaft kämpft und die Aufgaben des abwesenden Vaters mit erfüllen muss. Das letzte Mal sieht sie ihren Vater bei seinem Feldurlaub 1942. Er ist ein „wunderbarer Mann" für sie, so wie sie ihn später in ihrem Lieblingslied besingt. Bei diesem Feldurlaub wird die jüngste Schwester Gisela gezeugt. Ein Abschiedsgeschenk des Vaters an die Mutter, wie sich später herausstellt, als er nicht aus dem Krieg zurückkehrt; ein Kind der Liebe. Mit Giselas Geburt wird das Leben für die Mutter noch härter und für Marianne noch schwieriger: Gisela ist Mutters Augapfel, Marianne soll noch mehr helfen und sich noch mehr den Vorstellungen der Mutter fügen.

Um die Feldarbeit zu bewältigen, nimmt die Mutter nach Kriegsende Reinhold bei sich auf, einen Kriegsheimkehrer, der seine Heimat in der Pfalz verloren hat. Reinhold ist fleißig und im Dorf beliebt. Man nennt ihn den „Doktor", weil er sich mit Heilpflanzen auskennt und mit seinem Wissen gerne hilft. Marianne ist nun alt genug, um zu bemerken, dass Reinhold für die Mutter mehr als nur ein Feldarbeiter ist. Das „Verhältnis" ist auch im Dorf offensichtlich und entsprechend wird geredet. Der Streit zwischen Marianne und ihrer Mutter wird häufiger und heftiger. Marianne sucht oft Zuflucht bei den Großeltern in Bubenheim. Manchmal bleibt sie so lange fort, dass die Mutter Philip schickt, der Marianne anfleht, doch wieder nach Hause zu kommen, sonst bekäme er Schläge.

Mariannes Singen wird in Ober-Hilbersheim und Bubenheim sehr gelobt. Bei der Kirmes steht sie auf der Bühne, trägt ihr Lied „Oh, mein Papa" vor und denkt dabei an den verschollenen Vater. Viele sagen, dass sie Talent zur Sängerin hätte. Sie träumt davon, Ober-Hilbersheim zu verlassen, eine Ausbildung als Sängerin zu machen, auf großen Bühnen in der Stadt aufzutreten und berühmt zu werden. Ihr Aussehen findet sie dafür ganz passabel und die Sommersprossen kann man sicher überschminken.

Mutter Hanna hat andere Pläne für Marianne: Warum soll Marianne eine Ausbildung erhalten, noch dazu als Sängerin? Ein solches Hirngespinst kann man nicht fördern. Sie selbst hatte ja auch andere Pläne und blieb dann im Dorf hängen. So ist eben das Schicksal eines Bauernmädchens. Selbst wenn Mutter Hanna wollte, wäre kein Geld da für Mariannes Ausbildung, denn da sind noch zwei weitere Kinder und Hannas Schwester wartet auch noch auf die Auszahlung ihres Erbteils. Sie meint, Marianne solle auf dem Hof bleiben, mithelfen. Außerdem ist es an der Zeit dem Gerede im Dorf ein Ende zu bereiten. Reinhold kann Marianne gut leiden - die Mutter ist sogar manchmal ein wenig eifersüchtig. Marianne soll ihn heiraten. Dann wären alle versorgt und hätten ihr Auskommen.

Reinhold kennt diese Pläne und umwirbt Marianne. Die Situation wird für Marianne unerträglich: Reinhold ist nett, aber sie empfindet nicht die großen Gefühle, die sie für ihren künftigen Lebenspartner erhofft. Außerdem ist er deutlich älter als sie und der Liebhaber ihrer Mutter. Soll sie ihn dann mit der Mutter teilen? Wie können sie alle unter einem Dach leben? Es kommt zu einer heftigen Auseinandersetzung zwischen Marianne und der Mutter: „Du kannst ja gehen, wenn dir hier alles nicht passt! Aber denke nicht, dass du auf irgendeine Unterstützung von mir hoffen kannst, wenn etwas schief geht!" Das sagt Mutter Hanna nicht nur, sie meint es auch.

Marianne flieht wieder einmal zu den Großeltern nach Bubenheim. Jetzt ist guter Rat teuer. Auch hier will oder kann sie nicht bleiben. Sie muss aus der Enge des Dorfes und der Verwandtschaft heraus. Sie träumt noch immer vom Gesang und *der großen Welt. Zunächst aber muss sie Geld für ihren Lebensunterhalt verdienen, vielleicht auch zum Sparen für eine Gesangsausbildung. Sie braucht eine Chance. Die Großeltern denken an den kinderlosen Sohn, der mit seiner Frau zusammen in Flörsheim den bekannten Gasthof „Schützenhof" betreibt. Vielleicht kann Marianne ein Ersatzkind für sie werden, vielleicht wird sie sich dort zurechtfinden, ihre Flausen bezüglich des Gesangs vergessen. Sie soll erst einmal dorthin gehen, denn im Dorf werden ihr Verhalten und das der Großeltern bei dem offenkundigen Zerwürfnis von Marianne mit der Mutter sehr genau beobachtet. Die Großeltern wollen keinen Ärger und der scheint ihnen unvermeidbar, wenn Marianne in Bubenheim bliebe.*

Für Marianne ist der Gedanke, als Hausangestellte in einem Gasthof zu arbeiten, nicht verlockend. Aber der „Schützenhof" ist ein großer, bekannter Gastbetrieb, in dem es immer wieder Veranstaltungen und neue Reisende gibt. Das ist vielleicht die erhoffte Chance, vielleicht wird jemand auf sie aufmerksam und hilft bei der Verwirklichung ihrer Pläne.

Es wird ein hartes Leben. Onkel und Tante bemühen sich anfangs sehr um sie, erlahmen dann aber, als sie merken, dass Marianne den „Schützenhof" nur als Durchgangsstation empfindet und möglichst bald weiter will. Sie muss lange Stunden arbeiten, hat wenig Freizeit. Bei Veranstaltungen wird sie als Kellnerin gebraucht, an Gesangsdarbietungen ist dabei nicht zu denken. Marianne fühlt sich einsam. Zwar gibt es genügend junge Männer in Flörsheim, die sie hübsch finden, und sie umwerben. Doch Marianne will sich nicht an einen Dörfler binden. Dann hätte sie ja in Ober-Hilbersheim bleiben können. Um ihre Ablehnung weniger verletzend zu gestalten, lässt sie das Gerücht aufkommen, dass sie eine feste Beziehung woanders habe. Das stimmt ja auch zum gewissen Grade - Reinhold wäre wohl immer noch bereit, sie zu heiraten. Eberhard, der Konditor, der ebenso wie sie im Schützenhof arbeitet und auch wohnt, ist nett und freundlich. Er ist unkompliziert, eher naiv, einfach. Sie beneidet ihn dafür, wie sorgfältig und hingebungsvoll er seine Arbeit macht. Er scheint in dieser Welt aufzugehen und keine weiteren Träume zu haben. Die Arbeit bringt sie täglich in Kontakt miteinander, wenn Zeit ist, scherzen sie auch. Marianne fühlt sich sehr allein, zwanzig Jahre jung, ihre ganze Lebenskraft und Jugend vergeudet in einem Gasthof im Wesentlichen beim Putzen. Sie braucht Wärme und ein wenig Trost. Eberhard ist wahrlich nicht ihr Traummann. Aber er ist liebevoll und nimmt sie in den Arm. Er ist da.

Und so geschieht es.

Anfangs übersieht sie die Zeichen. Sie weiß auch nicht wirklich Bescheid und kann niemanden fragen. Als sie sich endlich eingestehen muss, dass alle Zeichen auf eine Schwangerschaft deuten, ist es für einen Abbruch schon zu spät. Die Engelmacherin meint: „Das ist zu gefährlich. Das mache ich nicht. Da hätten Sie früher kommen müssen." Bald wird es sich auch äußerlich kaum noch verbergen lassen.

Marianne ist entsetzt: Ihre Überlegungen wirbeln durcheinander: „So früh! Wie meine Mutter! Soll ich so enden wie sie? Nie wollte ich zu einem Leben gezwungen werden, wie sie eines führt. Dann würde ich genauso hart und geringschätzig reden über andere. So gehässig. Sie hatte wenigstens einen Mann, den sie liebte. Ich nur Eberhard! Er wird alles für mich tun, aber mich nicht verstehen. Er wird wie eine Klette an mir hängen - mich ersticken. Und wenn ich das Kind bekomme? Dann muss ich auf dem „Schützenhof" bleiben. Kein Gesang, keine Bühnen. Keine Großstadt oder große Welt. Ende aller Hoffnungen, aller Träume. Nur tagtäglich freudloses Schuften. Gut, die Singers werden mir vielleicht etwas vererben. Aber was soll ich mit dem „Schützenhof"? Jeden Tag dasselbe, neue Menschen, freundlich sein, obwohl ich heulen möchte. Und für mein Kind das gleiche Schicksal. Nie, das ertrage ich nicht. Das ist ein lebenslanges Grab. Hier lebe ich in einer Wüste von Alltäglichkeit, wo keiner auf mich achtet, sieht, wie ich mich fühle, was in mir steckt. Keiner unterstützt mich bei dem, was mir wichtig ist. Sie denken, ich hielte mich für etwas Besseres, hätte Flausen im Kopf. Dabei sagen alle, dass ich gut singen kann. Aber sie sind neidisch, gönnen mir keinen Erfolg. Meinen, dass es mir nicht besser gehen sollte als ihnen. Sie können sich nur ihre Welt vorstellen. Eberhard ist ein Arbeitstier. Er liebt sein Kochen und sein Backen. Etwas anderes kennt er nicht. Und ich soll weiter putzen und bedienen. Das halte ich nicht aus."

Langsam reift der Gedanke.

Sie bespricht ihn mit Eberhard. Eberhard ist fassungslos, er versteht sie nicht. Er würde für das Kind da sein, will Marianne heiraten. Er ist alt genug und hat ein gutes Auskommen, das auch für ein Kind reicht. Er weiß, dass er gut angesehen ist bei den Singers. Die Singers würden ihrer Nichte und ihm nicht im Wege stehen. Vielleicht würden sie sie unterstützen und durch die Heirat und den Nachwuchs die Zukunft des Schützenhofs gesichert sehen. All dies sind keine Argumente, die bei Marianne ankommen. Sie will eine solche Zukunft nicht, sie kann sich ein solches Leben nicht vorstellen. Es macht ihn zutiefst traurig, dass sie seine Begeisterung für das Gastgewerbe nicht teilen kann, vielleicht sogar verachtet. Er merkt, dass er Marianne gar nicht kennt, bisher gar nicht wusste, welche Ziele sie hat. Trotzdem ist er bereit, sie zu heiraten, das Kind ehelich zu machen und Marianne vor Schande zu bewahren.

Aber Marianne will nicht. Je mehr er versucht sie zu überzeugen, desto verzweifelter wird sie. Er sieht ein, dass er sie von der Entscheidung, in den Tod zu gehen, nicht abhalten können wird. Und schlagartig wird ihm bewusst, was das für ihn bedeuten würde. Das Gerede der Leute: „Erst hat er sie geschwängert und dann in den Tod getrieben. Warum hat er sie nicht geheiratet?" Keiner würde verstehen, wie es wirklich war, wie er sich bemüht hat, Marianne davon abzuhalten. Alle würden auf ihn mit diesen Gedanken schauen, wenn er irgendwo auftaucht. Der „Schützenhof" würde vielleicht auch leiden, er müsste ihn dann wohl verlassen. Woanders noch einmal von vorne anfangen. Aber das Gerede würde ihn verfolgen, sein Leben lang. So wie die Schuldgefühle: warum hatte er nicht besser aufgepasst. Noch dazu mit einem Mädchen, von dessen

Vorstellungen er so wenig wusste. Und er würde um Marianne trauern, dieses lebenshungrige Wesen, dessen Zukunft er zerstört hat. Er weiß nicht, wie er weiterleben soll, wenn Marianne aus dem Leben geht. Am besten, er geht mit ihr.

Und so wird aus Mariannes Entschluss ein gemeinsamer, den sie am 24. November in die Tat umsetzen, ohne vorher irgendjemandem einen Hinweis zu geben. Erst durch die Abschiedsbriefe wird bekannt, dass Marianne schwanger war. Niemand konnte sie von dem letzten Schritt abhalten.

Ich hatte gedacht, dass ich keine Verbindung zu Marianne gefunden hätte auf dem Parkplatz an der früheren Bahnhofstraße Nr. 8. Aber der Parkplatz hatte eine ungewöhnlich starke Wirkung von Trostlosigkeit auf mich. Ich hatte Mühe gehabt, dies auszuhalten. So ähnlich musste Marianne empfunden haben. Für sie gab es keinen Ausweg: wenn sie das Kind bekam, würde der „Schützenhof" für sie der Parkplatz für den Rest ihres Lebens werden. Sie sah nur den einen Weg, diesem Schicksal zu entgehen: die Endgültigkeit. Sie blieb sich selber treu, ihren Plänen, ihren Hoffnungen. Ein Leben auf dem Schützenhof wegen eines Kindes wäre ihr verlogen vorgekommen, ein Verrat an sich selbst und ihrer Umgebung. Ihr Entschluss scheint mir folgerichtig und geradlinig.

Am 2. April 2014, als ich in Flörsheim die Verbindung zu ihr suchte, ließ sie mich an ihren Gefühlen teilhaben. Jetzt kann ich sie verstehen. Sechzig Jahre nach ihrem Tod kann ich endlich um sie und ihr Schicksal trauern.

Ideale
-
Der Beruf

Die Expertin

Als sich das Volkswirtschaftsstudium dem Ende näherte, das Diplom gesichert, wollten mein Freund und ich eigentlich noch nicht ans Berufsleben denken. Erst einmal frei sein. Nicht mehr büffeln. Entspannen, verreisen. Doch dafür brauchte man Geld. Wir suchten uns Aushilfsjobs, um ein Urlaubsbudget anzusparen, tourten anschließend mit meinem grünen R4 zwei Monate durch Südfrankreich, nächtigten im Zelt oder im Freien auf einem Parkplatz oder auf umgeklappter Rückbank im Renault. Das schonte die Reisekasse und war ein herrlicher Ausgleich zum vorangegangenen Examens-Stress.

Der Ernst des Lebens ließ sich jedoch nicht völlig verdrängen: Der Freund bewarb sich bei einem großen Chemie-Konzern und wurde angenommen, auch wegen seines guten Abschlusses. Ich dachte, ich könnte es auch einmal versuchen, müsste aber bei dem Vorstellungs-Gespräch die weniger gute Examensnote durch Aussehen wettmachen. Vor einer Woche hatte ich eine Perücke erstanden, die erste und einzige in meinem Leben. Meine langen, dunkelblonden Haare versteckte ich unter karottenroten Kurzhaarstoppeln. Ich fand, ich sähe ganz anders aus, viel erwachsener, nicht mehr so mädchenhaft und unbeschwert. Unbeschwert erschien ich tatsächlich nicht bei dem Gespräch: Ein strenges Interview, ich wurde richtig gefordert - und dabei immer das Gefühl, die Perücke könnte verrutschen und eine Strähne meiner vollen dunklen Haare preisgeben. Ob es am Interview oder an der Perücke lag, weiß ich nicht. Ich erhielt eine Absage.

Ich nahm die Wahl des Berufseinstiegs nicht besonders ernst: es ging ja wohl im Wesentlichen um ordentliches Geldverdienen bei einer der akademischen Qualifikation entsprechenden Tätigkeit. Was die sein könnte, dafür hatte ich eigentlich keine Präferenzen. Damals, 1970, hatten Jungakademiker keine Schwierigkeiten eine Anstellung zu finden. Ich hatte die Wahl, auch späteres Wechseln wäre unproblematisch. Warum sollte ich mir also groß Gedanken machen.

Im letzten Semester hatte ich ein Seminar zur Einführung in die Elektronische Datenverarbeitung - EDV - besucht, durchgeführt von einem Privatdozenten, der gleichzeitig Geschäftsführer einer kleinen Beratungsfirma mit Sitz in Tübingen war. Mein Vater, als Ingenieur immer offen für technische Neuerungen, hatte sich selbst gerade Grundkenntnisse in dieser neuen Informations- und Kommunikationsmethodik angeeignet und war sehr stolz, dass seine Tochter sich auch dafür interessierte. Ich war eines der wenigen Mädchen im Seminar gewesen und vom Dozenten, der sich die Leitung seiner Firma mit seiner Frau und einem Kompagnon teilte, besonders beachtet worden. Offenbar ein Mann, der Gleichberechtigung nicht nur akzeptierte, sondern sogar förderte. Er hatte die Möglichkeit einer Bewerbung angedeutet. Ich bewarb mich und erhielt die Stelle.

Nun war ich also EDV Beraterin, zunächst einmal Assistentin. Die ersten Wochen verbrachte ich in der kleinen Zentrale des Unternehmens, in der etwa zehn Leute beschäftigt waren. Zum ersten Mal machte ich Erfahrungen mit Professionalität, zielgerichtetem Denken und Kundenorientierung. Die Situation war völlig anders als in meinen früheren Aushilfsjobs in den Semesterferien, die locker Geld brachten und nach ein paar Wochen vorbei waren. Das hier war ernst. Das war Erwachsenenleben. Mein erster Einsatz war bei der Firma Kodak. Nach drei Monaten machte mir ein Abteilungsleiter dort das Angebot, ganz zur Firma Kodak zu wechseln. Ich war geschmeichelt und fand das Angebot verlockend. Andererseits fand ich es unlauter. Dass dies eine durchaus übliche Art der Rekrutierung in der Wirtschaftswelt ist, wusste ich nicht. Mich als Mitarbeiterin meines Beratungsunternehmens von einem Kunden abwerben zu lassen, hätte ich als illoyal empfunden. Ich lehnte daher ab.

In meinem zweiten Einsatz arbeitete ich an der Programmierung einer Software zur Steuerung der Instandhaltung der öffentlichen Straßen für die Straßenbauverwaltung der Stadt Stuttgart. Diese Arbeit machte mir Spaß. Allerdings nach einem ganzen Tag am Computer fast ohne menschlichen Kontakt dachte ich am Abend manchmal, dass ich das Sprechen verlernt hätte. Nach sechs Monaten war der Auftrag erfolgreich beendet. Es gab keinen weiteren Umsetzungsauftrag. Der Erste Geschäftsführer erklärte, ich solle jetzt die „EDV Akademie" mit den von der Firma angebotenen Seminarveranstaltungen betreuen. Ich könne außerdem nach der jetzt abgeschlossenen Einarbeitung auch bei der Akquisition mit eingesetzt werden. Die EDV Akademie klang gut in meinen Ohren: eine Managementaufgabe. Ich stellte jedoch bald fest, dass sich dahinter nichts weiter verbarg, als Termine mit Referenten abzustimmen, Teilnehmern die Anreise- und Unterkunftsmöglichkeiten zu erläutern, dafür zu sorgen, dass der Kaffeeservice klappte und ähnliche Sekretärinnenaufgaben. Die Gestaltung des Seminarprogramms, das, was mich interessiert hätte, blieb dem Ersten Geschäftsführer überlassen.

Der Hauptteil meiner Tätigkeit bestand in der sogenannten „Kundenberatung". In der Regel ging es darum, dem Kunden zu erklären, warum es für ihn sinnvoll, d.h. finanziell wirtschaftlicher und Arbeitskraft sparender wäre, seine derzeitige manuelle Organisation der verschiedensten Arbeitsbereiche seines Betriebes auf elektronisch gesteuerte Abläufe umzustellen. Auf solche Umstellungen war die Beratungsfirma spezialisiert und würde dem Kunden gerne ein Angebot unterbreiten. Theoretisch hatte mich diese Frage immer interessiert, aber der Gedanke, dass es Angestellte den Arbeitsplatz kosten würde, wenn der Kunde sich überzeugen ließ, gefiel mir nicht. Noch schwieriger war, dass es sich um Arbeitsbereiche handelte, in denen ich mich nicht auskannte, für die ich mich auch nicht interessierte. Betriebswirtschaftslehre hatte ich sehr bewusst bereits nach dem ersten Semester abgewählt.

Bei einem besonders wichtigen Auftrag, für den meine Firma auf den Zuschlag hoffte, entsandte sie eine dreiköpfige Anbieterdelegation: Den Zweiten Geschäfts-Führer, der für die kommerziellen Belange der Firma zuständig war, mich als „einschlägige Fachexpertin" und einen Werkstudenten für die administrativen Arbeiten. Wir reisten am Abend vorher an, um die Gespräche am nächsten Morgen ausgeruht antreten zu können. Ich hatte erst ein paar Tage vorher von diesem neuen Einsatz erfahren und mich nicht vorbereiten können. Der Erste Geschäftsführer nahm an, dass ich durch mein Studium ausreichend qualifiziert sei. Ich hatte allerdings von dem ersten Semester - das nun fünf Jahre zurücklag - den Eindruck zurück behalten, dass es doch um viele Detailaspekte gehen könnte, denen ich mich nicht auf Anhieb gewachsen fühlte. Vorsorglich hatte ich das alte Lehrbuch von damals mitgenommen. Ich dachte, wenn ich nur zehn Seiten des „Betrieblichen Rechnungswesens" noch einmal lesen und erinnern würde, könnte ich das Gespräch morgen überstehen - eine Aufgabe für den Hotelzimmerabend.

Der Abend wurde lang und grauenvoll. Ich las eine Seite und merkte, dass ich nichts aufgenommen hatte. Ich begann von vorne und kam nur einige Zeilen weiter, um festzustellen, dass wieder nichts hängen geblieben war. Ein neuer Versuch - mit dem gleichen Ergebnis. Vielleicht war gerade der Anfang besonders trocken und die zweite Seite ginge besser. Eine Hoffnung, die sich nicht erfüllte. Aber es musste doch klappen: Ich konnte nicht am nächsten Tag ahnungslos erscheinen. Ich musste es einfach noch intensiver versuchen. Und wenn es nicht gelang? Dann würde ich am nächsten Morgen nicht nur mich selbst, sondern auch meine Firma schrecklich bloß stellen. Diese Gedanken machten das Konzentrieren nicht einfacher. Ich brach in Schweiß aus, aber versuchte es weiter. Ich schlug zwei Seiten um: irgendwann müsste mein Hirn doch einmal auf Aufnahme schalten. Auch hier kein Erfolg. Aus irgendeinem Grund war mein Verstand in Abwehrhaltung und nicht bereit, auch nur eine sinnvolle Information abzuspeichern. Als ob er sagte: „Was machst du da eigentlich? Nicht mit mir!" Ich hatte mich bislang nie für dumm gehalten, oder nicht fähig mit etwas Anstrengung auch komplexe Sachverhalte zu erfassen. Aber hier stimmte etwas nicht. Nach Mitternacht gab ich mich geschlagen, es war hoffnungslos. Meine Augen schmerzten, ich konnte kaum mehr die Buchstaben erkennen. Gab es noch irgendeinen Hoffnungsschimmer, damit ich wenigstens etwas schlafen konnte? In einem letzten Durchlauf überflog ich die gesamten zehn Seiten, um wenigstens die Fachbegriffe einmal gesehen zu haben und nicht ins Stottern zu geraten, wenn ich sie aussprechen müsste. Dann legte ich das Buch zur Seite und versuchte zu schlafen. Die Nacht war nicht nur sehr kurz, sondern durch die quälenden Alpträume auch wenig erholsam.

Am nächsten Morgen trafen wir die drei Vertreter des Kunden, der Zweite Geschäftsführer führte mich ein mit den Worten: „Und hier möchte ich Ihnen unsere besonders erfahrene Expertin für Betriebliches Rechnungswesen, Fräulein Lenz, vorstellen. Sie wird Ihnen unser Konzept erläutern." Allein schon die Bezeichnung „Fräulein" hasste ich - für mich immer mit dem Beigeschmack verbunden, Anfängerin, noch nicht so weit zu sein, noch nicht dazu zu gehören. Und dann auch noch „Expertin" auf einem Gebiet, auf dem ich gerade einmal ein paar Begriffe aufgeschnappt hatte, von „besonderer Erfahrung" ganz zu schweigen. Von einem „Konzept" konnte gar keine Rede sein, dazu hätte ich die Sache erst einmal verstehen müssen.

Mir wurden schlagartig drei Dinge klar: Der Zweite Geschäftsführer kannte sich fachlich selbst nicht aus. Außerdem ging es nicht nur um Beratung des Kunden, ob EDV für ihn sinnvoll sei, sondern vor allem um das Verkaufen der Programmierleistungen meiner Firma, wenn der Kunde überzeugt werden konnte. Und drittens erwartete man von mir, dass ich mich geschickt genug verhielt und meine wie auch immer gearteten Fachkenntnisse positiv genug darstellte, damit meine Firma eine Chance erhielt.

Die Erinnerung ist gnädig und verweigert mir die Einzelheiten des folgenden Gesprächs, die fachlichen Details, die die Gesprächspartner einbrachten und meine jeweilige Reaktion darauf. Aber ich spüre wieder die ungeheure Anspannung, die beißende Angst vor der Blamage. Ich versuche mich gerade hinzusetzen, meinen Rücken zu straffen. Ich überdenke die an mich gerichteten Fragen. Was fällt mir dazu ein? Was soll ich antworten? Meine Hände werden feucht, aber das sieht ja niemand. Ich merke am Rande und mit einer gewissen Erleichterung, dass mein Zögern zunächst einmal nicht als Unsicherheit gewertet wird, sondern eher als kritisches Nachdenken. Das gibt mir ein wenig Mut und ich nehme mir Zeit. Dann sage ich irgendetwas Allgemeines, was mir gerade noch eingefallen ist. Hoffentlich kommt keine Nachfrage zu den Details. Nein, es folgt die Darstellung des nächsten Aspektes des betrieblichen Engpasses des Kunden. Ich versuche jetzt einige Gegenfragen, um von der Tatsache abzulenken, dass mir zu dem Problem nichts einfällt. Meine Hände werden noch feuchter. Jetzt beginnen die drei Repräsentanten des Kunden sich untereinander zu unterhalten - eine kleine Erholungspause für mich. Aber immer noch muss ich damit rechnen, dass die eine Frage gestellt wird, auf die eine kompetente Antwort von mir folgen muss, wenn ich nicht mein mangelhaftes Fachwissen offenbaren will. Wie lange lassen sich die Kunden von den Allgemeinplätzen ablenken? Wann ist das Gespräch endlich vorbei? Es scheint mir eine Ewigkeit zu dauern und sich ständig zu wiederholen: Frage der Kunden, betontes Nachdenken von meiner Seite, dann Gegenfrage oder Belanglosigkeit als Erwiderung.

Nach zwei Stunden war es überstanden: der Kunde war zwar noch nicht überzeugt, aber wollte die Sache überdenken und eventuell um ein weiteres Gespräch bitten.

Jetzt war es Zeit zum Mittagessen und der Zweite Geschäftsführer lud mich ein. Er unterhielt sich freundlich mit mir, was mir half, mich ein wenig zu entspannen. Ich war ihm dankbar, dass er nicht auf das gerade beendete Beratungsgespräch zurückkam - vermutlich konnte er es fachlich gar nicht bewerten und ich selbst wollte nur Abstand von der Pein. Dann kam er auf die EDV Akademie zu sprechen, wie mir diese Arbeit gefiele. Und plötzlich entlud sich meine Frustration, als sei ein Damm gebrochen: „Das ist nicht die konzeptionelle Arbeit, für die ich eingestellt worden bin. Ich verbringe viel zu viel Zeit mit aufwendigen Terminabstimmungen für die Seminarteilnehmer. Dabei möchte ich viel lieber an der inhaltlichen Ausgestaltung der Seminare mitarbeiten. Der Erste Geschäftsführer sollte sich einmal selbst am Telefon um die Hotelreservierungen kümmern, dann würde er verstehen, wie wenig interessant diese Arbeit ist". Der Zweite Geschäftsführer schwieg, zeigte keine Reaktion und wechselte dann das Thema.

Er dauerte keine zwei Tage und ich wurde zum Ersten Geschäftsführer gerufen: man habe einen Vorschlag für mich. Es war noch zu früh, als dass der Kunde mit dem problematischen Rechnungswesen sich schon gemeldet haben konnte. Ich war gespannt, vielleicht würde man mir endlich eine interessante neue Aufgabe übertragen. Es kam anders, als ich dachte: „Fräulein Lenz, Sie können wählen: entweder Sie kündigen - aber das hätte vermutlich Nachteile für Sie gegenüber dem Arbeitsamt. Oder Sie stimmen einem Auflösungsvertrag mit sofortiger Wirkung in beiderseitigem Einverständnis zu. Wenn Ihnen beides nicht gefällt, werden wir Ihnen kündigen - das macht sich allerdings nicht so gut in Ihrem Zeugnis!"

Ich fand problemlos eine neue Stelle bei einem Forschungsinstitut in Heidelberg, ganz in der Nähe von Ludwigshafen, dem Arbeitsort meines Freundes. Hier lernte ich andere Möglichkeiten der digitalen Welt kennen: ich entwickelte Lehrprogramme für Computerunterstützte Unterweisung, die ich selbst in Unterrichtsstunden für Berufsumschüler, die körper- oder geistig behindert waren, erproben konnte. Ich erlebte und freute mich am Lernerfolg der Kursteilnehmer. Anfangs hatte ich das abrupte Ende meiner ersten Arbeitsstelle als Schmach empfunden. Nach einiger Zeit jedoch fühlte ich die Befreiung von einer Tätigkeit, die für mich nicht gepasst hatte. In meiner neuen Stelle hatte ich nette Kollegen, die gerne im Team arbeiteten und sich an den Bedürfnissen von Menschen orientierten, nicht an betrieblichen Rationalisierungen. Jetzt war ich im Beruf angekommen.

Ich dachte nicht gerne an die erste Arbeitsstelle. Aber wenn ich es tat, musste ich eingestehen, dass es eine nützliche Erfahrung gewesen war. Fachlich hatte ich Programmieren gelernt und persönlich hatte sich gezeigt, dass ich keine Verkäuferin sein wollte. Auf jeden Fall keine von Produkten, hinter denen ich nicht stehen konnte. Ich wusste auch, dass es ein Fehler gewesen war, mich auf dem Umweg über den Zweiten Geschäftsführer zu beschweren. Die Frage blieb, ob ich beim nächsten Mal in einer solchen Situation rechtzeitig erkennen würde, was für mich nicht passte, und den Mut aufbringen würde es direkt anzusprechen, bevor sich mein Ärger aufstaute und bei der falschen Gelegenheit aufbrach. Aber eines konnte ich sofort versuchen zu ändern: Ich musste dringend die unangenehme Bezeichnung „Fräulein" ablegen. Es wurde eine neue Aufgabe: Ich wollte heiraten!

Die Bettwäsche

Wir hatten die dreimonatige Einweisung in Berlin in der großen, etwa fünfzig junge Menschen zählenden Gruppe hinter uns. Jetzt waren wir noch zu fünft, fünf Entwicklungshelfer - oder kurz EHs -, die eine sechswöchige intensive Einarbeitung in Botswana, dem Land, für das wir ausgewählt worden waren und für das wir uns entschieden hatten, ab Januar 1974 absolvieren sollten. Mit den Landessitten sollten wir uns vertraut machen, die Landessprache lernen, uns auf unsere berufliche Aufgabe vorbereiten und verstehen, was man von uns erwartete, was wir geben konnten und was wir zu geben bereit waren.

Zwei Wochen hatten wir bereits in Kubung gelebt, einem sogenannten Dorf, das heißt einer Ansammlung von verstreuten Rundhütten in der Mitte des Buschs von Dornbüschen, vielen Ziegen und einigen Rindern umgeben. Wir schliefen in einer Hütte mit Lehmmauern und Strohdach, zu Gast bei den Einheimischen. Sie kochten für uns in den dreibeinigen Eisentöpfen - „Tripods" von den Batswana genannt, Missionarstöpfe respektlos von uns in Erinnerung an Darstellungen von Missionaren, die ihren Eifer in den Töpfen von schwarzen Menschenfressern beendet haben sollen. „Millipapp" ein zäher Maisbrei mit einer undefinierbaren Sauce. Eine Ziege wurde nur zu festlichen Anlässen, zum Beispiel bei unserer Ankunft, geschlachtet, ein Huhn zu unserem Abschied. Anfangs kamen die Frauen noch jeden Morgen, nachdem wir nach einer anstrengenden Nacht auf der Pritsche etwas länger geschlafen hatten, und kehrten mit einem Reisigbesen die festgestampfte Erde und die Lehmwände in unserer Hütte. Dann wurde uns dieser Dienst peinlich, wir bedeuteten, dass wir es selber machen würden und entschieden - da uns keiner kontrollierte - dass das Kehren auf dem Erdboden eigentlich überflüssig sei, es war ja ohnehin Erde. Es würde reichen, wenn wir bei unserer Abfahrt das schöne Bild eines glatt gefegten Bodens ohne Fußspuren hinterlassen würden.

Die Dörfler waren nett, wir durften sie beobachten. Unterhalten konnten wir uns kaum. Dazu war unser Setswana noch zu sehr in den Kinderschuhen. Wasser holen vom Brunnen dauerte lange und das Stampfen des Mais für den Millipapp ebenfalls. Das Feuer in Gang halten war sehr wichtig und brauchte auch seine Zeit. Es waren ruhige Tage und es war immer Zeit für einen Schwatz, an dem wir leider nicht teilhaben konnten. Ich fragte mich, ob die langsamen, gesetzten Schritte mit dem Barfuss- Laufen zusammen hängen konnten. Musste vielleicht jeder Schritt wegen Skorpionen, Schlangen oder sonstigen gefährlichen Lebewesen sorgsam abgewogen werden und Hektik war aus diesem Grunde lebensgefährlich? Jedenfalls erlebten wir weder in diesen zwei Wochen noch später gehetzte, eilige Menschen, abgesehen von den Ausländern. Botswana war ein Land der Beschaulichkeit, ohne Ehrgeiz, dass eine bestimmte Sache an einem ganz bestimmten Tag vollbracht werden müsse. Es gab ja noch einen nächsten.

Das lernten wir in Kubung. Was wir dort noch nicht lernten war, dass es für jedes Handeln der Batswana einen guten Grund gab. Wir wussten nicht, warum man einen Erdboden oder eine Lehmmauer kehren sollte und hielten es für übertriebene Höflichkeit und Schönheitsbedürfnis uns gegenüber. Erst Monate später, als ich vor einer halb verfallenen Rundhütte stand, erklärte mir ein Motswana: „Die Bewohner haben nicht aufgepasst. Sobald die

Termiten anfangen, einen Gang zu bauen, muss man ihn sofort zerstören, damit die Termiten nicht weitermachen. Aber meistens sieht man sie gar nicht. Deshalb müssen wir ganz regelmäßig Böden und Wände in unseren Hütten kehren."

Jetzt kamen noch die vier Wochen in der Hauptstadt, in Gaborone. Damals war es keine Stadt in unserem Sinne. Es gab weder geteerte Straßen, noch Ampeln. Gaborone war eher ein Großdorf mit einigen moderneren Häusern im Kolonialstil der Engländer, die Botswana nur eines Protektorats für würdig befunden und somit auch keine Kolonialstrukturen mit den zu dieser Zeit in den meisten Kolonien aufflammenden Problemen der Ablösung hinterlassen hatten. Hier wohnten wir im einfachen Gästehaus des DED, des Deutschen Entwicklungs- Dienstes, unserer Entsendeorganisation. Die Möblierung war sparsam. Diesmal hatte jeder von uns ein eigenes Zimmer und ein richtiges Bett, mein Mann und ich ein gemeinsames Zimmer. Eine mit dem Nötigsten eingerichtete Küche. Wir hätten kochen können, doch dazu hatte keiner Lust. Wir waren auch zu beschäftigt: Diesmal mit Setswana Intensivkurs, Landeskunde, Kennenlernen unseres Arbeitsplatzes, bei mir die Planungsabteilung des Ministry of Works and Communication und Kennenlernen der anderen EHs, ihrer Tätigkeiten und den Gepflogenheiten des DED. Wir diskutierten viel, was man in diesem Land alles besser machen könnte, was es zu entwickeln gab, die Grenze zu Südafrika mit der Apartheid, die Ungerechtigkeiten dort, die Ungerechtigkeiten in Botswana. Von anderen EHs hörten wir, dass sie ein Einreiseverbot für Südafrika hatten, da sie sich in Deutschland aktiv gegen die Apartheid eingesetzt hatten. Mein Mann und ich beschlossen, Fahrten in das als landschaftlich so reizvoll geltende Südafrika nur in medizinischen Notfällen und zu Versorgungszwecken zu unternehmen: in Gaborone gab es nur wenig Gemüse, zwei Sorten Käse und nur eine Sorte Brot, das weiße englische Toastbrot.

Jeden Morgen bei unserem einfachen Frühstück klopfte es ein, zwei oder drei Mal an die Haustür. Eine junge Motswana stand davor, jedes Mal eine andere. „Work?" Oft konnten sie nicht viel mehr als dieses Wort. Sie wollten uns im Haushalt helfen. Es hatte sich herum gesprochen, dass neue Ausländer da waren, die sicher bald in ihre eigene Wohnung ziehen und dann jemand brauchen würden. Nein, wir brauchten niemand. Wir waren alle mehr oder weniger Berufsanfänger, gewohnt, alles selbst zu machen. Und wir waren uns alle einig: wir waren gegen Ausbeutung. Deshalb waren wir in dieses Land gekommen. Hier sollte es besser werden, die Arbeitsbedingungen sollten sich eher den europäischen angleichen und die Bezahlung gerechter werden. Wir brauchten doch niemanden, um unser Geschirr abzu-waschen, und meistens gingen wir ohnehin zwischen den Terminen irgendwo in ein kleines Restaurant zum Mittagessen. Das Abendbrot konnten wir leicht gemein-sam machen. Und was war dagegen einzuwenden, wenn jeder sein Zimmer selber putzte und die Gemein-schaftsräume reihum von uns gereinigt wurden? Mein Mann und ich kannten von Deutschland her zwar bereits eine Waschmaschine, aber selbstverständlich war sie für uns noch nicht und für die anderen drei - sie waren Singles - noch gar nicht. Handwäsche war völlig in Ordnung. Beiläufig erkundigten wir uns bei anderen, was denn so ein Hausmädchen an Bezahlung erhalten würde. Achtzig bis hundert Pula. Das war in D-Mark etwa der gleiche Betrag, also ungefähr ein Achtel dessen, was eine deutsche Hausangestellte erhielt. Jetzt waren wir richtig empört: eine unvorstellbare Ausbeutung, das würden wir auf keinen Fall mitmachen. Dazu waren wir nicht hier.

Am nächsten Tag klopfte wieder ein Mädchen, dann wieder eines. Man konnte ihnen ja nicht erklären, worum es ging, sie wollten einfach nur Arbeit. Manche lächelten schüchtern, andere traurig. Und immer war etwas Bittendes dabei, sie hatten offensichtlich ihre gute Kleidung angezogen. Manche hielten ein Empfehlungsschreiben ihrer letzten Dienstfamilie in der Hand. Eine versuchte zu erklären, dass sie auch für weniger Geld arbeiten würde, dabei hatten wir gar nicht über Geld gesprochen. Wir versuchten das Klopfen zu überhören, aber das Klopfen war stärker. Danach wurde festgelegt, wer an der Reihe mit Absagen war. Wir blieben unserem Grundsatz treu und machten unsere Hausarbeit selbst.

Es war Sommer und Regenzeit und heiß. Wir schwitzten - auch in unseren Betten. Die Ventilatoren an den Decken brachten nur wenig Luft. Nach zwei Wochen war es an der Zeit die Bettwäsche zu wechseln. In Deutschland hätte man sie in die Wäscherei gegeben, aber so etwas gab es hier nicht. Wir beschlossen, die Sache als Gemeinschaftsunternehmen anzugehen und zogen die Betten zur gleichen Zeit ab, schwere weiße Leinentücher mit dazu passenden Bett- und Kopfkissenbezügen. Einweichen würde das Waschen erleichtern. Fünf Sätze Leintücher, Bett- und Kissenbezüge wurden in die Badewanne gehäuft und mit Waschpulver und Wasser übergossen. Die Wanne war voll. Die Wäsche weichte. Wir hatten nur dieses eine Badezimmer und nur die eine Badewanne mit Duschschlauch. Am nächsten Tag mussten wir auf das Duschen verzichten und beschieden unsere Hygiene auf Waschen am Waschbecken. Am nächsten Tag ebenfalls. Die Mädchen klopften weiter. Wir sagten weiter ab.

Am dritten Tag kündigte Norbert an, er würde etwas unternehmen. Er würde das Weichwasser auswechseln. Das tat er: er ließ das Wasser ablaufen, es dauerte eine halbe Stunde. Wir anderen vier schauten neugierig zu. Das Wasser war abgelaufen. Da lag die nasse Wäsche, bleischwer. Norbert: „Kann denn jemand wenigstens mal die Wäsche umdrehen, wenn ich hier schon alles mache?" Keiner mochte das nasse Gelump mit dem Schweiß der anderen anfassen und so blieb es, wie es war. Norbert schüttete frisches Waschpulver darauf und ließ den Wasserhahn laufen. Nach fünfzehn Minuten war die Wanne wieder voll. Am nächsten Morgen wieder Sparhygiene. Norbert war an der Reihe das Tür klopfende Mädchen abzuweisen. Mir fiel auf, dass er diesmal länger brauchte, als an den Tagen davor. Zwei weitere Morgen mit der gleichen Routine: Katzenwäsche und Mädchen abweisen. Dann war ich dran mit der Tür. Diesmal war es eine nette, sie sprach sogar ein wenig mehr Englisch als die meisten ihrer Vorgängerinnen. Ich fragte, ob sie sofort anfangen könnte. „Yes", sie strahlte.

Am Abend sagte niemand etwas - keine Vorhaltungen, keine Grundsatzdiskussion. Wir hatten jetzt ein Dienstmädchen.

Zwei Wochen später löste sich unsere Wohn-Gemeinschaft auf, jeder zog in eine eigene Wohnung. Eine der ersten Aktivitäten von allen war das Einstellen eines Hausmädchens.

Ein Traum ging zu Ende

„Wenn nicht bald etwas geschieht, ist es zu spät für unsere Auslandspläne", sagte ich zu meinem Mann. „Die Kinder sind jetzt zehn und dreizehn Jahre alt. Da geht es gerade noch mit einer Einschulung im Ausland und dann wieder zurück nach Deutschland rechtzeitig vor dem Abitur. Wir werden nicht jünger!" Ich war der Ansicht, man müsse auch selbst die Realität in einem Entwicklungsland erleben, wenn man in der Entwicklungshilfe arbeitet. Reine Verwaltungstätigkeit von Deutschland aus empfand ich als unbefriedigend. Mein Mann teilte meine Auffassung. „Das passt gut. Ich habe gerade gestern eine interessante Ausschreibung gesehen. Ich kümmere mich darum."

Wie es dann dazu kam, dass ich zuerst einen Vertrag erhielt und dringend ausreisen sollte, ist eine andere Geschichte. Nach langen Diskussionen, Für und Wider, entschied der Familienrat, ich solle allein den Anfang machen, die Familie würde nachkommen, wenn alles geregelt war. Und so flog ich Anfang Oktober 1994 mitten hinein in die in Neu-Delhi grassierende Pestepidemie. Walter und seine indische Frau, bei denen ich wohnen konnte, nahmen mir die größte Angst und zeigten, worauf ich achten musste. Ich sollte Pionierarbeit leisten für ein auf vier Jahre ausgelegtes neues Grundbildungsprogramm, für das aus administrativen Gründen nur jeweils Ein-Jahres-Arbeitsverträge abgeschlossen wurden. Es gab nichts - nur das Projektkonzept auf dem Papier - alles musste von mir neu gestaltet werden. Dazu brauchte ich zuerst Räumlichkeiten für ein Büro und eine Unterkunft für die Familie. Der Ein-Jahres-

246

Vertrag erzeugte Druck, ich musste etwas vorweisen können, damit es auch zu einer Vertrags-Verlängerung käme.

Nach zehn Wochen war ich am Verzweifeln. Als wieder einmal eine Besichtigung erfolglos gewesen war, saß ich weinend neben dem Makler im Taxi: „Wie soll das weitergehen? Entweder zu groß oder zu teuer oder zu heruntergekommen. Als wollte man uns bestrafen dafür, dass wir diesen Schritt gewagt haben. Meinen Mann habe ich nach seiner Knieoperation alleine gelassen, weil die Kommission so sehr auf meine Ausreise drängte. Und wofür das alles? Ich komme nicht weiter. Ich soll hier aufbauen, Aktivitäten entwickeln. Ich will endlich meine Kinder wieder sehen, meinen Mann. Ich habe alles versucht, was man sich nur einfallen lassen kann", dachte ich. Ich war kurz davor aufzugeben.

Eine Woche später fand ich geeignete Büroräume und ein nettes Wohnhaus mit Garten nur fünf Minuten Fußmarsch voneinander entfernt. Jetzt konnten wenigstens die Kinder nachkommen, mein Mann wollte abwarten, bis mein Vertrag verlängert war. Für unseren Sohn würde es schwierig werden, er hatte gerade die Umschulung ins Gymnasium hinter sich mit lauter neuen Kameraden, an die er sich langsam zu gewöhnen begonnen hatte. Er war der Einzige gewesen, der nicht nach Indien wollte: „Was soll ich da? Da ist doch alles fremd!" Er hatte sich nur mühsam überzeugen lassen, es zunächst für ein Jahr zu versuchen. Seine drei Jahre ältere Schwester sah das anders: „Das ist doch toll, was es da alles zu erleben gibt! Außerdem komme ich dann endlich auf eine Schule, wo auch Jungen in der Klasse sind!"

Für die Kinder und meinen Mann begann das Indienabenteuer mit Weihnachten in Goa, schmelzenden Kerzen und Palmen am Strand. Der Anfang glückte. Die Kinder blieben, mein Mann kam erst im Sommer endgültig nach, nachdem mein Vertrag sehr frühzeitig um ein Jahr verlängert worden war. Man war offenbar zufrieden mit meiner Arbeit.

Jetzt begann eine schöne Zeit. Ich hatte die Familie bei mir, eine beruflich fordernde Aufgabe mit allen Gestaltungs-Möglichkeiten und vielen Freiheiten. Maria, eine perfekte Haushälterin, nahm mir alle Arbeiten im Haushalt ab, Arbeiten, für die ich mich noch nie hatte begeistern können. Endlich keine Zweiteilung mehr in Beruf und Haushalt! Wir wohnten komfortabel - eine beschämende Notwendigkeit, um von der trostlosen Armut und dem unglaublichen Schmutz auf den Straßen Neu-Delhis nicht erdrückt zu werden.

Einmal, während der Schulferien, nahm ich unsere Kinder mit auf eine Dienstreise. Meine indischen Partner behandelten sie wie kleine Stars und entsprechend wohl fühlten sich die jungen Herrschaften. Mit „Master" angesprochen zu werden, gefiel meinem jetzt elfjährigen Sohn derart, dass er beschloss, auch länger als ein Jahr in Indien bleiben zu können.

Wir machten wunderbare Urlaube: In Dharamsala lernten wir den Dalai Lama in seinem Exilpalast kennen. Einmal wöchentlich hielt er eine öffentliche Audienz ab. In dem weitläufigen, kunstvoll gepflasterten Innenhof der ausgedehnten Anlage reihten wir uns in die lange Schlange wartender Menschen ein, Menschen aus aller Herren Länder, Arme und Reiche, alle Hautfarben vertreten und allein durch die Demut vor dem Oberhaupt der Buddhisten geeint. Niemand konnte sich der charismatischen Ausstrahlung der Hoheit entziehen. Der Dalai Lama schenkte jedem eine warmes, ganz persönliches Lächeln, gab ihm die Hand, überreichte dabei ein rotes Glücksbändchen und segnete ihn. Man musste nicht Buddhist sein, um die Wirkung zu spüren. Die Glücksbändchen wurden in meiner Familie hoch in Ehren gehalten: sie sollten die vier Jahre in Indien zu einer glücklichen Zeit machen.

Zweimal kamen Freunde aus Deutschland mit ihren Kindern. Wir reisten zusammen durch das farbenfrohe Rajasthan mit seinem Palast der Winde und das grüne Kerala mit seinen verschlungenen Wasserwegen im Dschungel der verwunschenen Backwaters. Wir ritten in schaukelnden mit rotem Samt ausgeschlagenen Sänften auf dem Rücken von gutmütigen Elefanten. Im National Park Ranthambore hatte man uns die selten gewordenen Tiger versprochen. Versteckt hinter gelbem Schilf, die Finger auf den Lippen, um die sensiblen Tiere nicht zu verscheuchen, äugten wir über den halb ausgetrockneten morastigen See. Dort auf der anderen Seite sahen wir sie, vom Gras halb verdeckt und doch deutlich zu erkennen: die kraftvollen Bewegungen eines kopulierenden Tigerpaares.

Für uns als „Permanent Residents", den dauerhaft Ortsansässigen, galten die Hotelpreise der Einheimischen, die weniger als die Hälfte der Touristenpreise ausmachten. Daher konnten wir uns die schönsten Hotels leisten wie die ehemaligen Maharadscha-Paläste in Jodhpur oder den „Lake Palace" in Udaipur, der zwölf Jahre zuvor Schauplatz für den James Bond Film "Octopussy" gewesen war. Es war eine Zeit wie in einem märchenhaften Traum.

Ich sollte einen indischen „Counterpart", einen einheimischen Stellvertreter für das Projekt, einstellen. Endlich fand ich eine Inderin aus der Oberschicht mit guten Beziehungen und mit einem Engländer verheiratet. Ihr Auftreten und die Familie, aus der sie stammte, beeindruckten mich und ich dachte, sie könnte eine Bereicherung für das Projekt sein. Ich stellte sie ein. Die Inderin kam und ging, wie es ihr gefiel. Da das Projekt gerade auf Entscheidungen vom Ministerium warten musste und nicht viel zu tun war, gab es keinen Grund für mich, die Stellvertreterin im Büro zu halten. Aber sie sollte hinterlassen, wo sie zu erreichen sei. Das gefiel ihr nicht, noch weniger, dass alle eingehende Post oder E-Mails über meinen Schreibtisch oder Computer liefen. Sie akzeptierte es nur sehr widerwillig.

Eines Tages - die Stellvertreterin war wieder einmal unterwegs - wurde ich von meiner Sekretärin angesprochen. Die sonst so selbstbewusste Helena indischschwedischer Abstammung schien verlegen, ihr Gesicht angespannt. Ich wurde unruhig, hoffentlich wollte Helena nicht kündigen, es wäre ein herber Verlust. „Ich habe da etwas gehört und würde gerne wissen, ob es stimmt. Es ist mir sehr unangenehm, Sie das zu fragen." Sie stockte. Ich setzte ein freundlich ermutigendes Lächeln auf, es ging wohl doch nicht um eine Kündigung. „Ja, Helena, fragen Sie nur." Sie schluckte und sagte dann: „Sollen Sie wirklich demnächst des Landes verwiesen werden?" Was war das? Unglaublich! Ich war entsetzt! „Das ist völliger Unsinn. Wer hat eine solche Behauptung in die Welt gesetzt?" Helenas Züge entspannten sich etwas: „Ihre Stellvertreterin. Aber ich konnte mir das gar nicht vorstellen." Sie war sichtlich erleichtert.

Mir fiel eine scherzhafte Bemerkung meines Vorgesetzten im Beisein meiner Stellvertreterin ein: „Wenn Sie als Leiterin des Projektes die Formalitäten für die Importgenehmigungen nicht einhalten, könnten Sie ganz schnell des Landes verwiesen werden!", hatte mein Chef mich vor einer Woche lachend informiert.

Ich war erschüttert. Was bezweckte die Stellvertreterin? Wollte sie sich rächen für die Bürovorschriften, die ihr nicht gefielen, wollte sie böses Blut säen in dem netten Büroteam oder hoffte sie auf meinen Posten? Ich informierte meinen Vorgesetzten. Er fragte nicht lange, sondern gab mir grünes Licht zur fristlosen Kündigung.

Die Stellvertreterin ging am nächsten Tag. Zu ihrer anderen Arbeitsstelle, die sie schon seit einiger Zeit hatte, wie sich herausstellte. Der Schock ging tief für mich. Ich hatte mich in der Inderin getäuscht und musste ihr nun weiter auf Gesellschaften begegnen und mit ihrem Ehemann zusammen arbeiten. Die Empfänge, die ich früher als anregend empfunden hatte, wurden jetzt eine Belastung.

Die erneute Vertragsverlängerung für mich - wieder für nur ein Jahr - stand bevor. Aber diesmal bekam ich nur hinhaltende Nachrichten aus Brüssel. Dann, endlich, zwei Monate vor Ablauf der Vertragslaufzeit kam die Antwort: eine Absage. Ich war bestürzt - ich hatte mich auf weitere zwei Jahre in Indien eingestellt. Ich wollte wissen, warum. Die Antwort war fadenscheinig: ein Bericht von mir würde noch fehlen. Der Abgabetermin war erst in vier Wochen, doch das änderte nichts an dem Argument. Ich arbeitete mit Hochdruck an der termingerechten Fertigstellung und besorgte mir ein Ticket nach Brüssel. Ich wollte den Bericht persönlich überbringen, den Projekterfolg präsentieren und dabei beiläufig auf die Verlängerung meines Vertrages zu sprechen kommen.

Es war ein grauer Tag. Ich war angemeldet. Ich wollte kämpfen. Zu meinem großen Erstaunen wurde ich in einen Raum geleitet, in dem fünf Abteilungsleiter der Brüsseler Kommission auf mich warteten. Warum dieses Aufgebot für einen Jahresbericht? Der Bericht wurde entgegen genommen und zur Seite gelegt. Keiner interessierte sich dafür, keiner fragte nach dem Projekt. Das Treffen dauerte etwa dreißig Minuten, es ging nur um das Thema meiner Vertragsverlängerung. Mir wurde deutlich, sie wollten sicher gehen, dass alle mit einer Zunge sprächen und kein Fehler bezüglich der Absage mir gegenüber unterlaufen würde. Ich versuchte, die Gründe heraus zu finden. Ich befürchtete einen Zusammenhang mit dem Ausscheiden der Stellvertreterin, aber die Gegenseite erwähnte ihn nicht, wusste wohl nicht einmal davon. Nichts klang überzeugend. Die Abteilungsleiter bestanden darauf, dass die Verträge jeweils nur für ein Jahr abgeschlossen würden, darauf hätte ich mich eben einstellen müssen. Ich begriff, dass mein Versuch erfolglos gewesen war und verabschiedete mich. In der Tür beim Händeschütteln, nahm einer meiner Gesprächspartner mich ein wenig zur Seite und sagte fast entschuldigend zu mir, ohne dass die Anderen es hätten hören können: „Sie müssen berücksichtigen, dass die EU mit Finnland ein neues Mitglied bekommen hat. Das verändert eben die Situation." Ich verstand nicht, was er damit sagen wollte, nur, dass er um Verständnis warb und es gut mit mir meinte.

Jetzt musste alles sehr schnell gehen: Umschulung der Kinder - welche Schulen? Information an meinen Arbeitgeber in Deutschland, dass ich früher zurückkehren würde - auf welche Position? Die Kündigung unserer Mieter in Deutschland - würden sie Schwierigkeiten machen? Und die Haushaltsauflösung in Delhi. Es blieb keine Zeit zum Nachdenken oder Trauern. Für meinen Mann war es besonders schwer, denn die Beurlaubung bei seinem Arbeitgeber war nicht einfach gewesen. Nun hatte es sich kaum gelohnt.

Dann kam die Einarbeitung meiner Nachfolgerin dazu. Zwei Wochen hatte sich die junge Frau, eine Berufsanfängerin frisch von der Uni und ohne Familie, dafür ausbedungen. Sehr wach und bestimmt. Sie war seit einem halben Jahr als Desk-Officer für das Projekt in Brüssel zuständig gewesen und hatte mich auf der letzten Dienstreise durch Indien begleitet, um das Programm kennen zu lernen. Es hatte ihr gut gefallen. In Brüssel hatte sie viel gelernt, auch dass die Kommission bei Stellenbesetzungen einen Nationalitätenproporz zu berücksichtigen hatte. Neue Mitgliedsländer hatten diesbezüglich immer einen Nachholbedarf. Beiläufig erwähnte sie ihre Heimatstadt Helsinki. „Helsinki? Das ist doch die Hauptstadt von Finnland, dem neuen EU Mitglied!", schoss es mir durch den Kopf. „Sie ist Finnin. Sie hat ihre Chance genutzt!"

Vor mir saß die junge Finnin und verlangte von mir informiert zu werden. Ich musste meine Wut herunter schlucken auf dieses junge Ding, das meine Pläne durchkreuzt hatte und die Spielregeln auf seiner Seite wusste. Gleichzeitig war ich mir nicht sicher, ob ich in der Situation der Finnin anders gehandelt hätte.

Der Traum war zu Ende und ich um eine bittere Erfahrung reicher. Ich hatte Indien und die Realität in der Entwicklungszusammenarbeit kennen lernen wollen. Es war mir gelungen. Ich hatte den Subkontinent mit seinen erbarmungslosen Gegensätzen von Elend und Schönheit erlebt; das Elend hätte ich gerne vergessen.

Bleiben sollten die Erinnerungen an die traumhaften Reisen mit meiner Familie und unseren Freunden zu den verzauberten Stätten wie in 1001 Nacht.

Maria oder Eine schwere Entscheidung

Am Morgen war ich auf der staubigen, ungeteerten Straße den halben Kilometer von unserm Wohnhaus zu meinem Büro am Rande des Stadtteils gelaufen. Das tat ich immer, wenn die Hitzewelle vorbei war und die Temperaturen wieder unter 40 Grad lagen. Ich mochte den Weg durch das Wohngebiet in Vasant Vihar vom Wohnhaus weg, das mitten zwischen gepflegten Häusern der Wohlhabenden an einem großen schütter begrünten Platz lag, der für Hochzeitsfeiern genutzt wurde. Wir wollten nicht neugierig auf der Straße stehen und beobachteten die Hochzeiten vom ersten Stock unseres Wohnhauses aus, die weißen Zelte, in denen oft über zweihundert Gäste verschwanden, die Caterer, die geschäftig die großen versilberten Servierbehälter für das Büffet herbeischafften und zum Schluss schweren Schrittes, fast taumelnd von den Eltern am Ellbogen geleitet, die Gold behängte Braut. Allen Reichtum, den sie mit in die Ehe brachte, musste sie zur Schau stellen. Sie brach darunter fast zusammen.

Der kurze Weg ließ mich Abstand nehmen und mich vorbereiten auf meine Koordinationsaufgaben. Er führte in die andere indische Welt, die der Benachteiligten, der gerne Vergessenen, der Kinder und vernachlässigten Lehrer in den Grundschulen der ländlichen Regionen des Landes. Weg von häuslichen Verpflichtungen, denn bei Maria wusste ich alles in guten Händen. Mit ihrem runden Gesicht, wachen Augen, den kräftigen wohlgeformten Armen, die ihre Gestalt für Europäer nicht mehr ganz schlank, für Inder jedoch fast mager erscheinen ließen, war sie überall zur Stelle und die Allround-Managerin im

Haus in meiner Abwesenheit. Sie war weder alt noch jung, weder hübsch noch hässlich, verheiratet und kinderlos Doch sie war da - unübersehbar. Sie gehörte dazu. Wir hatten sie von einem scheidenden deutschen Experten übernommen, der sie in höchsten Tönen gelobt hatte: „Sie macht alles ganz allein. Sie putzt, wäscht, bügelt, kauft ein und kocht, bestellt den Garten und fegt vor dem Haus. Sie brauchen sonst niemanden außer vielleicht Wachleuten." Und so war es.

Ich wusste, wenn ich am Mittag nach Hause käme, würde das deutsche Essen - Schweinebraten mit Semmelknödeln war ihre Spezialität, indische Küche gab es nur auf meine besondere Nachfrage - auf mich, meinen Mann und die Kinder warten. Unser Sohn, der junge „Master" und damit Marias Favorit, würde sich nachmittags gegen ihre unbeauftragten Versuche wehren, ihn zu den Hausaufgaben zu bewegen und sich schließlich in das Unvermeidliche fügen. Unsere Tochter würde unbehelligt von Maria bleiben, denn sie war ein Mädchen und somit wohl in Marias Rangfolge, die die christliche Erziehung im Waisenhaus der Mutter Theresa in Bangladesch nicht ganz hatte aufheben können, auf der untersten Prioritätenskala. Die hieß in Indien: Vater, Sohn, Mutter und ganz zuletzt die Tochter. Sie zeigte sich bei der armen Bevölkerung in der Essensportionierung und Reihenfolge der Zuteilung - Mädchen hatten in den ersten fünf Lebensjahren eine zwanzigprozentig geringere Überlebenschance als gleichaltrige Jungen. Am deutlichsten wurde die indische Haltung gegenüber Frauen in dem Spruch: „Sie ist es nicht wert, ihr ein Glas Wasser zu reichen". Unsere Tochter war bei den Hausarbeiten also auf sich allein gestellt, konnte damit gut umgehen und freute sich an Marias Augenmerk auf ihren Bruder, der ihr selbst Freiraum bescherte!

Das Büro war ein Kompromiss. Die sechs Bürozimmer im Erdgeschoss waren eigentlich eine Wohnung, doch nach der langen ergebnislosen Suche war ich froh gewesen, als mir Mr. Gupta anbot, sie anstelle einer Wohnung für meine Familie einfach in ein Büro umzufunktionieren, er könnte uns helfen. So hatten wir es gemacht und Mr. Gupta hielt sein Versprechen. Die Einrichtung entsprach meinen Vorstellungen von der zeitlich befristeten Projektfunktion: Nur wenig massives Teakholz, aber dafür helle extra angefertigte Möbel aus Korb - um das heimische Handwerk zu fördern. Mobiliar, das den Weltbankvertreter bei seinem ersten Besuch dazu veranlasste, herablassend zu äußern: „Aha, die EU macht in Rattan!". Meine Mitarbeiter und ich ließen sich davon nicht beirren, wir arbeiteten gerne dort.

Unser Wohnhaus, das ich am gleichen Tag wie das Büro gefunden hatte, war für unsere Familie genau richtig: ein angenehmes Haus, wie ein komfortables Einfamilienhaus in Deutschland, allerdings in der Bauqualität eindeutig indisch: in der Monsunzeit mussten wir den Kleider-Schrank von der Außenwand unseres Schlafzimmers abrücken und Behälter aufstellen. Der Regen durch-weichte die Wand und floss in sanften Rinnsalen auf den gefliesten Boden. An manchen Stellen tropfte es mit lautem Klacken von der Decke, über der die undichte Flachdachterrasse lag. Aus diesem Zimmer im ersten Stock hatten wir den Blick auf die Hochzeiten. Daneben lagen die beiden Schlafzimmer der Kinder, jedes mit eigenem Bad und gruppiert um den sogenannten Family-Room in der Mitte, wo die Kinder fernsehen konnten. Im Erdgeschoss das große Wohnzimmer mit Kamin und angrenzendem Esszimmer, für das ich eine Tischplatte aus Granit mit wunderschöner grünroter Maserung hatte anfertigen lassen - leider zu schwer, um später nach Deutschland überführt werden zu können. Ein kleiner

Garten gehörte dazu zwischen Wohnzimmer und der hohen Mauereinfriedung, die das Grundstück vor den Blicken der Außenwelt und der Straße abschirmte. Er war hübsch angelegt, mit Blumenbeeten und einigen Büschen. Besonders die Bougainvillea, die direkt neben unserer Einfahrt an der Hausecke mit ihren dunkelvioletten Blüten leuchtete, hatte mich von dem Haus überzeugt. Die Hauswirtin gefiel mir weniger: „Mein Mann war Botschafter in London und wir waren auch einige Jahre in New York". Ich befürchtete, sie würde mir den gesamten Lebenslauf ihres Mannes schildern, doch sie interessierte sich eher für den meinen: „Für welche Institution arbeiten Sie? Werden Sie die Miete bezahlen oder ist sie durch Ihre Organisation abgesichert? Wann kommt Ihre Familie nach? Auf welche Schule werden ihre Kinder gehen? Wir machen nur einen Mietvertrag mit Vorauszahlung für ein Jahr und nach zwei Jahren können wir die Miete anpassen." Ich wusste bereits, dass bei Neuverträgen die Miethöhe in der Regel um die Hälfte über der alten lag und die Mieter keine andere Wahl hatten, als zu akzeptieren. Die Nachfrage nach höherwertigem Wohnraum war durch die Anwesenheit der vielen internationalen Geber groß. Ich brauchte einen Koffer und die Sicherheitsbegleitung meines Buchhalters, um die Jahresmiete in Scheinen von 100 Rupien, der größten Stückelung mit einem Wert von jeweils ca. 50 Euro-Cent, zu überbringen. Es war Barzahlung gefordert.

Die Vermieterin wohnte im angrenzenden Haus hinter unserem, ihre Einfahrt führte an unserem Garten vorbei. So konnten wir alle Bewegungen der dortigen Hausbewohner verfolgen, ihre vielen Bediensteten, die morgens wie lautlose Schatten vorbeihuschten und spätabends ebenso geräuschlos wieder entschwanden. Weniger geräuschlos waren die Bauarbeiten für das Zusatzzimmer, das die Hauswirtin nach einem Jahr auf dem Dach ihres Hauses errichten ließ. Unerwartet karrte ein LKW eine Ladung dicker Kieselsteine an und entlud sie mit lautem Krachen vor unserer Gartenmauer. Man hatte uns nicht informiert. Noch weniger darüber, dass eine Heerschar von schmächtigen Menschen, vorwiegend Frauen, auftauchte und sich tagtäglich von sieben Uhr morgens bis zur Dunkelheit am Abend vor dem Kieselberg an der Mauer niederließ und anfing zu klopfen: sie zerklopften die etwa fünfzehn Zentimeter dicken Kiesel in feines Schottermaterial mit keinem anderen Werkzeug als einem kleinen Hammer. Einmal in der Woche war Zahltag, dann sahen wir alle Arbeiter auf einmal und zählten: es waren zweiunddreißig. Das ging zwei Monate lang, bis ich mich vorsichtig bei der Wirtin erkundigte, wann mit der Beendigung der Bauarbeiten zu rechnen sei. Die Antwort war knapp: „Wenn Sie mir mehr Miete zahlen würden, könnte ich mir Baumaschinen leisten. So müssen Sie halt mit dem Lärm leben."

Das Telefon in meinem Büroraum klingelte. „Hörst du das?", fragte mein Mann am anderen Ende der Leitung. Er versuchte zu arbeiten - es ging nicht. Er saß in seinem Arbeitszimmer in unserm Wohnhaus, an seinem Schreibtisch vor dem Fenster mit Blick in unsern Garten und die Einfahrt unserer Wirtin.

Ja, ich hörte, was mein Mann meinte: das Gebrüll zweier Frauen in einer Sprache, die ich nicht verstand. Sie schrien sich gegenseitig an, in Hindi. Mit voller Kraft. Beide standen sich in nichts nach. Keine gab nach. Ich musste die Worte nicht verstehen, um die Katastrophe zu erkennen. Die schrille Stimme meiner Hauswirtin war dabei sich zu überschlagen, die dunklere Stimme - es war die von Maria - hielt dagegen, sicher, unbeirrt und laut. Maria musste sich sehr im Recht fühlen, wenn sie so auftrat. Die Hauswirtin sehr gedemütigt, wenn Maria ihr so gegenüber stand, gleichgültig, worum es ging.

Ich hastete nach Hause. Die beiden Frauen standen immer noch im Garten, zwischen den von Maria liebevoll gepflegten Blumen und der Bougainvillea, die Maria uns zuliebe etwas größer wachsen ließ als üblich. Als ich kam, zog sich Maria zurück. Die Hauswirtin wuchs um ein paar Zentimeter: „Ich habe Ihrer Maria erklärt, dass sie endlich die Bougainvillea schneiden muss, das habe ich ihr schon ein paar Mal gesagt. Sie weigert sich. Ich hätte ihr nichts zu befehlen. Das ist die eine Sache. Aber dass sie sich erdreistet mich anzubrüllen in dieser Lautstärke - überhaupt zu widersprechen auf meinem eigenen Grundstück - ist unglaublich. Maria fehlt der nötige Respekt! Sie müssen ihr sofort kündigen oder Sie können ausziehen. Morgen. Zusammen mit Ihrer Bangladeschi! Das lasse ich mir nicht bieten."

Mir verschlug es die Sprache. Drei Monate hatte ich gebraucht um ein Haus für meine Familie zu finden und das Büro. Und wie froh war ich gewesen, als mir mein Kollege Maria vermittelt hatte. Ich wollte weder das Haus noch Maria aufgeben. Ich wollte beide behalten.

Maria erklärte mir in Englisch, was passiert war, einfach, aber deutlich: „Die Lady hat mir befohlen, die Bougainvillea zu schneiden. Sie hat mir nichts zu befehlen. Nur Sie dürfen das, meine Madam. Das habe ich ihr gesagt. Da meinte sie, wenn Sie nicht zu Hause sind, muss ich machen, was sie sagt. Ich habe mich geweigert. Da hat sie mich angebrüllt. Was ich mir einbilde! Ob ich nicht weiß, wer sie ist. Ob ich ihre Kaste nicht kenne! Ich habe ihr zu gehorchen, hat sie geschrien!" Zorn gemischt mit Sorge, ob ich sie verstehen werde. „Aber ich bin doch Christin. Die Nonnen haben mir erklärt, wie ungerecht das Kastensystem ist. Und dass es für mich nicht mehr gilt, wenn ich an Christus glaube. Das habe ich ihr auch gesagt.

Da hat sie noch mehr gebrüllt. Und das lasse ich mir nicht gefallen." Ich bewunderte sie insgeheim: sie trat ein für das, was sie für Recht hielt, ungebeugt von der Furcht vor möglichen Konsequenzen. Doch das änderte nichts an meinem Dilemma: Mit der Hauswirtin ging das nicht zusammen.

Es hatte schon früher kleinere Zusammenstöße mit ihr gegeben: „Sie brauchen einen Sweeper. Was macht das für einen Eindruck, wenn Maria ihre Einfahrt kehrt und anschließend in Ihrem Haus arbeitet?" Doch die hatte ich immer wieder zurecht biegen können. Aber diesmal war Maria zu weit gegangen - mit ihrer Stimmlage. Die würde unsere Hauswirtin ihr nie verzeihen. Vielleicht hatten auch die Nachbarn mitgehört - auf jeden Fall die Wachleute, die an ihrer und unserer Einfahrt saßen. Damit wusste es das ganze Viertel. Als Inderin aus der höchsten Kaste und der indischen Aristokratie konnte sie sich das nicht bieten lassen, sie würde das Gesicht verlieren: Eine Bangladeschi, die am unteren Ende der zweitrangigen Ausländer steht, die außer der Hausarbeit auch den Hauseingang kehrt - eine Arbeit, die den Unberührbaren vorbehalten ist, die keinen Zutritt zum Haus haben - und die außerdem die Hauswirtin anschreit, konnte sie in ihrer Nähe nicht dulden. Ich war selbst am Telefon erschrocken gewesen über Marias Lautstärke.

Offiziell war das Kastensystem bereits abgeschafft unabhängig von der Religion. Doch in der Haltung der indischen Oberschicht hatte dies wenig verändert. Auf jeden Fall nicht bei meiner Hauswirtin. Ich grübelte, ob ich dies Maria erklären könnte. Ihr geradliniger Gerechtigkeitssinn würde sich sofort dagegen auflehnen. Ich befürchtete, sie würde es nicht verstehen und sich nur noch mehr erregen. Ich versuchte es gar nicht erst.

Wenn wir mit Maria umziehen wollten, finge die Suche wieder von vorne an. Mein Verwalter könnte vielleicht helfen. Mein Mann schied aus: „Wenn du umziehen willst, bedeutet das mindestens zwei Wochen Unterbrechung für mich. Du musst dir überlegen, ob sich das lohnt. Hausangestellte zu finden ist relativ einfach, wir kennen doch jetzt die Agentur für den Diplomtischen Dienst" meinte mein Mann sehr pragmatisch. „Und denk an die Kinder. Sie wären verunsichert, wüssten nicht, wann und wo sie hinziehen würden, wie sie sich mit ihren Freunden treffen können. Du weißt doch, dass Robert ständig mit der Schule kämpft. Das würde durch die Unruhe nicht besser. Ich werde dir keine große Hilfe sein, eine längere Arbeitsunterbrechung kann ich meinen Auftraggebern nicht erklären." Die Haltung meiner Tochter war neutral, Maria hatte kein Interesse an ihr gezeigt, so hatte sie auch keines an ihr. Unser Sohn würde das leckere deutsche Essen vermissen, die Hausaufgaben Animation weniger. Insofern würde auch er kaum Bedauern bei ihrem Ausscheiden empfinden.

Ich kannte derzeit keine europäische Familie, die gerade jemanden brauchte und indische Familien schieden für eine Vermittlung aus. „Du könntest ihr eine gute Abfindung geben. Warte nicht zu lange. Ich kann von meinem Fenster aus sehen, wie wütend die Wirtin herumstolziert. Die meint es ernst", meinte mein Mann. „Aber was soll aus Maria werden? Sie ist so ehrlich und treu. Und dazu noch eine fristlose Kündigung. Ihr ganzes Selbstverständnis wird ins Wanken geraten." Mein Mann versuchte zu trösten: „Ihr Mann ist Fahrer und so hat sie weiterhin zumindest eine Versorgung. Sie hat auch immer gut verdient bei uns und sicher etwas zurückgelegt. Wir können die Gesellschaft in Indien leider nicht ändern. Mir täte es auch leid. Aber die Entscheidung liegt bei dir."

In der Nacht konnte ich nicht schlafen.

Am nächsten Tag steht Maria vor mir, sie will Bescheid wissen. Sie wirkt klein und unsicher. Ich schlucke mein

Entsetzen über die Ungerechtigkeit herunter, schaue ihr ins Gesicht und spreche leise: „Maria, es tut mir sehr, sehr leid. Ich weiß keinen anderen Weg! Es soll Ihnen gut gehen." Ich drücke ihr einen prallen Umschlag in die Hand. Marias Augen werden dunkel, sie senkt den Blick, nimmt achtlos den Umschlag, geht und packt ihre Sachen.

Um Maria zu ersetzen, brauchte ich fünf Angestellte. Später hörte ich, dass Maria nie wieder eine Stelle im Haushalt angetreten hat. Sie lebte zusammen mit ihrem Mann von seinem Einkommen.

Wenn ich an Maria denke, überkommt mich Wehmut und Trauer. Trauer darüber, dass ich damals keine andere Lösung fand.

Bangladesch

Meine erste Dienstreise nach Bangladesch. Die Betreuung des Familienplanungsprojektes hatte ich gerade erst übernommen. Es ging darum, einen Eindruck von dem Land, seinen Gegebenheiten und dem Projekt zu bekommen. Abgesehen von Gesprächen im Ministerium und dem Besuch des Projektes waren Überlandfahrten vorgesehen.

Ich kam an einem Samstagabend an und hatte den Sonntag, um mich zu akklimatisieren und auf eigene Faust ein wenig herum zu schnuppern. Auf der Fahrt vom Flughafen ins Hotel hatte ich im Dunkeln nicht viel von Dacca sehen können. Die schwüle, stickig modrige Luft hatte mir den Atem verschlagen und ließ mich den Taxifahrer bitten, die Fenster zu schließen und die Klimaanlage einzuschalten. Ich schlief gut und lange in dem komfortablen Bett des Vier-Sterne-Hotels und fühlte mich nach dem Frühstück bereit, Dacca zu erobern.

Ich mietete ein Taxi für einige Stunden Stadtrundfahrt. Die Fenster mussten geschlossen bleiben - ich hätte den Gestank und die Hitze nicht ertragen. Ich wollte die Altstadt und die Märkte sehen, das Leben der einfachen Leute. Der Taxifahrer fuhr mich genau dort hin. Wir kamen nicht weit: ein unendliches Gewusel von Menschen verstopfte die Straßen, Verkehrsregeln schien es keine zu geben oder sie schienen nicht zu gelten. Von Schritttempo zu sprechen wäre übertrieben gewesen: Wir fuhren einen halben Meter, stockten, warteten, dann wieder einige Zentimeter und wieder Stocken. Damit es überhaupt vorwärts ging, musste der Taxifahrer direkt auf die

Menschen zufahren, sie anstoßen, damit sie Platz machten, sonst hätte es kein Fortkommen gegeben. Kleine, schmächtige Menschen mit glatten, schwarzen Haaren, oft kaum mehr als ein paar Lumpen und ihre milchschokoladenbraune Haut auf den Knochen, bahnten sich ihren Weg. Auf dem Kopf unhandliche Lasten balancierend oder schwer keuchend eine Rikscha ziehend. Ich hatte nicht gewusst, dass die Menschen in Bangladesch so klein und schmächtig waren. Ab und zu hockte ein Kind am Straßenrand mit den Pobacken auf den Fersen - den einzigen Besitz schweigend und demütig vor sich ausgestreckt: ein Blechnapf als Bitte, ihn mit Essbarem zu füllen.

Jetzt ging es wirklich nicht mehr weiter: Vor uns eine Rikscha, die unter ihrer bergehohen Last fast zusammen brach. Der Lenker vor dem Berg kaum mehr zu sehen. Offenbar gab es auf dem Weg eine minimale Steigung, vielleicht anderthalb Prozent, für den Taxifahrer und mich nicht wahrnehmbar, doch für den Rikschalenker unüberwindbar. Der Taxi-Fahrer hupte, andere Menschen schrien, sie wollten weiter kommen. Der Lenker machte seinen Rücken ganz krumm, versuchte einen Ruck nach rechts, dann nach links - nichts bewegte sich. Ich sah seine schweißnasse Haut in der Sonne glänzen. Warum half ihm keiner? So viele Menschen um ihn herum, ein kurzes Zupacken würde sicher reichen. Mein Taxifahrer hupte wieder. Die Menschen schrien lauter und fluchten. Ich wollte aussteigen und selber anpacken. Doch gleichzeitig war ich wie gelähmt: Konnte ich als Frau in dieser Gesellschaft einfach mein schützendes Taxi verlassen und so tun als ob ich den Einheimischen eine Lektion erteilen wollte? Die Stimmung war so unmenschlich, dass ich mich fürchtete etwas Falsches zu tun und selbst in Gefahr zu geraten. Ich war wie festgeklebt an meinem klimatisierten Taxisitz. Und zerrissen von Scham. Und genau in diesem Augenblick mit übermenschlicher Anstrengung und ohne jegliche Hilfe bewegte der Rikschalenker seine Rikscha. Es ging weiter. Als sei nichts gewesen, ging das Menschengewimmel weiter.

Plötzlich hatte ich die Vision von hirnlosen Ameisen, winzigen unbedeutend gleichförmigen Lebewesen ohne Identität, die jedes für sich nur ein Ziel kannten: Überleben in einer Welt, die keine Rücksicht kennt.

Ich brach das Sightseeing ab, entlohnte den Taxifahrer und flüchtete mich in den Luxus meines Hotels. Den Nachmittag verbrachte ich mit Aktenstudium in einer mir bekannten Welt.

Am nächsten Morgen begannen die Termine im Ministerium.

Ich wurde bei den oberen Beamten der Administration vorgestellt und konnte mich bei diesen Höflichkeits-Besuchen mit ihnen unterhalten. Eigentlich war an ihnen nichts Besonderes: höfliche Manieren, gepflegte Kleidung und gutes Englisch. So wie ich es von Dienstreisen in andere Länder kannte. Aber Irgendetwas ließ mich stutzen. Bis ich merkte, dass ich zu ihnen aufschauen musste. Ich selbst bin mit 1,70 Meter nicht unbedingt klein und war gewöhnt, dass mir in den asiatischen Ländern meine Gesprächspartner meist in etwa auf Augenhöhe gegenüber standen. Aber hier war es anders. Oder lag es an meinen Erfahrungen vom Vortag, nach denen ich meinte, alle Bangladeschis seien klein und verhutzelt? Hier standen mir Hünen gegenüber, kräftig gebaut mit deutlichen Fettpolstern unter der Haut. Mir schienen sie ein bis zwei Kopf größer als ich selbst und von einem anderen Planeten, als die Menschen gestern auf der Straße.

Zurück im Hotel ließ mich diese Erfahrung nicht los. Mir fiel die Bemerkung einer Kollegin ein, die den

Einfluss von Mangelernährung über Generationen hinweg auf den Körperbau und die Körpergröße der Menschen erläutert hatte. Ich hatte es mir nicht vorstellen können und konnte immer noch kaum fassen, was ich gesehen hatte: die Straßenmenschen waren mindestens zwei Kopf kleiner und wogen, wenn es hoch kam, die Hälfte ihrer Mitmenschen in der Oberschicht.

Der Schock begleitete mich auf der Rundfahrt über Land. Der Unterschied begegnete mir immer wieder. Auf dem Land waren es meist die schmächtigen Menschen, die ich sah. Aber dafür waren sie überall. Wenn ich auf der langen Überlandfahrt ein gewisses Bedürfnis hatte und in Ermangelung einer Toilette pragmatisch mit einem Strauch oder der Rückwand einer verlassenen Hütte vorlieb nehmen wollte, stellte ich fest, dass es keinen Strauch gab. Und die einsame Hütte war dann doch bewohnt und der Bewohner wollte mir neugierig zuschauen. Dieser Aspekt meiner Reise entwickelte sich zur körperlichen Plage für mich, da ich leider nur lange Hosen in meinem Gepäck mitführte. Den Tipp einer Asien erfahrenen Kollegin - sie fuhr mit langen Röcken und den Unterhosen ihrer Großmutter mit dem offenen Schlitz in der Mitte - wollte ich für eine nächste Dienstreise nach Bangladesch berücksichtigen.

Dazu kam es jedoch nicht mehr. Einige Monate später machte die damalige Staatssekretärin des Bundes-Ministeriums für wirtschaftliche Entwicklung, Brigitte Erler, eine Dienstreise nach Bangladesch. Sie sah sich alle von unserem Ministerium geförderten Projekte an. Zum Ende der Reise erlitt sie einen Nervenzusammenbruch. Danach ließ sie sich für ein Jahr vom Dienst beurlauben und schrieb nach ihrer Rehabilitationszeit ein Buch über ihre Erfahrungen in Bangladesch. Es trug den Titel:

„Tödliche Hilfe". Es beschrieb alle negativen Nebeneffekte unserer Hilfsmaßnahmen und wurde in der Öffentlichkeit heftig kritisiert, jedoch nie wirklich widerlegt.

Ich beteiligte mich nicht an der Kritik. Meine Erfahrungen waren nicht ganz so deutlich gewesen wie ihre, doch reichten sie vollständig aus, um mir jede einzelne Episode, die sie beschrieb als realistisch in diesem Land vorstellen zu können. Ich war froh, dass ich mein Bangladesch-Projekt bei einer internen Reorganisation abgeben konnte und dieses Land nicht mehr besuchen musste.

Einige Jahre später erhielt mein Mann das Angebot, die Leitung der Außenstelle in Dacca zu übernehmen. Er wollte meine Meinung dazu wissen. Diesmal hatte ich eine sehr klare Ansicht: „Wenn du das für deine berufliche Entwicklung tun möchtest, werde ich es akzeptieren. Aber ich werde nicht mitkommen und würde dich höchstens einmal im Jahr besuchen. Und bitte tue dir einen Gefallen: Schau dir Dacca erst einmal an, bevor du dich entscheidest." Als er zurückkam und wir bei einem Spaziergang in lauer Sommerluft durch den grünen Kronberger Kurpark die Zukunft besprachen, sagte er nur: „Deutschland ist doch so schön!"

Das Kleinod

Gestern war er im Fernsehen zu sehen. Wie immer unauffällig, eher am Rande. Jens Weidmann, Präsident der Deutschen Bundesbank. Er sah noch genauso aus wie damals vor 15 Jahren, als er mir in dem kleinen Besprechungsraum unserer Organisation gegenüber saß. Bescheiden, unaufdringlich und sympathisch, ein wenig jungenhaft. Zwei Wochen davor hatte er mich angerufen. Die zuständige Referentin im Bundesministerium hatte seinen Anruf angekündigt und mich gebeten, ihn anzuhören. Er hätte einen interessanten Vorschlag, der auch die Zustimmung des Ministeriums finden würde.

Sein Anruf kam aus dem Statistischen Bundesamt, er sei dort Mitarbeiter. Genaueres sagte er nicht, ich fragte auch nicht. Er kam zusammen mit einem Kollegen, ich hatte zu der Besprechung einen Vertreter aus unserer Fachabteilung dabei.

Das Gespräch wurde im Wesentlichen zwischen ihm und mir geführt und einige Tage später im Statistischen Bundesamt ergänzt, um Einzelheiten zu klären. Herr Weidmann hatte eine Projektidee für eine Eigen-Maßnahme. So nannten wir Kleinstvorhaben, die aus Überschüssen von anderen Projektmaßnahmen finanziert wurden. Sie durften nicht als Gewinn ausgewiesen werden, sondern standen für Miniprojekte, die entwicklungspolitisch sinnvoll waren, zur Verfügung. Dies bedeutete, dass kein zwischenstaatliches Abkommen für die Durchführung erforderlich war.

Bei seinem Besuch in Angola und Untersuchung der verfügbaren Statistiken, Kontakten mit der Regierung, der Universität und der Weltbank war ihm gegenüber der

Wunsch formuliert worden, in Angola etwas ähnliches zu versuchen, wie es in der Bundesrepublik seit Jahren erfolgreich praktiziert wurde: Den Jahresbericht zur Wirtschaftlichen Lage der Nation. Ein solcher Bericht, von unabhängigen Wissenschaftlern erstellt, sei eine solide Basis für die Regierung, um ihre wirtschaftspolitischen Entscheidungen zu treffen, außerdem eine nützliche Ressource für ausländische Firmen, die sich überlegten, in Angola zu investieren. Nicht zuletzt hätten auch die Bundesregierung und andere Geber damit eine bessere Basis für ihre Entwicklungspolitik. Fünf Weise wie in Deutschland stünden zwar nicht zur Verfügung, aber einige motivierte Professoren an der Universität von Luanda und ein hochkarätiger Professor aus Portugal, der die Universität bereits seit Jahren bei ihren Recherchen und statistischen Dokumentationen unterstützte. Die Weltbank klagte darüber, dass die von ihrer Seite erhobenen statistischen Daten nicht in die nationalen Veröffentlichungen einflössen, und die von der Seite der angolanischen Regierung verbreiteten öffentlichen Darstellungen zur wirtschaftlichen Situation nicht der Wirklichkeit entsprächen.

Viel Geld sei nicht erforderlich für ein solches Projekt. Die Universität brauche einige Computer und Software, die Kosten für den portugiesischen Professor müssten enthalten sein, sowie die Finanzierung des Drucks und der Verteilung der Berichte und sonstiger administrativer Maßnahmen. Herr Weidmann schlug vor, die Maßnahme auf fünf Jahre auszulegen und danach gegebenenfalls Weiteres zu beschließen. Mir gefiel die Idee und ich sagte zu, mich dafür einzusetzen.

Für meine nächste Dienstreise nach Luanda holte ich mir die Einwilligung meines Vorgesetzten, dass ich Recherchen für das Projekt anstellen könnte und meinen

Aufenthalt einige Tage länger planen müsste. Er gab grünes Licht.

Ich kam zurück mit einem fertig ausformulierten Projektkonzept. Ich war begeistert: vielleicht doch noch ein Vorhaben - wenn auch nur ein Miniprojekt - zum Ende meiner Berufstätigkeit, an das ich glauben und einen nachhaltig positiven Effekt hinterlassen konnte. Es wurde ohne weitere Diskussion genehmigt. Eine interessante Idee, mal schauen, was daraus wird, hieß es.

Die Universität brauchte zunächst einmal die Computer und die Software. Die Überlegungen dazu waren kompliziert und zeitaufwendig. Der Transport per Schiff - aus Sicherheitsgründen - dauerte einige Wochen. Der portugiesische Professor wurde eingeflogen. Als der Bericht im Entwurf vorlag, gab es Schwierigkeiten mit der angolanischen Regierung, sie wollten redigieren. Die Weltbank schaltete sich ein und man fand einen Kompromiss. Nach über einem Jahr wurde der Bericht veröffentlicht.

Ich hatte einen neuen Vorgesetzten bekommen, den ich aus früherer Zusammenarbeit kannte. Zu den von mir betreuten Projekten hatte er nie ein positives Wort gefunden. Als er von seiner Einarbeitungsreise nach Angola zurückkehrte und mir von seinen Eindrücken berichtete, meinte er zu dieser Eigenmaßnahme: „Das ist ja ein richtiges Kleinod!"

Bei einem Treffen mit alten Kollegen einige Jahre nach Beendigung meiner Berufstätigkeit, fragte ich nach meinem Projekt, dem Kleinod. Der erste Bericht hatte keine große Beachtung in den angolanischen Medien gefunden. Beim zweiten Bericht gab es Probleme bei der Einreisegenehmigung für den portugiesischen Professor. Als die Zustimmung zu seiner Reise endlich erteilt wurde, war sie nur für die Hälfte der gewünschten Dauer. Der zweite Bericht erschien nach Überwindung von vielen weiteren Hürden und nur nach Überarbeitung durch Regierungsstellen. Für einen dritten Bericht erhielt der portugiesische Professor keine Einreisegenehmigung, er entstand nicht mehr. Weitere Anläufe gab es nicht. Die Computer blieben im Besitz der Universität.

Das Sorgentelefon

„Ich werde endlich das studieren, was ich schon in meiner Jugend wollte und was meine Eltern verhindert haben: Archäologie. Außerdem ist in den Studiengebühren auch das kostenlose Semesterticket für das Rhein-Maingebiet enthalten!" Diese Antwort von Hubert auf die Frage, was er denn jetzt in seinem Ruhestand mit seiner vielen Freizeit anfangen würde, hallte in mir nach. Die Idee mit dem Semesterticket war interessant, aber nicht das, was mich bewegte. Ich stand bei seinem Abschiedsempfang mit etwa 80 Kollegen, hörte mir die Lobreden über Huberts Arbeitseinsatz während seiner 30 Arbeitsjahre an und begann nachzudenken, wie lange ich denn noch dabei bleiben wollte. Seit einiger Zeit machte mir die Arbeit, die ich vor 25 Jahren mit sehr viel Engagement und Enthusiasmus angefangen hatte, keine rechte Freude mehr: in den letzten elf Jahren acht verschiedene Chefs. Jeder von ihnen wollte bewährte Projektkonzepte nach eigenen Vorstellungen umstrukturieren und interessierte sich kaum für die Historie der gewachsenen Projekte, wollte lieber das Rad neu erfinden. Immer wieder neue Schlagwörter „Hilfe zur Selbsthilfe", „Empowerment", „Grassrootlevel" und was der Weltbank und anderen Vordenkern in der Entwicklungspolitik noch einfiel, um den Bemühungen, die Ungerechtigkeiten und die Armut in der dritten Welt zu vermindern, mit einem neuen Kampfaufruf wieder Schwung zu verleihen. Doch grundsätzlich hatte sich seit dem Beginn der Entwicklungshilfe an den Verzerrungen im Reichtum der Länder und den Entwicklungsmöglichkeiten des ärmeren Teils ihrer Bevölkerung nicht wirklich etwas geändert.

Ja, offenbar könnte es ein Leben nach dieser Berufszeit geben. Ich fing an, meinen Ausstieg zu planen, rechnete die verschiedenen Varianten der Altersteilzeit durch, die gerade angeboten wurden, und unterschrieb dann den Vertrag, der mir in drei Jahren das Ausscheiden unter Fortbezahlung eines Teilzeitgehaltes ermöglichte. Huberts Idee mit dem Studium gefiel mir. Hatte ich nicht zu Abiturzeiten davon geträumt Psychologie zu studieren? Und hatten meine Eltern mir diese Idee nicht ausgeredet, weil ich angeblich ohnehin schon zu viel grübelte und das Ganze doch sehr brotlos und eher eine Mode Erscheinung sei? Die vierzig Jahre, die seither verstrichen waren, hatten gezeigt, dass sie Unrecht hatten mit den Berufsperspektiven für diese Profession. Und ich interessierte mich weiterhin für Fragestellungen in menschlichen Beziehungen. Aber könnte ich in meinem Alter in einer Vorlesung sitzen und würde nicht unangenehm auffallen unter den jungen Studenten? An drei verschiedenen Vormittagen nahm ich mir frei und ging in gut besuchte Vorlesungen. Ich war überrascht: kein Student, keine Studentin rückte von mir ab oder wechselte den Platz. Nein, eine redete sogar mit mir! Ich konnte es wagen.

In Frankfurt war für mich Psychologie im Zweitstudium nicht möglich, daher wählte ich Pädagogik mit Nebenfach Psychologie. Ich konzentrierte mich ausschließlich auf das Nebenfach. Nach zwei Jahren hatte ich neun Seminarscheine erworben, für weiterführende Psychologieseminare brauchte ich das Vordiplom. Mir fehlte zur Anmeldung nur noch die Vervollständigung der experimentalpsychologischen Nachweise. Ich hatte mich für ein Experiment bei einer Diplomandin angemeldet. In unserm Gespräch erläuterte ich meine

Schwierigkeiten, einen Abschluss in Psychologie zu machen, dass mir das Studium bislang sehr theoretisch vorgekommen war und mich nicht wirklich zufrieden stellte, ich aber auf der Suche sei, etwas Sinnvolles zu tun. Sie erwähnte ihre Arbeit beim „Sorgentelefon". „Was ist denn das?", wollte ich wissen. „Eigentlich heißt es richtig „Kinder- und Jugendtelefon". Es ist eine Einrichtung mit etwa 90 Standorten in den großen Städten Deutschlands, an die Jugendliche sich telefonisch und anonym mit ihren Problemen und Kümmernissen wenden können und bei denen sie von meist ehrenamtlichen Beratern Anregungen bekommen, wie sie mit ihren Sorgen besser umgehen können. Die Frankfurter hatten eines der ersten Beratungstelefone vor über 25 Jahren, die damals besonders aus dem Gedanken heraus gegründet wurden, eine Gesprächsmöglichkeit für Jugendliche mit Suizid-Gedanken anzubieten und ihnen über ihre momentane Tiefphase hinweg zu helfen. Sie nannten sich damals „Sorgentelefon". Später haben sie sich der deutschlandweiten „Nummer gegen Kummer" angeschlossen und deren offizielle Bezeichnung übernommen, aber untereinander sagen sie immer noch „Sorgentelefon"." Ich wollte mehr wissen und sie beantwortete alle meine Fragen. „Man muss eine dreimonatige Ausbildung in den Grundlagen der Gesprächstherapie machen, abends und an Wochenenden, kann sich die Zeiten, an denen man am Telefon sitzen will, selbst wählen, muss sich für den Verein engagieren und regelmäßig an den Supervisionen und den Mitgliederversammlungen teilnehmen. Es sind alles sehr nette Leute, Jung und Alt, aus den verschiedensten Berufsrichtungen. Das wäre vielleicht etwas für Sie".

Ich hatte das Gefühl, seit Jahren vergeblich auf der Suche gewesen zu sein und plötzlich hatte das Gesuchte mich gefunden. „Was muss ich tun, um mich zu bewerben?"

Es dauerte noch anderthalb Jahre, bis ich dann dort saß, was heute fast wie ein zweites zu Hause auf mich wirkt. Ich musste die nächste Ausbildungsgruppe abwarten. Während meiner Entwicklungshilfetätigkeit hatte ich an vielen Fortbildungen teilgenommen. Aber bei dieser hier war es das erste Mal, dass die vier Trainer, alle aktive Mitglieder des Vereins, selbst praktizierten, was sie den Teilnehmern vermitteln wollten: uneingeschränkte Wertschätzung für das Gegenüber, Empathie für seine Empfindungen, seien sie positiv oder negativ und Authentizität, d.h. Ehrlichkeit dem anderen gegenüber über die eigenen Empfindungen. Es war eine neue Welt für mich. Nicht die Rationalität zählte, sondern jeder Einzelne war wichtig und richtig mit all seinen Gefühlen. Das sind die Leitlinien der Arbeit am Sorgentelefon. So bemühen sich die Berater, den verschiedenen Kümmernissen ihrer Anrufer zu begegnen. Ich jedenfalls. Und ich gebe zu, dass es nicht immer leicht ist. Und mir vielleicht auch nicht immer so gelingt, wie ich es mir wünsche.

Seit zwölf Jahren bin ich jetzt dabei. In der Regel einmal die Woche für drei Stunden. Dann gehe ich durch das große unscheinbar braune Tor, das die belebte Einkaufsstraße im Zentrum Frankfurts abschirmt, in den Hinterhof an dem Wohnhaus auf der linken Seite vorbei über den kleinen Vorplatz zu den sechs Treppenstufen, die nach unten zum Eingang des ältlichen Hinterhauses mit drei Wohnungen führen. Als ich das erste Mal kam, war ich erstaunt, dass es so etwas in Frankfurt gibt: alt und dennoch gemütlich. Auf der Klingelschildleiste mit den acht Namen vorne am Tor ist das Sorgentelefon nicht aufgeführt. Nur Eingeweihte wissen, dass sie dort klingeln müssen, wo sieben aussagelose Buchstaben eine Abkürzung vermuten lassen. Man schließt die Tür auf und steht im Versammlungsraum. Ein großer Couchtisch in der Mitte mit Glasplatte, darum herum zwei kleine zweisitzige Sofas und viele stapelbare Stühle für die Mitgliedertreffen. Eine kleine Küchenzeile mit Kaffeemaschine und Kühlschrank sorgt für das körperliche Wohlbefinden der Berater. Die Innenterasse wirkt wie ein verlängertes Wohnzimmer mit großen Terrakotta-töpfen und hohen Grünpflanzen. Hier wird das jährliche Sommerfest gefeiert, die Grills aus dem Keller geholt, auch die passiven Mitglieder sind eingeladen und man kann sich endlich wieder nach Herzenslust bei Grillwurst und Steak austauschen.

Links neben der Eingangstür ist die Vorstandsecke mit dem großen Schreibtisch, allen notwendigen Bürogeräten und dem Aktenschrank, der die Geschichte des Vereins in den letzten 35 Jahren birgt, für jedes Mitglied zugänglich. Jede, jeder ist mitverantwortlich. Jeder, jede kann und soll mitbestimmen. Das nennen wir Basisdemokratie. Sie passt zum Sorgentelefon.

Rechts vom Versammlungsraum führt eine fast unbemerkbare Tür in das Herzstück der Räumlichkeiten, in das Beratungszimmer. Der Gang von der Straße durch das Tor über den Innenhof, das Aufschließen, das Gefühl des Empfangen Werdens durch den freundlichen Versammlungsraum, die Wendung nach rechts zum versteckten Zimmer. All das wirkt auf mich wie das Zurücklassen der Alltagswelt. Im Beratungszimmer nehme ich mir Zeit um anzukommen. Ankommen in der Welt der unverstanden gebliebenen Gefühle, der nur halb gewagten Gedanken, der ungelösten Fragen und der wagemutigen Hoffnungen der Anrufer, der Welt der Kinder und Jugendlichen, eine Welt, die sich jedes Mal anders präsentiert, mich anders fordert und herausfordert und Sorgen entdecken lässt, die ich mir nicht hätte vorstellen können.

Ich bereite meine Kanne Tee, stelle den Beratungsstuhl vor dem Schreibtisch auf die für mich richtige Höhe ein, fahre den Computer hoch, ziehe die Tastatur in den richtigen Abstand, und melde mich für die Statistik an, die erfasst, wie lange die Gespräche gedauert haben und mit welchen Themen sie sich beschäftigten. Liegen der Sexualitäts-Duden und die Handreichungen zu Mobbing und anderen häufig angesprochenen Themen an der gewohnten Stelle und in Griffnähe? Dann bin ich bereit und aktiviere den Klingelton des Telefons.

Wer wird heute anrufen? Ein Mädchen, das sich sorgt die Freundin zu verlieren, mit der sie sich gestritten hat? Ein Junge, der von seiner Liebsten verlassen wurde und sie zurückholen möchte? Das Mädchen, das befürchtet, schwanger zu sein und nicht weiß, wie sich verhalten, wie es den Eltern sagen? Der Junge, der erotischen Kontakt mit seiner Mutter hat und verwirrt ist? Oder vielleicht doch erst einmal ein sogenannter „Testanruf", Junge oder Mädchen, die Dampf ablassen wollen nach der Schule, sich einen Jux ausdenken und gespannt sind, wie darauf regiert wird?

Während ich auf das erste Klingeln warte, schaue ich direkt durch das dreiflügelige Fenster nach draußen in den Innenhof. Auf halber Höhe wird der Souterrainblick durch die bemoosten Ziegelsteine der halbhohen Mauer beschränkt, auf der verschiedene Blumen zu unterschiedlichen Jahreszeiten blühen. Dahinter zwei Rhododendronbüsche, sodass die Fahrradständer fast verdeckt sind. Ab und zu kommt der hagere, drahtig wirkende hochgewachsene Nachbar mit der Pfeife wie ausgestreckte Fühler im Mund und zerzausten grauweißen

Haaren und schaut geschäftig nach den Pflanzen, gießt sie aus der angebrochenen grünen Kunststoffgießkanne. Aber nie schaut er durchs Fenster. Auch wenn ich ihm auf der Straße begegne, bemerkt er mich nicht. Die Nachbarn haben die Anwesenheit der vielen verschiedenen immer nur kurze Zeit anwesenden Berater akzeptiert, fragen nicht und schauen nicht. Doch wenn man sie grüßt, nicken sie freundlich zurück. Bei der alten Dame in der Wohnung über dem Büro kann man klingeln, wenn man die Schlüssel vergessen hat. Sie unterhält sich auch gerne ein wenig und gießt die Pflanzen im Treppenhaus. Zu Weihnachten bei der Weihnachtsfeier, wenn es ein wenig laut werden kann im Versammlungsraum, bekommt sie einen Plätzchenteller an ihre Tür gebracht.

Am anderen Ende des Innenhofs blühen im Frühjahr ein Kirschbaum und zwei kleine Magnolienbäume. Wenn ich mich am Schreibtisch etwas vorbeuge, kann ich hinter diesen Bäumen eine Ecke des Himmels sehen. Und die Anruferin fragen, ob bei ihr auch die Sonne scheint, oder dem Jungen erklären, dass es bei mir auch regnet, wenn er meint, er könnte nicht nach draußen gehen, um sich abzulenken von seinen Problemen, das Wetter sei zu schlecht. Und manchmal spaziert eine kleine, fast kugelrunde Maus auf dem Mauersims vorbei - wie mir scheint um aufzumuntern oder dem Anrufer oder der Anruferin etwas Nettes erzählen zu können, wenn es nötig ist.

So sitze ich da, jede Woche einmal, bin abgeschottet von der Welt um mich herum. Die Räumlichkeiten heißen mich willkommen. Das Beratungszimmer gibt mir Kraft mich zu konzentrieren, mich auf das Menschliche zu besinnen, auf das, was wirklich zählt. Das Fenster erlaubt mir den Blick auf die Vielfalt dessen, was es draußen gibt und nicht nur das, was ich sehen, sondern vieles, was ich nur erahnen oder erträumen kann. So kann ich den Anrufern begegnen, kann mich in ihre Welt hinein versetzen, die irgendwo in Deutschland ist und empfindungsmäßig irgendwo zwischen Sehnsucht, Verletzt Sein, Unverständnis, Zorn und einfach allen Gefühlen, die Menschen bewegen können. Und das alles mitten in Frankfurt, in einem unscheinbaren Hinterhof, der in manchen Momenten für den jungen Anrufenden zum Zentrum der Welt und seiner Sorgen wird.

Ein Geschenk.

Ankommen

Die Namensgeschichte

Ich mag meinen Namen, jetzt wieder nach drei Änderungen. Und alle Änderungen, obwohl ich seit der ersten immer noch und ohne Unterbrechung mit demselben Mann verheiratet bin. Mein jetziger und erster Nachname stammt von meinem Vater. Ihn habe ich geliebt. Dieser Name ist wie ein Markenzeichen - er gehört zu mir.

Wie entstanden die drei Änderungen? Sie hängen mit den Veränderungen der Gesetze zur Namensgebung in Deutschland zusammen. Die erste Namensänderung fand bei meiner Eheschließung im Jahre 1971 statt. Damals konnte ich nicht einfach meinen Mädchennamen behalten, was ich gerne gewollt hätte, sondern diesen nur mit dem Namen meines Partners kombinieren. Mein Partner hätte denselben Doppelnamen führen können. Aber das wollte mein Ehemann in spe nicht. Er sah keinen Grund bei all den Veränderungen, die die Ehe bringen mochte, auch noch seinen Namen zu wechseln. Dafür hatte ich Verständnis, denn ich dachte ebenso. Die Namensgesetze boten mir zwei Möglichkeiten: entweder ich nahm seinen Namen ausschließlich an oder konnte künftig einen Doppelnamen führen, indem sein Name am Anfang und mein Mädchenname am Ende geführt wurde. Ich entschied mich für die zweite Lösung.

Mir war allerdings wichtig, weiter wie früher ange-sprochen zu werden. Also versuchte ich als Frisch-vermählte den ersten Teil des Doppelnamens wegzulassen und nur den zweiten zu benutzen, meinen Mädchen-namen. Zu meiner angenehmen Überraschung war dies bei meinen beiden Banken sehr einfach: „Wie wollen Sie denn bei uns in Zukunft geführt werden? Dann hinterlassen Sie bitte diese Unterschrift und unterschreiben künftig nur mit diesem Namen." Bei einigen Versicherungen war dieses Verfahren ebenfalls möglich. Auch in der Firma gelang es mir, im Telefonverzeichnis nur mit dem letzten Teil meines Doppelnamens verzeichnet zu sein. Abgesehen von dem von meiner Seite sehr begrüßten Titel „Frau" anstelle von „Fräulein" wurde ich durch die Heirat nicht anders angesprochen als vorher.

Ungefähr zehn Jahre später nannte am Telefon ein neuer Geschäftspartner plötzlich meinen Doppelnamen - den Namen habe er aus dem Telefonbuch. Und tatsächlich: mein Name hatte sich im Telefonverzeichnis der Firma auf den Doppelnamen erweitert. Auf Nachfrage erfuhr ich, dass jetzt alle Mitarbeiter im Telefonverzeichnis entsprechend ihrer in den Personalakten hinterlegten Namen aufgeführt werden müssten. Mein darauf folgender Versuch, meine Mitmenschen zum Weglassen des ersten Teils meines offiziellen Namens zu bewegen, scheiterte meistens. Die Leute waren daran gewöhnt, dies mit dem zweiten Teil zu tun, aber nicht mit dem ersten. Eine Zeit lang versuchte ich selbst, mich an den ersten Teil zu gewöhnen. Aber die Sache mit dem darin enthaltenen Umlaut und dazu dem aus Sicht der meisten Menschen überflüssigen „H" in dem althergebrachten schwäbischen Namen machte jedes Buchstabieren zu einer Qual für mich.

Zwei Jahre später wurde die Namensgesetzgebung in Deutschland geändert: ab sofort konnte die Frau ihren Mädchennamen vor den Namen des Mannes stellen. Das Ändern aller Dokumente war zwar eine lästige Angelegenheit. Aber ich nahm sie gerne in Kauf. Der Erfolg gab mir recht: Ich wurde in der Regel nur noch mit meinem Mädchennamen angesprochen. Damit war ich dann zufrieden.

1991 wurden die Namensgesetze in der Bundesrepublik erneut geändert. Diesmal so, wie ich sie entsprechend der Gleichberechtigung von Frau und Mann als richtig empfand: Beide Partner konnten bei der Eheschließung ihre Namen behalten oder einen Doppelnamen annehmen, deren Reihenfolge sie frei bestimmen konnten. Allerdings galt dieses Gesetz nur für neue Eheschließungen. Für Altehen gab es lediglich eine Übergangsfrist von einem Jahr, um die Neuregelung in Anspruch zu nehmen. Ich brauchte dazu kein Jahr, sondern eine Woche.

Nachdem die freundliche Dame auf dem Einwohnermeldeamt meinen Antrag sorgfältig aufgenommen und mir den Bearbeitungsablauf erklärt hatte, stellte sie - gut geschult - die korrekte Zusatzfrage: „Und welchen Namen soll das Kind künftig haben?" Etwas überrascht antwortete ich nach kurzer Überlegung - nun meinerseits gründlich: „Wir haben zwei Kinder. Ist es möglich, dass das eine nach mir und das andere nach meinem Mann heißt?" Diese Gegenfrage überforderte die nette Dame. Das müsste sie erst mit ihren Chef besprechen. Sie verschwand im Nebenzimmer. Es dauerte nicht lange, bis sie mit dem abschließenden Bescheid zurückkam: „Beide Kinder müssen den gleichen Namen tragen. Welchen, das können Sie sich ja noch überlegen".

Unsere Tochter war damals zehn und unser Sohn sieben Jahre alt. Ich verkündete ihnen stolz, dass ich meinen Nachnamen jetzt endlich auch offiziell geändert hätte. Sie nahmen es recht uninteressiert zur Kenntnis. Dann erklärte ich ihnen die Sache mit der Gesetzesänderung - wie ich meinte, ihrem Alter angemessen - und stellte ihnen die Frage, ob sie vielleicht auch so heißen möchten wie ihre Mutter. Das ginge nämlich jetzt. Eigentlich hatte ich die Reaktion nicht anders erwartet und die Frage nur gestellt, um später - sollte es sie interessieren - sagen zu können, dass ich ihnen die Möglichkeit eingeräumt hatte. Die Antworten waren eindeutig und einstimmig: „Was soll das denn? Ich heiße doch schon immer so! Ich will auch weiter so heißen wie jetzt.".

Seither bin ich die Einzige in unserer vierköpfigen Familie, die einen anderen Namen führt als die anderen. Mein Mann hat über die Jahrzehnte dem Geschehen friedlich und gelassen zugeschaut.

Galapagos

Inselwelt
Braune Schönheit.
Trocken und dürr
Knisternd die karge Vegetation.
Vulkangestein.

Echsen
An Land.
Fischschwärme im Ozean.
Pinguine gleiten lautlos vorbei.
Wunderwelt.

Tiere
Aller Art
Klein und groß
Sind mir ganz nah.
Begegnung.

Menschen
Nur wenige.
Eindringlinge der Natur.
Himmel endlos ohne Gnade.
Urzeiten.

Wasser
Mein Element.
Grün und warm
Umhüllt mich das Meer.
Galapagos.

Heimat

Heimat?

Heimat - Was ist das? Wurde ich aus meiner Heimat vertrieben und erhielt daher auch den Status „vertrieben"?[2] Ja, auch ich hatte diesen Status, der mir später in der Studienzeit dabei half, bereits im zweiten Semester einen der begehrten Plätze in einem Studentenwohnheim zu erhalten, auf den andere Studenten fünf Semester warten mussten. Dann wäre meine Heimat Schlesien, wo ich als Kind selbst nie gewesen bin und wohin ich erst lange nach Ende des Krieges mit meinem Vater eine Nostalgiereise nach Liegnitz und Breslau machte.

Oder ist meine Heimat in Bremen-Aumund, wo ich meine Kindheitsjahre verbrachte?

Oder ist Oldenburg meine Heimat, denn in der Starklofstraße hatte auch ich als Kind der Vertriebenenfamilie lebenslanges Wohnrecht?

---

[2] Mein Vater stammte aus Schlesien. Seine Mutter und Schwester waren im Sommer 1945 nach dem Ende des Krieges aus Liegnitz in Oberschlesien vertrieben worden, während er bereits mit seiner Ingenieurfirma Ende 1944 von Berlin nach Bremen-Farge verlegt worden war, um die Zu-Arbeit für die deutsche Wehrmacht weiter gewährleisten zu können. Meine Mutter war im Februar 1945 mit mir, gerade 15 Monate alt, von Stettin in Pommern nach Hude geflohen, in ein Auffanglager für Flüchtlinge. Es dauerte mehrere Monate bis die kleine Familie vereint und in Bremen-Aumund „einquartiert" wurde.

Es kommen auch die Orte in Frage, die ich als besonders bedeutsam empfunden habe, wo ich wichtige Erfahrungen machte oder Lebens verändernde Entscheidungen traf. Oder der Ort, an dem ich die längste Zeit meines Lebens verbracht habe, unser Einfamilienhaus in Niederhöchstadt?

Was bedeuten diese Orte für mich? Ist einer davon meine „Heimat"?

In Bremen-Aumund lebten wir von 1945 bis 1954 wie erwähnt „einquartiert". Es wurde vom Wohnungsamt bestimmt, dass im Einfamilienhaus von Frau Schlumbohm mehr Platz als nur für sie und ihren alten Vater sei; dass im Obergeschoß noch genügend Raum wäre, um eine ganze Familie zu beherbergen, die nach der Flucht monatelang im Lager gelebt hatte. Hineingesetzt gegen ihren Willen. Die enge Wohnung empfand ich als kleines Mädchen kuschelig: die schönen, schwarz lackierten Möbel mit ihren gedrechselten Verzierungen hatten es mir angetan. Oder ich war bei Marina, die noch beengter lebte. Ich hatte meine Mutter, Marina und zwei Höhlen. Meinen Vater hatte ich nur halb - er war ja berufstätig und damit wenig für mich da.

Der gutmütige, etwas ältere Lehrer in der Volksschule hatte eigene, schwere Kriegserfahrungen und nahm sich aller Kinder gleichermaßen und liebevoll an. Einmal fragte er mich besorgt, ob wir sehr arm seien, oder warum ich immer geflickte Hosen tragen würde. In unserer Familie wurde immer gespart, damit wir, wenn wir uns endlich eine Wohnung selbst mieten würden, eigene Möbel kaufen könnten. Diese Jahre haben mich sicherlich geprägt: ich mag keine Lebensmittel fortwerfen, ich achte auf Preise, ich hebe alles auf, was noch verwendbar ist. Ich meine nicht, damals je etwas Unangenehmes über Flüchtlinge gehört zu haben, abgesehen vom Verhalten der Frau Schlumbohm. Aber geblieben ist ein Bewusstsein für Unterschiede in der Zugehörigkeit, auch wenn ich das damals nicht hätte formulieren können. Wenn ich mich an die neun Jahre in Bremen-Aumund erinnere, habe ich kein Gefühl von Heimat, aber ich denke gerne an „meine Höhle" und meine verständnisvolle Mutter.

Dann kam Oldenburg. 1954 waren die Wohnungen für die Flüchtlinge endlich fertig. Wenn ich an die spiegelglanzpolierte Oberfläche des dunklen Schrankes aus Mahagoniholz im elterlichen Schlafzimmer denke, bei dem es meine Aufgabe war, wöchentlich den Staub zu entfernen, spüre ich wieder den Stolz: „Das gehört alles uns! Soviel haben wir in den letzten Jahren gespart!" In der neuen Siedlung in der Starklofstraße wohnten nur Familien wie wir: Neuzugezogene nach Oldenburg, alle mit einer Kriegsvergangenheit, an die sie nicht erinnert werden wollten und über die sie nicht sprachen. Die Welt meiner Klassenkameradinnen war anders: Alteingesessene Oldenburger in schönen Altbauwohnungen oder in, wie mir schien, fast villenartigen Einfamilien-Häusern. Ich war keine echte Oldenburgerin, das empfand ich deutlich. Ich lernte Plattdeutsch zu verstehen, nicht aber es zu sprechen.

Es war eine gute Zeit: die normalen Wirrungen, Freundschaften und die erste Liebe; meine Mutter, die sich bewies, dass sie fähig war, eine Ausbildung zur Erzieherin erfolgreich zu absolvieren, ohne den Beruf später zu praktizieren; mein Vater, ein offenbar beliebter Dozent an der späteren Fachhochschule. Eine Zeit des Aufbruchs, die dazu führte, dass mein Vater im Alter von fünfzig Jahren noch etwas erleben und im Ausland arbeiten wollte. Das tat er, als ich mit dem Abitur fertig war und ich mit meiner Mutter nachkommen konnte.

Es war ein ganz anderer Weg als der meiner Schulkameraden, die zum Studium in eine andere Stadt oder zur Bundeswehr gingen oder gleich heirateten. Wie eine Abwendung von Oldenburg: Die Suche nach etwas Neuem, vielleicht Besserem. War Oldenburg als Heimat doch nicht gut genug? Mein Vater lebte dort insgesamt etwa fünfzig Jahre. Auch ich war dort 50 Jahre gemeldet. Vielleicht wurde Oldenburg zur Heimat meines Vaters - ich habe ihn nie gefragt. Meine wurde sie nicht.

Ich fühle mich als Norddeutsche und zähle die Zeit in Bremen-Aumund mit dazu. Ich bin noch gerne in Oldenburg, aber es zieht mich nichts mehr dorthin. Keiner meiner Freunde lebt noch dort. Es gibt keine Nachbarn mehr, die mich kennen. Die Stadt hat sich verändert. Die Starklofstraße sieht aus wie früher, aber die Leute darin sind mir fremd. Meine Eltern und meine Stiefmutter auf dem Friedhof besuche ich, wenn ich meine, ich müsste nach dem Grab schauen. Lieber würde ich sie nur anderswo besuchen: in meinem Herzen. Der Besuch am Grab ist mein Tribut an die Konvention und mein Dank an Oldenburg, das mich freundlich aufgenommen und mir den Weg in ein gutes Leben ermöglicht hat.

„Aber irgendeine Heimat hat doch jeder!" wird gesagt. Ist vielleicht Botswana meine Heimat geworden? Eine andere Welt, ganz andere Menschen, nicht nur die Einheimischen, auch Kollegen aus anderen Nationen. Es waren sehr lebendige Jahre, so vieles geschah in ganz kurzer Zeit. Fast war es ein Leben wie im Zeitraffer und ungeheuer aufregend, wenn auch nicht immer nur gut. Vielleicht wurde ich deshalb dort auch wirklich erwachsen und fand meine Orientierung: der Wunsch nach Familie und einem festen Standort. Die überwältigende Natur mit dem riesigen blauen Himmel, der mir das Herz weitete, ein unendliches, leuchtendes Segel über mich spannte. Sie leitete mich und gab mir Kraft. Den Himmel spüre ich noch heute. Er ist in mir - ich brauche dazu keine Bilder oder Fotografien. Er ist meine Sehnsucht und er ist mein Vertrauen. Vielleicht ist er ein Teil einer Heimat. Wenn ich ihn finden will, schließe ich die Augen und sehe mich in der gelben Steppenlandschaft mit der blauen unendlichen Kuppel. Oder ich gehe nachts auf unsere Terrasse, wo mir der teilweise mit Wolken verhangene Großstadthimmel nur den Blick auf einen Bruchteil der Sterne meines botsuanischen Himmels gewährt. Aber ich weiß, er ist da und ich werde ihn finden, wenn ich ihn suche. Vielleicht ist das eine passende Beschreibung einer Heimat für mich.

Dann ist da noch Niederhöchstadt. Hier lebte ich über dreißig Jahre. Nie hätte ich früher gedacht, dass ich so lange an einem Ort wohnen bleiben würde. Fast mein halbes Leben lang. Hier habe ich meine guten Berufsjahre gehabt, hier wurden unsere beiden Kinder geboren, gingen zur Schule, hatten ihre Zimmer noch, als sie schon längst woanders studierten. Hier wuchsen mein Mann und ich in den „Ruhestand" hinein. Ich mochte unser Haus: Es war angenehm, geräumig und hell mit guter Verkehrsanbindung durch die S-Bahn nach Frankfurt. Morgens konnte ich bequem eine kleine oder auch größere Walkingrunde durch die Wiesen am Natur belassenen Westerbach laufen und auf meinen Lieblings-berg, den Altkönig, schauen. Der Ort selbst ist nicht sonderlich anziehend: ein langweiliges Straßendorf mit einigen hübschen Fachwerkhäusern, die es allerdings nicht schaffen, dem Dorf einen eigenen Charakter zu verleihen. Wir haben uns nie bemüht, in die bäuerlich geprägte Gesellschaft hineinzuwachsen, wie es manche unserer Nachbarn durch Mitgliedschaft in verschiedenen Vereinen getan haben. Früher hatten wir Kontakt zu den Eltern der Schulfreunde unserer Kinder. Nach der Schule nahm das ab. Wir fühlten uns eher als Frankfurter, die in der Vorstadt wohnten. Unser Haus war eigentlich zu groß geworden nach dem Auszug der Kinder: zwei Zimmer - die ehemaligen Kinderzimmer - wurden praktisch nicht benutzt. Wir konnten wegziehen, uns verkleinern, taten es aber lange Zeit nicht aus Bequemlichkeit. Ich hatte mich an „NiHö" gewöhnt. Eine schöne Wohnung in Frankfurt zu finden, ist schwierig, und der Gedanke an einen Umzug nach 34 Jahren Horten in dem geräumigen Haus war abschreckend. Mich hatten unsere Kinder hier gehalten und die waren jetzt woanders. Niederhöchstadt war nicht meine Heimat.

Nein, Heimat ist für mich kein Ort. Heimat ist für mich ein Gefühl - ein Gefühl von Wärme und Geborgenheit. Das Empfinden von Dazugehören. Heimat ist, wenn meine Tochter mich bei der Begrüßung so lange und fest drückt, dass mir fast der Atem weg bleibt und ich ganz mit ihr verschmelzen möchte. Heimat ist, wenn ich meinem Sohn die wenigen noch vorhandenen Stoppel-haare kraulen darf und er dabei seinen Kopf in meine Hand schmiegt, wie damals als kleiner Junge, als er dabei „Mehr!" verlangte!

Heimat ist, wenn bei irgend einem unverhofften Anlass mein Mann und ich uns spontan ansehen, wir beide dasselbe denken, ein Funke überspringt und sich auf unseren Gesichtern ein Lächeln ausbreitet wie eine warme Wolke und uns vereint. Heimat sind für mich die Menschen, die ich liebe. Sie müssen nicht an einem bestimmten Ort sein. Aber sie müssen bei mir sein in Gestalt oder Gedanken. Dann habe ich meine Heimat. Dann bin ich Zuhause.

Der blaue Himmel von Botswana begleitet mich dabei, ich fühle ihn über mir, er verbindet mich mit meinen Liebsten und zeigt mir den Weg in die Unendlichkeit.

Glücklich Sein

Graues Meer
Schäumend wogender Teppich.

Klare Luft
Blau getönte Gefühle der Reinheit.

Umarmung eines Kindes
Halt und Geborgenheit.

Zufallsblick des Liebsten
Warm lächelnde Gewissheit.

Dies alles brauche ich
Und auch nicht mehr

Zum Glücklich Sein.

Angekommen?

Angekommen! Dieses Gefühl hatte ich drei Tage nach unserem Umzug nach Frankfurt im Jahr 2015.

Die Entscheidung war uns sehr schwer gefallen. 34 Jahre haben wir in unserm Familienhaus gewohnt. Als wir damals in die Neubausiedlung einzogen, waren wir eine von vielen jungen Familien, die ihre Kinder dort heranwachsen lassen wollten. Ein Splitlevel Reihenhaus mit acht verschiedenen Ebenen und sieben Treppen, unser Eigentum in einer Vorstadt von Frankfurt, die S-Bahn Haltestelle einen Katzensprung und von der Hauptwache 20 Fahrminuten entfernt. In der ruhigen Sackgasse konnten die Kinder im Wendehammer vor dem Haus spielen. Die Babys wurden in ihren Kinderwagen am freundlich plätschernden Westerbach in der Frischluft-schneise vom Taunus spazieren gefahren. Einkäufe wurden mit dem Auto erledigt, denn kleine Geschäfte gab es nicht mehr, erst später den Lidl an der Auffahrt zur Schnellstraße um die Ecke. Die Verkehrsanbindung war ideal: mit etwas Glück waren wir innerhalb von 18 Minuten am Flughafen - angenehm bei unseren häufigen Dienstreisen. Ich konnte zu Fuß zu meiner Arbeitsstelle laufen, während Ronald die tägliche Fahrradfahrt zu seinem Arbeitsplatz in Frankfurt durch das Bundes-gartenschaugelände bei gutem Wetter genoss, bei schlechtem als notwendige Sporteinheit ansah. In den Kindergärten und der Grundschule waren die Kinder wohlerzogen und das Bildungsniveau gut. Heile Welt, Grün, Nachbarn in vergleichbarer Lebenssituation.

Nach 34 Jahren war das Haus zu groß geworden. Die vielen Treppenstufen in dem Haus blieben. Mindestens einmal im Jahr hatte ich während dieser Jahre einen Anfall bekommen: „Die vielen Treppen, ich will es bequemer haben!" Ronald: „Das verstehe ich nicht. So gut wie hier bekommen wir es nie wieder!" Als auch er langsam älter wurde, begann er mit mir zusammen Alternativen zu überlegen, war aber nicht wirklich von der Notwendigkeit überzeugt. Ich fragte bei Maklern nach Vierzimmer-Wohnungen, zum Kaufen oder Mieten. Es gab so gut wie kein Angebot in der Nähe. Wir erstanden ein Wohnmobil und begannen zu reisen.

2013 war das Jahr, in dem die Zipperlein begannen. Von einer Urlaubsreise brachte Ronald ein gebrochenes Fußgelenk mit. Er war auf einem glitschigen Felsen abgerutscht und hatte sich das Gelenk verdreht. Ich bewunderte ihn, wie er sich an das Laufen mit Krücken gewöhnte und verschiedene Methoden zur Bewältigung der Treppen zu Hause testete. Meine Krebsoperation ein Jahr später kam aus heiterem Himmel, frühzeitig und erfolgreich. Ich empfand sie als Ausrutscher, aber doch als deutlichen Hinweis darauf, dass auch ich nicht unverwundbar oder gar unsterblich sei.

Jetzt wurde mein Wunsch, das „Sieben-Treppen-Haus" aufzugeben, sehr deutlich: Ich selbst hatte zweimal die Treppen nach einer Knieoperation mit Krücken einbeinig von Stufe zu Stufe hüpfend bezwingen müssen. Ich versuchte, ob ich dies jetzt noch - 15 Jahre älter - schaffen würde. Die Hosenboden Lösung, von Ronald bevorzugt, war mit Wäsche und Geschirr beladen nicht so überzeugend. Das Hüpfen gelang mir nicht mehr. Und wenn dann noch Gleichgewichtsprobleme dazu kämen - wie damals bei meiner Schwiegermutter - wäre es auch mir absolut unmöglich. In dem Haus bleiben ginge nur, solange wir einigermaßen gesund wären. Wir konnten also darauf hoffen, dass alles gut ginge oder uns vorausschauend um eine Alternative kümmern. Als letzten Ausweg hatten wir vor einigen Jahren das Anwartschaftsrecht in einer Seniorenwohnanlage erworben. Wartezeit bis 2019. Eine schöne Anlage mit vielfältigen Freizeitangeboten. Doch wohnen dort - wie der Name sagt - Senioren. Je mehr wir uns dem Durchschnittsalter der dortigen Bewohner näherten, desto geringer wurde unser Interesse, nur von Gleichaltrigen umgeben zu sein. Das empfand ich nun schon beinahe so in unserm „Sieben-Treppen-Haus": An den langjährigen Nachbarn konnten wir ablesen, wie alt wir selbst geworden waren, einige waren bereits verstorben, andere zogen um in Betreutes Wohnen, wieder andere sah man nicht mehr, weil sie kaum noch aus dem Haus kamen. Wenn ganz selten eine junge Familie mit Kleinkindern hinzu zog, war es, als ob ein frischer Windstoß durch die Siedlung blies.

Das „Sieben-Treppen-Haus" war für mich ein Familienhaus. Hier waren unsere Kinder geboren, hatten mit anderen Kindern zusammen vor unserer Haustür gelacht und getobt, waren zur Schule gegangen, langsam erwachsen geworden. Jetzt wohnten sie woanders, der Wendehammer war still, ihre Zimmer nach und nach leer geräumt und umgestaltet zu zusätzlichem Gästezimmer und Fotostudio. Beide in ihrer Ungenutztheit daran erinnernd, dass die Kinder fort waren. Manchmal fühlte ich mich wie ein Fossil, das am Gestern festhält, an den Kinderschatten klebt.

In Bockenheim entstand ein neuer Wohnkomplex. Wir dachten, es könne nicht schaden, sich dort als Interessenten eintragen zu lassen. Die Vergabe würde erst Anfang 2015 sein. Zeit genug zum Überlegen, denn Ronald war immer noch nicht überzeugt. Wir kannten die Gegend gut, hatten früher dort schon einmal ein Jahr lang gewohnt. Mindestens einmal in der Woche war ich seit zehn Jahren beruflich in der Leipziger Straße, freute mich an dem bunten Leben dort, den kleinen bodenständigen Geschäften, kaufte den Ingwer und die Samosas regelmäßig bei „meinem" Inder, der mir sagte, wenn ich mich mit dem Mangokauf noch ein wenig gedulden sollte, weil die wirklich guten erst in zwei Wochen kämen. Mir gefielen die verschiedenen Kulturen, die sich dort friedlich trafen und das Straßenbild beherrschten, die Lebendigkeit, die ständige Veränderung. Junge Leute und alt gestandene Bockenheimer, immer wieder neue kleine Geschäfte und andere, die verschwanden. Die Lage war nicht direkt ruhig, aber verkehrsgünstig. Drei U-Bahnlinien, mehrere Straßenbahn- und Buslinien, in 20 Minuten zu Fuß zur alten Oper, zwei Fitnesscenter um die Ecke und der Palmengarten für den täglichen Spaziergang praktisch vor der Haustür. Ein REWE Supermarkt sollte im Gebäudekomplex integriert werden. Alles in allem ein deutlicher Kontrast zum Sieben-Treppen-Haus in der Vorstadt.

Im Winterurlaub mit Freunden fanden wir keine Ruhe, diskutierten das Für und Wider in Länge und Breite, von allen Seiten. „Wenn wir nach Hause kommen, liegt der Mietvertrag wahrscheinlich im Briefkasten. Und was dann?" Ich entwarf eine Entscheidungstabelle mit allen Faktoren, die uns beim Wohnen wichtig erschienen. Darin trugen Ronald und ich ein, wie wichtig uns jeweils der entsprechende Faktor war und wie stark wir ihn einmal bei unserm Sieben-Treppen-Haus und zum anderen bei der möglichen neuen Wohnung erfüllt sahen. Eine Freundin verwies noch auf die SWOT-Analyse (Strengths, Weaknesses, Opportunities, Threats), die ebenfalls für die Kriterienauswahl benutzt wurde. Das Ergebnis: Einerseits bestätigte es, dass meine Präferenz für eine neue Wohnung deutlich stärker war, als die von Ronald. Die Schnittmenge unser beider Übereinstimmung in den verschiedenen Aspekten war vergleichsweise klein. Andrerseits war die Gesamtbewertung für beide Lösungen so punktähnlich, dass sie als Entscheidungsgrundlage kaum noch tauglich war. Ronald war weiter zögerlich, ich allmählich müde der endlosen Überlegungen und bereit im Sieben-Treppen-Haus zu bleiben. Wir kamen also nach der Vernunft wieder auf die Bauchgefühle zurück. Diese beschränkten sich auf die Faktoren Treppen, Nähe zur Tochter und dass wir nicht sobald wieder eine solche Gelegenheit bekämen. Als wir den Mietvertrag endlich in Händen hielten, schliefen wir noch drei Nächte darüber. Dann unterschrieben wir.

Und jetzt ging es richtig los. Der Umzugstermin war in sechs Wochen. Was würden wir mitnehmen, wovon mussten wir uns trennen? 34 Jahre Horten - von jeder Dienstreise hatten wir Exotisches mitgebracht. Was war Ronald besonders wichtig von unserm Mobiliar, was mir und stimmte es überein? Was sollten wir bei EBay oder Bekannten verkaufen, was an Soziale Dienste abgeben? Wer würde welches der beiden Arbeitszimmer bekommen? Meinen Vorschlag, dass er das schöne große Südzimmer haben sollte mit Blick über die Frankfurter Skyline direkt auf den Messeturm, ich dagegen das kleinere, weniger gut geschnittene Nordzimmer mit dem Balkon als Ausgleich zur fehlenden Aussicht, akzeptierte Ronald ohne Widerspruch!

Die meisten Entscheidungen wurden friedlich getroffen und umgesetzt. Strittig blieben dagegen das Klavier, der indische Schreibtisch, das indische Bänkchen, die indische Kommode und das Leopardenfell. Für das Klavier, dessen Klang ich so liebte, war in der neuen Wohnung kein Platz. Jahrzehntelang hatte Ronald unter meinen gelegentlichen, doch gleichermaßen beharrlichen wie erfolglosen Versuchen gelitten, dem Grotrian-Steinway etwas Ähnliches wie eine Melodie zu entlocken und erstaunlich selten geklagt. Jetzt: „Du musst dich dringend um das Klavier kümmern!" Unsere Tochter interessierte sich dafür, die darauf spielen gelernt hatte. Sie prüfte eingehend. „Der Klang ist wundervoll. Doch ich will mich nur noch mit schönen Dingen umgeben." Es war unmodern, Nussbaumfurnier aus den 60er Jahren. Jetzt steht es bei einem Klavierhändler in Kommission. Die Trennung von dem Klavier ist das Einzige, was mir bei dem Abschied wirklich leidtut.

Der kleine Schreibtisch aus dunklem Tropenholz, reizend aber unpraktisch, da keiner in unserer Familie je seine Beine darunter stellen konnte, steht jetzt bei unserer zierlichen malaysischen Freundin, die ihn zur Dauerleihe im offenen Cabrio abholte. Das indische Bänkchen, das ich dringend beim Schuhe zubinden im Sitzen benötige, erkämpfte sich einen Platz vor Ronalds Büro. Spannend war die Diskussion um die indische Kommode: Ronald: „Du musst dich davon trennen, sie wird nur den Flur versperren!" Verschiedene Freunde durften zu meinem - von Ronald nicht geteilten - Positionierungsvorschlag in der leeren Wohnung ihre Meinung äußern. Die Mehrheit stimmte dagegen: „Es wird zu eng." Ich begann mich an den Gedanken zu gewöhnen, das schöne Kolonialstück verkaufen zu müssen, als Ronald es in die Garderobennische platzierte, versuchsweise. Für diese Nische hatte ich mir - wie wohl auch der Architekt - einen Einbauschrank vorgestellt. Nach gut zwei Monaten war die Kommode vorwiegend mit Ronalds Sachen gefüllt und für ihn so selbstverständlich geworden, dass ich gerne auf den Einbauschrank verzichtete.
Dann war da noch das Leopardenfell. Fast drei Meter lang, zwei Meter breit auf Karton aufgespannt, perfekt erhalten ohne Einschusslöcher. Ronald: „Vermutlich hat der Chief das Tier höchst persönlich vergiftet, damit kein

hässliches Loch den Wert mindert!" Keine Glasaugen und keine Schädelknochen! Eine Zier von einem Fell - wenn man so etwas mag! 34 Jahre hatte es außer Sichtweite auf der Galerie gehangen, nachdem uns die entsetzten Fragen unserer ersten Gäste damals peinlich geworden waren. Der Antiquitätenhändler, dem wir es anboten, fragte nach der Importlizenz. „Wieso Importlizenz? Wir haben eine Ausfuhrgenehmigung aus Botswana ganz offiziell vom Wildlife-Department ausgestellt, mit allen erforderlichen Stempeln." „Das reicht aber nicht. Um das Fell hier in Deutschland offiziell verkaufen zu können, brauchen Sie eine Importgenehmigung. Die bekommen Sie bei der Behörde in Darmstadt, wenn überhaupt. Sonst fasst hier niemand das Fell an! Wenn Sie es damals durch den Zoll bekommen haben, war das schieres Glück!" Ronald reichte die Unterlagen bei der Behörde ein und bat um eine nachträgliche Importgenehmigung. Dann kam die Aufforderung einen Nachweis zu erbringen, dass er tatsächlich in Botswana ansässig gewesen war - vor 37 Jahren! Der Führerschein von damals tat noch einmal seine Dienste. Wir - genauer Ronald, denn ich fühlte mich unbeteiligt an dem Prunkstück - hatten das Fell in userm Umzugsgepäck 1978 ungehindert durch den Zoll eingeführt. Zwei Jahre zuvor war das internationale Artenschutzabkommen in Kraft getreten, von uns unbeachtet und unberücksichtigt. Eine Import-Genehmigung könne nicht erteilt werden, Ronald dürfe das Fell zwar besitzen, aber nicht veräußern. Wir begannen das Fell jedem Gesprächspartner, der nur ein wenig verständnisvoll schien, zur kostenlosen Dauerleihe anzubieten. Der Sohn einer Freundin rief persönlich an: „Ich würde es ja sehr gerne nehmen. Es würde auch hervorragend in mein Zimmer passen. Aber meine Partnerin sagt, so etwas duldet sie nicht!" Ich mochte meiner Freundin den Grund für die Absage nicht verraten. Sie hoffte, dass es ihrem Sohn mit der jungen Dame nicht wirklich ernst sei! Fast drei Monate versperrte das Fell unseren neuen Flur, verdeckt an die Wand gelehnt. Ich drängelte nicht, aber machte klar, dass die Gemeinschaftsräume für die Aufhängung tabu seien. Eines Tages war es plötzlich verschwunden. Ich ging in Ronalds Zimmer: „Was ist denn aus dem Leopardenfell geworden?" „Dreh dich mal um!" Da war es an der Wand über dem blauen Bettsofa - Sofa und Fell harmonierten perfekt. Unsere Tochter: „Das sieht ja richtig gut aus. Als hättet ihr es extra für hier gekauft!"

Nicht nur das Ausmisten war anstrengend. Wir wollten das „Sieben-Treppen-Haus" vermieten. Dazu musste es renoviert und ein Badezimmer neu eingerichtet werden. Erste Vermietungs-Versuche waren nicht erfolgreich: Eine Interessentin schrieb verzweifelte Mails, sie könne nicht persönlich kommen und den Mietvertrag unterschreiben. Aber sie würde uns schon einmal die Kaution überweisen. Wie denn unsere Kontonummer sei! Ein Herr rief drei Mal fordernd hektisch an, ob er sofort kommen könne und beschwerte sich beim dritten Mal, dass wir ihn wohl wegen seines Dialektes ablehnen würden. Die dritten Interessenten, ein Ehepaar mit drei Kindern, wussten nicht, was eine Schufa Auskunft ist, wollten dafür aber gleich ein Jahr Miete im Voraus und € 5000 als Abstand für die Küche in bar da lassen. Die Hand des Mannes Hand zuckte jedes Mal zur Hosentasche. Wir baten sie, die Angelegenheit zu überschlafen. Sie meldeten sich nicht mehr. Im Gespräch mit einem Makler wurde uns deutlich, dass das Vermieten eines relativ großen Objektes in der jetzigen Niedrigzins Phase schwierig werden würde, da die zahlungsfähigen Interessenten lieber kaufen wollten. Schweren Herzens beschlossen wir, das Familienhaus zu verkaufen, da auch unsere beiden Kinder nichts dagegen

einzuwenden wussten. Wir unterschrieben den Makler-
vertrag zum Verkauf.

Die Überlegungen, Aufräumarbeiten und das Orga-
nisatorische ließen uns keine Zeit für Geselligkeiten. Für
unsere Freunde waren wir über Monate abgetaucht, nur
mit uns selbst und Räumlichkeiten beschäftigt.

Der Umzug verlief reibungslos. Die Leute von
„Fleckenbühler", einem gemeinnützigen Suchthilfe-Unter-
nehmen, waren eine reizende Truppe: ein bärbeißiger
Gruppenführer: „Wo das Stück hin soll, können Sie uns
morgen noch sagen. Den Ehestreit bitte nachher, wenn
wir weg sind." Zwei schweigsame junge Männer, die mehr
die Handlangerdienste verrichteten und drei pfiffige junge
Kerle, die geschickt zupackten. Mit ihnen konnte man
überlegen, welches Möbelstück wo am besten aussähe. Sie
schleppten alles bereitwillig von einem Zimmer ins andere
und stimmten mir schlussendlich zu, dass das IKEA Regal
in unserer Eigenkombination - schwarz lasierte Seitenteile
mit Natur belassenen Brettern - am besten aussähe,
beinahe elegant, nachdem sie vorher auf Einfarbigkeit
gedrungen hatten. Sie dachten mit, probierten in meiner
Abwesenheit aus und trafen dann ihre eigene Mehrheits-
entscheidung. Sie waren sogar bereits nach drei, anstelle
der eingeplanten vier Tage fertig. Und Dennis - sein
Name verdient besonders erwähnt zu werden - zauberte
den uns unvergesslich bleibenden Willkommensgruß: Am
ersten Tag hatten wir gefragt, ab wann wir in der neuen
Wohnung schlafen könnten. Der Bärbeißige: „Dann
müssen wir umplanen. Aber wir kriegen das irgendwie
hin: Ab heute." Und tatsächlich: Dennis war zuständig für
die Betten. Am Abend fanden wir sie: sorgfältig
ausgebreitete Deckbetten hotelfachmännisch ein Viertel
umgeschlagen luden uns zur ersten Nachtruhe ein. Am
zweiten Abend lag dazu auf jedem Kopfkissen eines

unserer Kuscheltiere! Dennis hatte sich gemerkt, wo sie hingehörten. „Jetzt kann nichts mehr schief gehen. Danke Dennis."

Der Umzug war geschafft. Nun kam das Auspacken und Einräumen. Würden wir alles unterbringen? Würden wir uns wohl fühlen und nicht dem Sieben-Treppen-Haus, den Laufrunden und den Radtouren nachtrauern? Ich hatte mein Arbeitszimmer eingerichtet ganz im Stil und mit den Möbeln aus dem Sieben-Treppen-Haus. Ich hatte wieder meine Kuschelhöhle. Ronald hatte alles verändert - nichts erinnerte an die ungeordnete Mischung von Hobby- und Arbeitszimmer in der umgebauten Garage unseres alten Hauses. Nach drei Tagen war es mit neuem Mobiliar benutzbar und er konnte die Aussicht genießen: „Welch ein Luxus!" Dann die Bestätigung, als ich kochte und mich darüber freute, wie viel handlicher alles in der neuen Küche sei: „Ja, man fühlt sich wohl hier. Man wohnt richtig gerne!" Nach zwei Wochen machte er seinen ersten Radausflug mit der S-Bahn zu seiner altbekannten Route. Er kam zufrieden zurück. Ich begann tägliche Walkingrunden in der Frühe im sommerlichen Palmengarten. Die Lotusblumen im Seerosenteich vor dem Tropicarium faszinierten mich: Jeden neuen Tag wurde das Dunkelrosa der Riesenblüte zarter, nach dem vierten nur noch ein Hellgelb und am fünften ein majestätischer Stempel, der an die vergangene Pracht erinnerte, während eine neue Knospe daneben gerade den Reigen von vorne begann. Dass die Lotusblumen gerade jetzt nach unserm Umzug ihren Zauber entfalteten, musste ein gutes Omen sein: sie versprachen mir künftig - wie den Indern und Chinesen - Erleuchtung und Harmonie!

Wir haben es geschafft. Wir haben den enormen Aufwand des Ausräumens eines Familienhauses auf uns genommen. Einige Bekannte hatten gemeint: „Ach, das können unsere Kinder machen, wenn wir nicht mehr sind. Das tun wir uns nicht an." Wir haben es geleistet, unsern Kindern zuliebe und uns zuliebe. Wir brauchen den Ballast nicht mehr. Wir haben uns gezeigt, dass wir einem derartigen organisatorischen Aufwand noch gewachsen sind. Wir haben uns geeinigt bezüglich vieler Möbelstücke. Keiner von uns beiden hatte das für selbstverständlich gehalten. Wir haben uns vom Familienhaus getrennt, akzeptiert, dass die Kinder nicht mehr zu unserer Wohnsituation gehören - vielleicht der schwerste Schritt. Aber gut. Und das Wichtigste: Wir haben es zusammen geschafft - als Paar, als Team.

Wir sind angekommen an einem neuen Anfang, dem Leben und dem Wohnen ohne Kinder. Es wird sich zeigen, was wir daraus machen, ob sich vieles verändert, abgesehen von der Wohnsituation. Um uns herum ist es bunt und lebendig, jung. Jetzt haben wir es bequem beim Opern-, Theater- und Uni-Besuch, beim Einkaufen, beim Stadtbummel. Doch die Wohnung ist so schön - wir müssen nicht immer ausgehen. Hier mögen wir bleiben, im Heute sein!

Nach 47 Jahren

1968 hatten wir uns kennengelernt. Wir machten gemeinsam Examen, suchten eine Arbeitsstelle und beschlossen zusammen zu ziehen und nach einiger Zeit zu heiraten. Unsere Beziehung war, wie ich zu sagen pflege, „lebendig". Womit ich versuche, die lebhaften Diskussionen und Auseinandersetzungen zu umschreiben.

In Botswana trennten wir uns. Zurück in Deutschland fanden wir wieder zusammen. Wir wurden Eltern und teilten die Aufgaben. Das Zusammenleben wurde anders, aber nicht immer einfacher. Die Diskussionen blieben. Und wir blieben zusammen.

2015 machten wir einen großen Schritt. Wir verkauften unser Familienhaus und zogen in eine Stadtwohnung. Als wir uns von den Strapazen des Umzugs am Bodensee erholen, fasse ich beim Abendspaziergang im Sonnenuntergang zusammen: „Bis ich 25 Jahre alt war, war mein Leben ziemlich durcheinander und auch nicht glücklich. Ich wusste nicht, wohin ich gehörte und wohin ich wollte. Durch Schreiben und Nachdenken habe ich gemerkt, dass sich das alles änderte, als ich dich kennen lernte. Durch dich bekam mein Leben eine Richtung." Er schaut mich aufmerksam an, sein Gesicht wird weich und nachdenklich: „Ich hatte eine Richtung. Doch durch dich bekam mein Leben einen Inhalt." Wir schweigen beide.

Dann fassen wir uns an den Händen und gehen weiter.

Epilog

Wie Abdrücke in feuchtem Sand

Heute lief ich in feinem weißen Sand an der Nordsee entlang. Als ich zurückging, sah ich Abdrücke von Füßen. Waren sie von mir? Niemand sonst war dort gelaufen. Die Abdrücke mussten von mir sein. Ich betrachtete den ersten Fußabdruck. Ja, er könnte von mir stammen. Aber war mein Fuß so groß, so flach, und die Zehen so rund?

Ich machte einen neuen Abdruck direkt daneben. Ja, der alte Abdruck könnte von mir sein, die Größe stimmte in etwa. Doch die Form war anders, der feuchte Untergrund hatte die Konturen besänftigt, sie waren weicher als der frische Abdruck.

Ich folgte den Spuren, wollte Sicherheit erlangen. An einer Stelle war der Boden hart, hatte sich gewehrt, und doch war etwas geblieben. Hier waren die Konturen deutlich, doch die Sohle des Fußes zeigte keine Details, außer denen der Zehen. Auch hier war niemand außer mir gelaufen.

Ich suchte weiter. Nun kam eine Senke mit starken Abdrücken. Der Wind hatte sie halb zugeweht, nur eine Seite war noch zu erkennen, die andere war mit dem Sand verschmolzen. Auch dies musste mein Fuß gewesen sein. Kein anderer Mensch war heute hier gewesen.

Jeder neue Abdruck, den ich zum Vergleich neben dem alten machte, zeigte deutlich meinen Fuß und jede alte Spur war anders, nicht immer zu erkennen. Nur ich war mir sicher, dass es mein Fuß gewesen sein musste.

Und mancher Abdruck, mancher Eindruck war sofort verweht oder überspült. Auch ihn gab es - wenn auch nur für kurze Zeit. Ich nahm ihn nicht wichtig und hatte nicht hingeschaut.

So ist es mit der Erinnerung. Wenn die Zeit verstreicht, verändert sie sich und wird geformt von dem, was danach geschehen ist, was mich dann bewegt, wie oft und wodurch ich mich erinnere, ob und wie ich es erzähle. Der Abdruck, das Erlebte erhält ein anderes Gesicht. Und nur ich werde sagen können: „Dies ist von mir. So war es." Niemand wird mir widersprechen oder mich widerlegen können. Denn es ist meine Erinnerung, die das Vergangene geformt hat.

Danksagung

Herzlicher Dank geht an meine Schreibkolleginnen und Kollegen, die während der letzten Jahre die Entstehung dieser Sammlung mit Geduld, behutsamer Kritik und wertvollen Anregungen begleitet haben, insbesondere an Brigitte, Edith und Monika. Und ohne Rosmarie, die in ihren Seminaren mit Diskussionen und Beispielen uns immer wieder Mut gemacht hat, wäre dieses Projekt wohl nicht am Ziel angelangt.